Skulduggery Pleasant,
detective esqueleto

Skulduggery Pleasant,

detective esqueleto

LOS SIN ROSTRO

Dirección editorial: Elsa Aguiar
Coordinación editorial: Xohana Bastida
Traducción: Josep Sampere
Letras capitulares: Tom Percival

Título original: *Skulduggery Pleasant. The Faceless Ones*

Publicado originariamente en Gran Bretaña por Harper Collins Children's Books 2009.
Harper Collins Children's Book es una división de Harper Collins Publishers LTD.
75-85 Fulham Palace Road, Hammersmith, Londres W6 8JB

© del texto: Derek Landy, 2009
© de las ilustraciones: Tom Percival, 2009
SKULDUGGERY PLEASANT™ Derek Landy
⬛ᴾ™ & 🎩™ Harper Collins Publishers Ltd.

© Ediciones SM, 2009
Impresores, 2
Urbanización Prado del Espino
28660 Boadilla del Monte (Madrid)
www.grupo-sm.com

ATENCIÓN AL CLIENTE
Tel.: 902 12 13 23 - Fax: 902 24 12 22
e-mail: clientes@grupo-sm.com

ISBN: 978-84-675-3615-7
Depósito legal: TO-842-2009
Impreso en España / *Printed in Spain*
Imprime: Rotabook, S.L.

Dedico este libro a mi agente, Michelle Kass.

No voy a ser ñoño, ¿vale? No voy a hablar de lo que has hecho por mí (que es muchísimo), ni de la influencia que has ejercido en mi vida (que es inmensa), ni siquiera del estímulo, los consejos y el asesoramiento que me has dado desde que nos conocimos. Tampoco voy a mencionar las charlas en los tractores, ni los iPod a la hora de comer, ni la cantidad de palabras en yídish que me enseñaste y que luego olvidé en un santiamén.

Todo lo cual, aunque parezca mentira, me permite añadir bien poca cosa.

Te ruego me perdones.

1

EL ESCENARIO DEL CRIMEN

TENDIDO en el suelo del salón, junto a la mesa de centro, había un hombre muerto. Se llamaba Cameron Light, pero eso era cuando el corazón aún le latía y el aire le circulaba por los pulmones. Su sangre ya seca formaba una mancha grande en la alfombra, a partir del sitio donde se desplomara. Le habían apuñalado una sola vez, en los riñones. Iba completamente vestido y tenía las manos vacías. No había indicios de que hubieran tocado ni revuelto nada.

Valquiria recorrió la habitación tal como le habían enseñado; observaba el suelo y las superficies, pero hacía lo posible por no mirar el cadáver. No tenía el menor deseo de entretenerse contemplando a la víctima más de lo estrictamente necesario. Volvió los ojos negros hacia la ventana. Al otro lado de la calle había un parque desierto; los toboganes brillaban, mojados por la lluvia, y la brisa glacial de las primeras horas de la mañana hacía chirriar los columpios.

Al oír pasos en la habitación, Valquiria se dio la vuelta y vio que Skulduggery Pleasant se sacaba de la chaqueta una bolsita de polvo. Llevaba puesto un traje a rayas que encajaba a la perfección en su cuerpo de esqueleto, y un sombrero bien calado que ocultaba sus cuencas vacías. Metió un dedo enguantado en la bolsa y se puso a remover el polvo, desmenuzándolo bien.

–¿Alguna teoría? –inquirió.

–Le pillaron por sorpresa –respondió Valquiria–. No hay rastros de lucha, lo que indica que no tuvo tiempo de defenderse. Lo mismo que los demás.

–Una de dos: o el asesino no hizo el más leve ruido...

–... o su víctima confiaba en él. –La habitación tenía algo indefinible, un no sé qué que no terminaba de encajar. Valquiria miró a su alrededor–. ¿Estás seguro de que vivía en esta casa? No hay libros de magia, ni talismanes, ni amuletos en las paredes. Nada de nada.

Skulduggery se encogió de hombros.

–A ciertos magos les gusta vivir con un pie en cada lado. El mundillo de la magia tiende al secretismo, pero hay excepciones; me refiero a los que trabajan y hacen vida social en el así llamado «mundo de los mortales». Salta a la vista que el señor Light, aquí presente, tenía amigos que ignoraban que era mago.

En un estante había varias fotografías enmarcadas, del propio Light y de otras personas: amigos, familiares. A juzgar por esas fotos, se diría que llevaba una vida agradable, una vida en la que no le faltaba compañía.

Valquiria pensó que todos los escenarios de crímenes eran sitios deprimentes.

Volvió a mirar a Skulduggery, que estaba esparciendo el polvo por el aire. Se llamaba «polvo de arco iris», porque cambiaba de color al entrar en contacto con cualquier residuo que hubiera dejado la magia en un lugar determinado. En ese momento, sin embargo, el polvo fue cayendo al suelo sin variar de color.

–No hay ningún rastro –murmuró el detective.

Aunque el sofá ocultaba el cadáver, Valquiria todavía alcanzaba a verle un pie. Cameron Light llevaba zapatos negros y calcetines grises, con los elásticos gastados. Tenía el tobillo muy blanco. Valquiria se hizo a un lado para no verlo más.

Un hombre calvo, de hombros anchos y penetrantes ojos azules, se reunió con ellos en la habitación.

–El detective Crux anda cerca –les advirtió el hombre, que se llamaba Bliss–. Si os pillan en el escenario de un crimen... –no terminó la frase; no hacía falta.

–Nos vamos –resolvió Skulduggery; se puso el abrigo y se tapó la parte inferior de la calavera con la bufanda–. Por cierto, te agradecemos que nos avisaras de lo ocurrido.

–El detective Crux no sirve para llevar una investigación de esta naturaleza –repuso Bliss–. Por eso, como miembro del Consejo de Mayores del Santuario, vuelvo a reclamar vuestros servicios.

La voz de Skulduggery adoptó un ligero tono de ironía.

–Creo que Thurid Guild no estaría de acuerdo.

–Aun así, le he pedido al Gran Mago que esta tarde os reciba, y me ha prometido que lo hará.

Valquiria enarcó una ceja, pero no dijo nada. Bliss era uno de los hombres más poderosos que existían y, al mismo tiempo, uno de los más temibles. Su sola presencia aún le daba escalofríos.

–¿Dijo Guild que hablaría con nosotros? –preguntó Skulduggery–. No es muy propio de él cambiar de opinión en cuestiones de este tipo.

–Corren tiempos muy malos –se limitó a decir Bliss.

Skulduggery asintió. Valquiria salió tras él de la vivienda. A pesar de lo gris del cielo, el detective se puso unas gafas de sol, además de la bufanda, para que los transeúntes no vieran sus cuencas vacías; eso si pasaba alguno, ya que la lluvia, al parecer, inducía a las personas más sensatas a quedarse en casa.

–Cuatro víctimas –reflexionó Skulduggery–. Y todos eran Teletransportadores. ¿Por qué?

Valquiria se abrochó el gabán con cierta dificultad. Aquellos ropajes oscuros le habían salvado la vida en más ocasiones de las que deseaba contar, pero cada movimiento que hacía le recordaba lo mucho que había crecido desde que Abominable Bespoke se la confeccionara a medida; era evidente que ya no tenía doce años. Había tenido que tirar las botas porque se le habían quedado pequeñas, y comprarse unas normales en una zapatería corriente. Le convenía mucho que Abominable dejara de ser una estatua y recuperase su forma humana, para que pudiera hacerle un traje nuevo. Valquiria se concedió unos instantes para avergonzarse de su egoísmo, y luego volvió a su tarea.

–A lo mejor Cameron Light y los demás Teletransportadores le hicieron una jugarreta al asesino, y este, o esta, se vengó –reflexionó.

–Esa es la teoría número uno –respondió Skulduggery–. ¿Alguna más?

–Puede que el asesino necesitara algo que tenían en su poder.

–¿Algo como qué?

–No lo sé. Algo típico de los Teletransportadores.

–¿Y por qué tuvo que matarlos?

–Igual se trataba de un objeto de esos que solo puedes utilizar si matas a su dueño, como el Cetro de los Antiguos.

12

–Ya tenemos la teoría número dos.

–También es posible que el asesino quiera apoderarse de algo que posee uno de los Teletransportadores, y por eso los ha ido eliminando hasta encontrar al que busca.

–Sí, es otra posibilidad. Vamos a convertirla en la teoría número dos, variante B.

–Me alegro de que no compliques las cosas más de lo indispensable –murmuró Valquiria.

Una furgoneta negra se detuvo a su lado. El conductor se apeó, miró en todas direcciones para asegurarse de que no hubiera curiosos, y abrió la puerta lateral. Dos Hendedores saltaron a la calle y permanecieron en silencio; vestían de gris y ocultaban la cara tras la visera de sus cascos. Cada uno empuñaba una guadaña muy larga. Por fin salió el último ocupante de la furgoneta, y se colocó entre los Hendedores. Llevaba pantalones holgados y cazadora; tenía la frente despejada y lucía una perilla puntiaguda, con la que pretendía realzar un poco su barbilla casi inexistente. Remus Crux observó a Skulduggery y a Valquiria con gesto despectivo.

–Vaya –comentó–. Quién está aquí –tenía una voz curiosa, como la de un gato mimado que gime para que le traigan de comer.

Skulduggery señaló con la cabeza a los Hendedores que le flanqueaban.

–Veo que hoy viene de incógnito.

Crux se irritó de inmediato.

–Soy el detective principal del Santuario, señor Pleasant. Tengo enemigos, y por tanto necesito guardaespaldas.

–¿Y es preciso que se pongan en medio de la calle? –preguntó Valquiria–. Resulta ligeramente llamativo, ¿no cree?

Crux emitió un bufido de desdén.

–¡Oh! ¡Qué bien te expresas para tener trece añitos!

Valquiria tuvo que contenerse para no golpearle.

–En primer lugar, me expreso normalmente –replicó–. En segundo, ya he cumplido catorce años. Y en tercero, le diré que su barba es de lo más ridícula.

–Qué divertido –comentó Skulduggery alegremente–. Qué bien nos llevamos los tres.

Crux fulminó a Valquiria con la mirada; luego se volvió hacia Skulduggery.

–¿Se puede saber a qué han venido?

–Pasábamos por aquí, oímos que se había cometido otro asesinato y se nos ocurrió echar un vistazo al lugar del crimen. La verdad es que acabamos de llegar. ¿Habría alguna posibilidad de que…?

–Lo siento, señor Pleasant –repuso Crux con frialdad–. Debido al carácter internacional de estos crímenes y a la atención que están despertando, el Gran Mago confía en que me comportaré del modo más profesional posible, por lo que me ha dado instrucciones muy estrictas en lo referente a usted y a la señorita Caín. No desea que se inmiscuyan en absoluto en los asuntos del Santuario.

–Pero este asunto no tiene nada que ver con el Santuario –señaló Valquiria–. Es un asesinato, y punto. Cameron Light ni siquiera trabajaba para el Santuario.

–Se trata de una investigación oficial del Santuario; por lo tanto, compete a sus representantes y solo a estos.

–Entonces, ¿cómo va la investigación? –repuso Skulduggery en tono cordial–. Deben de apremiarle mucho para que desentrañe el asunto, ¿verdad?

–Todo va bien.

–Claro, claro. Estoy seguro de que todos los países del mundo les ofrecen su ayuda y aúnan sus esfuerzos. Al fin y al cabo, este asunto no afecta solamente a Irlanda. Ahora bien, si necesitaran un poco de ayuda extraoficial, tendríamos un gran placer en...

–A lo mejor USTED puede infringir las normas, pero YO no puedo –le atajó Crux–. Y usted ya no goza de autoridad alguna. Renunció a ella al acusar de traición al Gran Mago, ¿no se acuerda?

–Vagamente...

–¿Quiere que le dé un consejo, Pleasant?

–Más bien no.

–Búsquese un agujero bien bonito y túmbese en él. Como detective, está usted acabado. Ya no pinta nada.

Crux hizo una mueca que pretendía ser un gesto desdeñoso de triunfo, y entró en el edificio en compañía de los dos Hendedores.

–No me cae bien –dijo Valquiria con convicción.

2

EL ASESINO ANDA SUELTO

SKULDUGGERY aparcó el Bentley en la parte posterior del Museo de Cera abandonado y entró en el edificio, seguido de Valquiria. Una gruesa capa de polvo cubría las escasas figuras que quedaban, sumidas en la penumbra. Valquiria esperó a que el detective buscara a tientas el trozo de pared que abría la puerta oculta. Mientras tanto, se entretuvo contemplando la figura de cera de Phil Lynnot, el cantante de los Thin Lizzy. Estaba a pocos pasos, con una guitarra en las manos, y se parecía bastante al modelo. Su padre había sido un gran admirador de aquel conjunto musical, allá por los años setenta; cada vez que ponían en la radio la canción *Whiskey in the Jar*, se ponía a tararearla, aunque sin afinar mucho.

–No encuentro la entrada –anunció Skulduggery–. Cuando nos fuimos debieron de cambiar la cerradura. No sé si sentirme halagado o insultado.

–Presiento que te vas a sentir halagado.

Él se encogió de hombros.

–Es una sensación algo más confusa.

17

–¿Y cómo vamos a entrar?

Alguien tocó el hombro de Valquiria. Ella chilló y se apartó de un salto.

–Lo siento –dijo la figura de Phil Lynott–. No quería asustarte.

Valquiria la miró de hito en hito.

–Soy la cerradura –continuó diciendo la figura–. Abro la puerta desde este lado de la pared. ¿Tenéis una cita?

–Hemos venido a ver al Gran Mago. Yo soy Skulduggery Pleasant, y ella es mi socia, Valquiria Caín.

La cabeza de cera de Phil Lynnot hizo un ademán afirmativo.

–Os están esperando, pero tendréis que pasar acompañados de un representante oficial del Santuario. Acabo de avisar a la administradora. No creo que tarde.

–Gracias.

–De nada.

Valquiria se quedó mirando un rato más la figura.

–¿Sabes cantar? –le preguntó.

–Abro la puerta. Es mi único propósito.

–Ya, pero ¿sabes cantar?

La figura meditó la pregunta.

–Ni idea –respondió por fin–. Nunca lo he intentado.

La pared que había a sus espaldas hizo un ruido sordo y una sección se deslizó hacia arriba, revelando una puerta. Al otro lado apareció una mujer con falda oscura y blusa blanca, que sonreía cortésmente.

–Señor Pleasant –saludó la administradora–. Señorita Caín. Sean bienvenidos. El Gran Mago los aguarda. Síganme, por favor.

18

La figura de Phil Lynnot no se despidió de ellos. La administradora les indicó que bajaran por una escalera de caracol iluminada por antorchas. Al bajar el último escalón, se encontraron en el vestíbulo. Resultaba inquietante entrar en un sitio que en otro tiempo fuera familiar, pero que de pronto parecía de lo más extraño. La parte irracional de la mente de Valquiria estaba convencida de que los guardias Hendedores la miraban con odio desde detrás de las viseras, aunque sabía muy bien que una actitud así de mezquina no era propia de hombres tan disciplinados y profesionales.

Hasta hacía poco, no había advertido que el Santuario tenía la forma de un triángulo enorme que, tras desplomarse, hubiera quedado tendido en el subsuelo de Dublín. El vestíbulo estaba justo en el centro de la base del triángulo; de él salían tres pasillos largos, dos laterales y uno central. Los laterales giraban a medio camino formando un ángulo de cuarenta y cinco grados, y finalmente se encontraban con el central en el vértice del triángulo. Estos tres pasillos se entrecruzaban con muchos otros más pequeños, en un diseño que parecía hecho al azar.

Las salas situadas a lo largo de los pasillos principales se empleaban sobre todo para las tareas diarias de administración del Santuario, así como para los asuntos del Consejo de los Mayores. Algunos de los pasillos secundarios, sin embargo, contenían salas mucho más interesantes: las Mazmorras, el Depósito, la Armería y varias docenas más en las que Valquiria no había puesto nunca los pies.

Mientras avanzaban por el pasillo, la administradora iba charlando cordialmente con Skulduggery. Era una señora muy simpática a la que habían nombrado sustituta del administrador, fallecido durante el asalto al Santuario que perpetrara dos años antes Nefarian Serpine. Valquiria trató de alejar de su mente el recuerdo de aquella carnicería. Si había logrado sobreponerse a ella una vez, no veía razón alguna para que siguiera atormentándola.

La administradora les indicó que entraran en una sala espaciosa, desprovista de muebles.

–El Gran Mago acudirá enseguida.

–Gracias –dijo Skulduggery, asintiendo cortésmente; acto seguido, la administradora se marchó.

–¿Crees que nos harán esperar mucho rato? –preguntó Valquiria en voz baja.

–La última vez que vinimos a este edificio, acusamos de traidor al Gran Mago –repuso Skulduggery–. Sí, supongo que nos harán esperar.

Alrededor de dos horas más tarde, las puertas se abrieron de nuevo y un hombre canoso entró a grandes zancadas. Tenía el rostro serio y arrugado, y la mirada fría. Al ver a Valquiria, que estaba sentada en el suelo, se detuvo en seco.

–En mi presencia hay que ponerse en pie –la reprendió con hosquedad mal disimulada.

Valquiria ya se estaba poniendo en pie antes de que él abriera la boca, pero mantuvo cerrada la suya. No podía arriesgarse a estropear una reunión tan importante a causa de alguna estupidez.

–Gracias por dignarse a recibirnos –intervino Skulduggery–. Entendemos que debe de estar muy ocupado.

–Si de mí dependiera, no permitiría que me hicieran perder ni un minuto más –replicó Guild–. Pero el señor Bliss sigue respondiendo por ustedes. Si tolero su presencia, no es más que por respeto a mi colega.

–A propósito de este amable comentario... –empezó a decir Skulduggery, pero Guild negó con la cabeza.

–Déjese de bromas, señor Pleasant. Dígame a qué han venido y guárdese el sarcasmo para otro momento.

Skulduggery torció ligeramente la calavera.

–Muy bien. Seis meses atrás, cuando nos disponíamos a derrotar al barón Vengeus, usted nos despidió a causa de un desacuerdo. Ese mismo día, más tarde, no solo derrotamos al barón sino también al Grotesco, y logramos conjurar el peligro que suponían. Aun así, el papel que desempeñamos en esa misión no fue tenido en cuenta.

–¿Qué quieren? ¿Una recompensa? La verdad es que me sentiría decepcionado... si no tuviera ya un concepto tan bajo de ustedes. No creía que les interesara el dinero. ¿O tal vez prefieren una medalla?

–Esto no tiene nada que ver con ninguna recompensa.

–¿Con qué tiene que ver, pues?

–El mes pasado asesinaron a cuatro Teletransportadores, y ustedes siguen sin descubrir a los culpables. Sabe perfectamente que deberíamos ocuparnos de este asunto.

–Me temo que no puedo hablar con civiles de una investigación que aún está en curso. Le puedo asegurar que el detective Crux la está conduciendo a la perfección.

–Remus Crux es un detective mediocre.

–Al contrario: no tengo la menor duda de que es la persona idónea para este trabajo. Lo conozco muy bien y confío en él.

–¿Cuántas personas más tendrán que morir para que se dé cuenta de lo equivocado que está?

Guild entrecerró los ojos.

–No lo puede evitar, ¿verdad? Se presenta aquí para suplicarme que le devuelva su empleo, pero aun así tiene que mostrarse insolente. Por lo visto, lo único que ha aprendido desde su última visita es a cerrarle la boca a esa chica.

–Y un cuerno –replicó Valquiria bruscamente.

–... Y hasta en eso ha fallado –suspiró Guild.

Valquiria notó que la furia se agolpaba en su interior y se sonrojó. Al ver sus mejillas encarnadas, Guild esbozó una sonrisita petulante.

–Estamos perdiendo el tiempo –dijo Skulduggery–. Ni siquiera va a considerar la posibilidad de rehabilitarnos, ¿no es cierto?

–Claro que no. Dice usted que le despedí a causa de un desacuerdo. Qué eufemístico. Qué modo más fino de decir que me acusó de ser un traidor, nada menos.

–Vengeus tenía un espía en el Santuario, Thurid, y sabemos que eras tú.

–En eso emplea su jubilación, ¿verdad? Se inventa cuentos para llenar los momentos vacíos de esa vida tan lamentable que lleva. Dime, Skulduggery, ya que nos tuteamos: ¿has descubierto cuál es la verdadera finalidad de tu vida? Ya has matado al hombre que asesinó a tu familia, por lo que no puede ser la venganza. Es un asunto cerrado. ¿De qué se trata, pues? ¿Te arrepientes de las barbaridades que has hecho? A lo mejor has venido para curar todas las heridas que has causado, o para devolver la vida a las personas que han muerto a tus manos. ¿Cuál es tu propósito, Skulduggery?

Antes de que pudiera responder, Guild señaló a Valquiria.

–¿Pretendes instruir a esta chica? –continuó–. ¿Pretendes enseñarle a ser como tú? ¿Es eso lo que te mueve a levantarte por la mañana? Pero hay una pregunta que tal vez no te hayas formulado nunca: ¿de verdad quieres que ella sea como tú? ¿Quieres que viva como tú, falta de afecto, de amistad y de amor? Si realmente crees que soy un traidor, debes de pensar que soy un monstruo, ¿verdad? Un monstruo insensible. Sin embargo, tengo una esposa a la que idolatro, y unos hijos por los que me desvivo. Además, mi trabajo me supone unas obligaciones que me agobian a todas horas. Así pues, si un monstruo insensible como yo ha podido conseguir todo esto, mientras que tú no has conseguido nada, ¿qué clase de tipo eres en realidad?

*   *   *

Salieron del Santuario, pasaron en silencio junto a la figura de Phil Lynott y regresaron al coche. A Valquiria no le gustaba que Skulduggery estuviera callado: solía ser un mal presagio.

Había un hombre de pie al lado de su coche. Tenía el pelo castaño, cortado al rape, y barba de varios días. Valquiria frunció el ceño y trató de recordar si ya estaba allí un momento antes.

–Skulduggery –dijo el hombre–. Sabía que te encontraría aquí.

El detective le saludó con un movimiento de calavera.

–Emmet Peregrine, cuánto tiempo sin vernos. Te presento a Valquiria Caín. Valquiria, Peregrine es un Teletransportador.

–¿Quién es el culpable? –preguntó sin más Peregrine; parecía un hombre poco dado a la conversación informal–. ¿Quién está matando a los Teletransportadores?

–No lo sabemos.

–¿Y por qué no lo sabéis? –añadió con brusquedad–. Tienes fama de ser un gran detective. ¿Acaso no es eso lo que dicen?

–No estoy al servicio del Santuario –repuso Skulduggery–. No dispongo de autorización oficial.

–¿Quién la tiene, pues? Te lo voy a decir sin tapujos: no pienso recurrir al idiota de Crux. No quiero poner mi vida en manos de un individuo como él. Mira, puede que no nos tengamos mucha simpatía, y me consta que nunca hemos disfrutado de nuestra compañía mutua, pero si no me ayudas seré la próxima víctima.

Skulduggery señaló la pared y los tres se arrimaron a ella. Allí podrían hablar sin que nadie los viera.

–¿Tienes alguna idea de quién puede ser el asesino? –preguntó.

Peregrine hizo un esfuerzo evidente por calmarse.

–Ninguna. He tratado de averiguar si nuestra muerte podría reportar algún beneficio a alguien, pero no se me ha ocurrido nada. Ni siquiera tengo una teoría de conspiración paranoica en la que apoyarme.

–¿Has notado que te observaban, o que te seguían...?

–No. Y te aseguro que he abierto mucho los ojos. Estoy agotado, Skulduggery. Cada pocas horas me teletransporto a algún otro sitio. Llevo varios días sin dormir.

–Podemos protegerte.

Peregrine soltó una risa amarga.

–No te ofendas, pero es imposible. Si me protegierais, el asesino podría alcanzarme. Estoy mucho mejor a solas, pero no puedo pasarme la vida huyendo –titubeó–. He oído lo de Cameron.

–Sí.

–Era un buen hombre, el mejor de todos nosotros.

–Hay un modo de atraer al asesino.

24

–A ver si lo adivino... ¿Quieres que haga de cebo? ¿Quieres que me siente quietecito y le deje acercarse, para que vosotros salgáis de repente y solucionéis la situación? Lo siento, pero no tengo la costumbre de esperar a que me maten.

–Es lo mejor que podemos hacer.

–No contéis conmigo.

–Entonces tendrás que ayudarnos tú. Aun sabiendo que estaban en peligro de muerte, Cameron Light y los demás bajaron la guardia. Conocían al asesino, Emmet, y es probable que tú también.

–¿Qué insinúas? ¿Que no puedo confiar en mis amigos?

–Lo que insinúo es que no puedes confiar en nadie, salvo en Valquiria y en mí.

–¿Se puede saber por qué?

Skulduggery suspiró.

–Porque no tienes más remedio. Así, como suena.

–¿Hay alguna persona a la que conozcan todos los Teletransportadores? –preguntó Valquiria–. ¿Una persona en cuya compañía se sientan seguros?

Peregrine pensó un momento.

–Los funcionarios del Santuario –respondió–. Y unos cuantos magos, pero nadie que sobresalga mucho. Los Teletransportadores no somos muy queridos, no sé si lo habrás oído. Nuestro círculo de amistades no es excesivamente amplio.

–Y tú, ¿has entablado amistad con alguien? –preguntó Skulduggery–. ¿Has conocido a alguien recientemente?

–No, a nadie. En fin, aparte del chico.

Skulduggery ladeó la calavera.

–¿El chico?

–El otro Teletransportador.

–Creía que eras el último.

–No, hay un chico inglés que se presentó hace poco. Se llama Renn, Fletcher Renn. Carece de formación y disciplina. No tiene la más remota idea de lo que hace; es un pelma de mucho cuidado. Un momento... ¿Crees que puede ser el asesino?

–No lo sé –murmuró Skulduggery–. O es el asesino, o es su próxima víctima. ¿Dónde está?

–Podría estar en cualquier parte. Cameron y yo fuimos a hablar con él hace unos meses, para ofrecernos a instruirlo. Y ese mocoso engreído se rió en nuestras mismísimas narices. Es uno de esos casos raros que han nacido para ser magos; domina la magia como si nada. Tiene mucho poder, pero, como decía antes, le falta formación. Dudo mucho que pudiera teletransportarse más de unos kilómetros cada vez.

–No creo que sea el asesino. Pero eso significa que anda solo por ahí, y que no tiene la menor idea de lo que está ocurriendo.

–Creo que no ha salido de Irlanda –repuso Peregrine–. Le oí mascullar que pensaba quedarse algún tiempo en el país, y que le dejáramos en paz. Por lo visto, no necesita a nadie. Es el típico adolescente –Peregrine miró de soslayo a Valquiria–... sin ánimo de ofender.

–Valquiria no es típica en nada –repuso Skulduggery antes de que ella pudiera protestar–. Intentaremos localizarle, pero si le ves tú primero, dile que venga a hablar con nosotros.

–No creo que me haga caso, pero de acuerdo.

–¿Cómo podremos dar contigo, si hace falta?

–No podréis, pero os visitaré por mi cuenta de vez en cuando para que me pongáis al día. Todo iría mucho más rápido si os pudierais ocupar de la investigación. No me fío de Crux, ni de Thurid Guild. Estáis en buenas relaciones con Bliss, ¿verdad? ¿Os importaría darle un recado de mi parte? Decidle, simplemente, que muchos de nosotros estaríamos dispuestos a apoyarle como Gran Mago.

–No estarás insinuando que queréis sublevaros, ¿verdad?

–Si se requiere una revolución para volver a encauzar el Santuario, Skulduggery, eso es lo que haremos.

–Me parece un poquito radical, pero se lo haré saber.

–Gracias.

–¿Nada más? ¿No se te ocurre nada que pudiera sernos útil, por muy insignificante que parezca?

–Nada de nada, Skulduggery. No sé por qué asesinaron a los demás Teletransportadores, ni de qué modo. Somos dificilísimos de matar. No bien sospechamos que pasa algo, nos esfumamos en el acto. Hasta el mes pasado, la única vez que habían logrado asesinar a un Teletransportador, que yo recuerde, había sido cincuenta años atrás.

–¿Ah, sí? –dijo Skulduggery con repentino interés–. ¿Y quién fue la víctima?

–Trope Kessel. Apenas le conocía.

–¿Quién le asesinó? –preguntó Valquiria.

–Nadie lo sabe. Le dijo a un compañero que se iba a Glendalough, y ya no lo vieron más. Descubrieron rastros de su sangre en la orilla de Upper Lake, pero no llegaron a encontrar el cadáver.

–¿Crees que el asesinato de Kessel podría tener alguna relación con lo que está ocurriendo?

Peregrine frunció el ceño.

–No veo el motivo. Si querían eliminar a los Teletransportadores, ¿por qué iban a dejar que transcurrieran cincuenta años entre el primer asesinato y los restantes?

–Aun así –opinó Skulduggery–, podría ser un punto de partida.

–Los detectives sois vosotros, no yo –repuso Peregrine encogiéndose de hombros.

–Conoces a Tanith, ¿verdad?

–¿A Tanith Low? Sí. ¿Por qué?

–Si te vas a Londres y necesitas que alguien te guarde las espaldas, puedes confiar en ella. Tal vez sea tu única oportunidad de dormir un poco.

–Me lo pensaré. ¿Algún otro consejo?

–Sigue con vida –respondió Skulduggery.

Y con esto, Peregrine se esfumó.

3

AQUEL PRIMER BESO

VALQUIRIA miró el reloj al llegar al pueblecito de Haggard. Eran casi las diez, y las calles estaban iluminadas por una luz anaranjada y brumosa. No había nadie caminando bajo la lluvia, así que Valquiria no tuvo que agazaparse en el asiento para pasar inadvertida. Aquel era el único inconveniente del Bentley: destacaba decididamente entre los demás coches.

Aunque, por lo menos, no era amarillo.

Se acercaron al muelle. Seis meses atrás, Valquiria había saltado de él mientras la perseguía un grupo de Infectados, seres humanos a punto de convertirse en vampiros. Es así como había acabado con ellos, puesto que los de su especie morían al ingerir agua salada. Sus gritos de dolor y angustia, que se mezclaban con la rabia antes de brotar de sus gargantas destrozadas, estaban tan presentes en su memoria como si todo hubiera ocurrido el día anterior.

El Bentley se detuvo y Valquiria salió. Como hacía frío, no se entretuvo en la calle. Corrió hacia un lado de su casa y se puso a palpar el aire. Enseguida encontró las grietas entre los espacios, y empujó hacia abajo con fuerza. El aire se arremolinó a su alrededor y ella empezó a elevarse. Había un método mejor todavía: que el aire no te IMPULSARA, simplemente, sino que te TRANSPORTARA. Pero las clases que le daba Skulduggery aún no habían alcanzado ese nivel.

Se agarró al alféizar de la ventana y se levantó a pulso; después abrió la ventana y se dejó caer en su habitación.

Su reflejo levantó los ojos de la mesa, donde estaba haciendo los deberes de Valquiria.

–Hola –dijo.

–¿Alguna novedad? –preguntó Valquiria, mientras se quitaba el gabán y empezaba a cambiar su traje negro por ropa normal.

–Hemos cenado tarde –respondió el reflejo–. En el instituto han aplazado el examen de francés porque la mitad de la clase estaba escondida en los vestuarios. Ya tenemos las notas de mates: has sacado un notable. Alan y Cathy han roto.

–Qué tragedia.

Se oyeron pasos que se acercaban a la puerta; el reflejo se echó al suelo y se metió debajo de la cama.

–¿Steph? –dijo la madre de Valquiria, llamando a la puerta y entrando al mismo tiempo. Llevaba un cesto de ropa bajo el brazo–. Qué raro. Juraría que había oído voces.

–Es que estaba hablando sola –repuso Valquiria con una sonrisa que pretendía reflejar el grado justo de timidez y vergüenza.

Su madre dejó un montón de ropa recién lavada sobre la cama.

–No sé si sabrás que es el primer síntoma de locura.

–Papá habla solo todo el tiempo.

–Eso es porque nadie quiere escucharle.

Su madre salió del cuarto. Valquiria se calzó unas zapatillas raídas y bajó a la cocina a toda prisa, dejando que el reflejo continuara oculto por el momento. Echó cereales en un tazón, abrió la nevera y dio un suspiro al percatarse de que el brik de leche estaba vacío. Lo tiró a la bolsa de desperdicios para reciclar mientras empezaban a gruñirle las tripas.

–Mamá –dijo–, nos hemos quedado sin leche.

–Esas vacas holgazanas del demonio –murmuró su madre, entrando en la cocina–. ¿Has acabado los deberes?

Valquiria recordó los libros de texto que había sobre su mesa y se quedó de lo más abatida.

–No –refunfuñó–. Pero con lo hambrienta que estoy, no puedo con las matemáticas. ¿Tenemos algo de comer?

Su madre se la quedó mirando.

–Si has cenado muchísimo.

Era el reflejo quien había cenado muchísimo. Lo único que había comido Valquiria en todo el día eran algunas galletas de chocolate.

–Pues sigo estando hambrienta –replicó por lo bajo.

–Creo que solo intentas dejar las matemáticas para más tarde.

–¿Ha sobrado algo?

–¡Ah! Ahora sí que estoy segura de que bromeas. ¿Si ha sobrado algo, con tu padre en casa? ¡Sería la primera vez! Si quieres que te eche una mano con los deberes, no tienes más que llamarme.

Su madre salió de nuevo y Valquiria volvió a quedarse mirando el tazón de cereales.

Entonces entró su padre, se cercioró de que no los oían y se acercó a ella sigilosamente.

–Steph, tienes que ayudarme.

–No tenemos leche.

–Esas vacas holgazanas del demonio... En fin, resulta que este sábado es nuestro aniversario de boda. Sé muy bien que tendría que haberlo hecho semanas atrás, pero solo dispongo de mañana y del viernes para comprarle algo bonito y especial a tu madre. ¿Qué crees que podría regalarle?

–¿Sinceramente? Creo que estaría la mar de contenta si le regalaras algo de leche.

–Pero si ya se la trae siempre el lechero –protestó su padre con amargura–. ¿Cómo puedo compararme con él? Lleva una camioneta cargada de leche, por el amor de Dios, una camioneta entera. No, ni hablar. Tengo que comprarle otra cosa. ¿Por ejemplo?

–No sé, no sé. ¿Qué tal una joya? Un collar o algo así, por ejemplo. O unos pendientes.

–Un collar me parece bien –murmuró él–. Y es cierto que tiene orejas. Pero ya le compré joyas el año pasado, y el anterior.

–¿Y hace tres años? ¿Qué le regalaste?

Se mostró indeciso.

–Una especie... de prenda. No me acuerdo muy bien de cuál. De todos modos, no me gusta regalar la ropa, porque siempre me equivoco de talla y tu madre se siente insultada o deprimida. Supongo que podría comprarle un sombrero. Tiene una cabeza de tamaño normal, ¿no te parece? O tal vez una bufanda bonita, o unos guantes.

Valquiria asintió.

–Sí, no hay regalo más romántico que unos buenos guantes.

Su padre se volvió hacia ella.

–Acabas de hacer un comentario sarcástico. Estás de mal humor.

–Estoy hambrienta.

–Pero si acabas de comer. Por cierto, ¿cómo te ha ido la escuela? ¿Ha ocurrido algo interesante?

–Alan y Cathy han roto.

–¿Tendría que preocuparme por alguno de los dos?

–La verdad es que no.

–Pues vale –entrecerró los ojos–. ¿Y tú, qué? ¿Tienes alguna aventurilla que valga la pena contar?

–No. Ni una.

–Muy bien, excelente. Ya tendrás tiempo de sobra en cuanto termines la carrera y te metas a monja.

Ella sonrió.

–Me alegro de que tengas unos sueños tan ambiciosos en lo que a mí respecta.

–Qué quieres, soy la figura paterna. A ver, ¿y el regalo de aniversario?

–¿Por qué no os vais de viaje un fin de semana a París, o a donde sea? Puedes hacer la reserva mañana mismo, y os marcháis el sábado.

–Vaya, eso sí que es buena idea. Una idea buenísima. Lo que pasa es que tú tendrías que quedarte con Beryl. ¿Te parece bien?

Mentir no le costó nada.

–Claro.

Él le dio un beso en la frente.

–Eres la mejor hija del mundo.

–¿Papá?

–¿Sí, cariño?

–Sabes lo mucho que te quiero, ¿verdad?

–Lo sé.

–¿Vas a ir a por leche?

–No.

–Pero te quiero mucho.

–Yo también, pero no lo suficiente para ir a comprarte leche. Cómete una tostada.

Dicho lo cual, salió de la cocina. Valquiria suspiró con exasperación. Fue a prepararse una tostada, pero se habían quedado sin pan, así que cogió unos panecillos para hamburguesas y los metió en la tostadora. Cuando estuvieron listos, los cubrió de judías calentadas en el microondas, se llevó el plato a su cuarto y cerró la puerta.

–Vale –dijo, poniendo el plato sobre la mesa–. Ya puedes volver al espejo.

El reflejo salió de debajo de la cama y se levantó.

–Me quedan por resolver algunas preguntas de los deberes –dijo.

–Ya me ocuparé yo de ellas. ¿Son difíciles? No importa, las haré igualmente. ¿Ha ocurrido algo más hoy?

–Gary Price me ha besado.

Valquiria se la quedó mirando.

–¿Qué insinúas? ¿Que te ha besado... BESADO?

–Sí.

Estuvo a punto de gritar de rabia, pero se contuvo.

–¿Por qué lo ha hecho?

–Porque le gustas.

–¡Pero a mí no me gusta él!

–Sí que te gusta.

–¡No tendrías que haberle besado! ¡No tendrías que hacer nada semejante! Si existes, no es más que para ir al instituto, quedarte en casa y hacerte pasar por mí.

–Es que me hacía pasar por ti.

–¡No tendrías que haberle besado!

–¿Por qué no?

–¡Porque debo hacerlo yo!

El reflejo la miró sin comprender.

–Estás disgustada. ¿Es porque no estabas para recibir tu primer beso?

–¡NO! –gritó Valquiria.

El reflejo dio un suspiro; Valquiria le lanzó una mirada glacial.

–¿Qué ha sido eso?

–¿A qué te refieres?

–Acabas de suspirar como si estuvieras enfadada.

–¿Ah, sí?

–Sí. Pero tú no debes enfadarte. No tienes sentimientos, no eres una persona de carne y hueso.

–No recuerdo haber suspirado. Si lo he hecho, lo siento.

Valquiria abrió el armario para enseñarle el espejo a su doble.

–Estoy lista para reanudar mi vida –dijo.

El reflejo asintió y entró en el espejo. Permaneció en la habitación reflejada, esperando pacientemente.

Valquiria le lanzó una mirada iracunda; luego tocó el espejo y los recuerdos llegaron de golpe, inundándole la mente. Se fueron poniendo en orden junto a los suyos, acomodándose a su memoria.

Había estado en los vestuarios de la escuela, hablando con... No, era el REFLEJO el que hablaba... No, era ELLA, era Valquiria. Había estado hablando con algunas de las chicas, y en esto se le había acercado Gary y había dicho algo hilarante, y las chicas se habían ido, charlando. Valquiria recordó que se había quedado a solas con Gary, y cómo sonreía él, y recordó que le había devuelto la sonrisa, y cuando él se había inclinado para besarla, ella se lo había permitido.

35

Sin embargo, todo terminaba ahí. Estaba el recuerdo del momento, del acto en sí, pero no de la sensación. No había cosquilleos en el estómago, ni nervios, ni felicidad; tampoco recordaba si le había gustado, puesto que no había emoción alguna que lo acompañara.

Valquiria entrecerró los ojos. Era su primer beso, y ni siquiera había estado presente cuando se lo dieron.

Había perdido el apetito. Dejó en la mesa los panecillos tostados con judías y examinó los recuerdos restantes, fijándose en los más recientes. Recordó haberse visto entrar por la ventana, y meterse debajo de la cama, y aguardar ahí, y luego salir a gatas cuando se lo mandaron.

Recordó haberse dicho que Gary Price la había besado, y la discusión que acababa de tener, y luego recordó las frases: «Estás disgustada. ¿Es porque no estabas para recibir tu primer beso?». Y el «no» brusco que había soltado después. Luego venía un momento, como si las luces se hubieran atenuado, en el que decía: «No recuerdo haber suspirado. Si lo he hecho, lo siento».

Valquiria frunció el ceño: había otra laguna. Eran poco frecuentes y nunca duraban más de dos segundos, pero existían sin lugar a dudas.

Todo esto había empezado después de que mataran a su reflejo, tomándolo por ella, algunos meses atrás. A lo mejor le había quedado alguna secuela. No quería deshacerse de él, ni sustituirlo. De un tiempo a esta parte, resultaba más convincente que nunca. Que le fallara la memoria, a su modo de ver, no era un motivo para preocuparse demasiado.

4

LA BRUJA DE MAR

AQUELLA carretera serpenteaba entre los árboles más altos que Valquiria había visto jamás. De vez en cuando se abría un claro entre ellos, y entonces podía observar la altura a la que se encontraban. Las montañas eran preciosas; el aire, fresco, claro y tonificante.

Llegaron a Glendalough poco antes de las diez. Habían ido con la intención de localizar algún testigo del asesinato del Teletransportador, cometido cincuenta años atrás. Valquiria se había quejado del frío y Skulduggery le había dicho que no tenía por qué acompañarle, pero ella no pensaba desaprovechar esa oportunidad por nada del mundo. Al fin y al cabo, no había visto una Bruja de Mar en su vida.

Skulduggery aparcó el Bentley e hicieron a pie el resto del camino. El detective vestía un traje azul marino, un abrigo desabrochado y un sombrero con el ala inclinada sobre la frente. Llevaba puestas las gafas de sol y la bufanda enrollada en la parte inferior de la calavera, lo que ocultaba sus facciones esqueléticas de las miradas de los caminantes y turistas que pasaban.

En cuanto a Valquiria, se había vuelto a poner la ropa demasiado ceñida que le confeccionara Abominable.

Llegaron por fin a Upper Lake. Parecía que un gigante hubiera quitado con la mano un puñado descomunal de bosque, y que la lluvia hubiera rellenado de cristal líquido la cavidad. El lago era inmenso, y en la orilla opuesta se erguían de nuevo las montañas.

Caminaron a lo largo de la ribera, entre el agua y los árboles, hasta que encontraron un tocón cubierto de musgo. Skulduggery se agachó e introdujo la mano enguantada en un hueco que se abría en la base, mientras Valquiria miraba a su alrededor para cerciorarse de que no los espiaban. No había ni un alma; estaban seguros.

El detective sacó del tocón un campanilla minúscula de plata, del tamaño de su dedo gordo; luego se enderezó y la hizo sonar.

Valquiria enarcó una ceja.

–¿Crees que la habrá oído?

–Seguro que sí –asintió él mientras se quitaba las gafas y la bufanda.

–No suena muy fuerte, que digamos, ¿verdad? Yo apenas la he oído, y eso que estoy a tu lado. Yo suponía que la campana para llamar a una Bruja de Mar tenía que ser enorme, una campana como las de las iglesias, de esas que se tañen. Y eso parecía más bien un tintineo que un tañido.

–Sí, la verdad es que no es un sonido demasiado espectacular.

Valquiria observó el lago.

–Ni rastro de la Bruja. Estará avergonzada de su birria de campana. Por otra parte, ¿qué clase de Bruja de Mar vive en un lago?

–Creo que estamos a punto de averiguarlo –murmuró Skulduggery, al ver que se agitaban las aguas y una vieja marchita salía a la superficie. Iba vestida con harapos, y sus brazos eran largos y flacos; su cabello no se distinguía de las algas enredadas en él. Tenía la nariz aguileña, los ojos hundidos y, en lugar de piernas, algo semejante a la cola de un pez, que permanecía sumergido.

Valquiria pensó que su aspecto era el de una sirena viejísima y feísima.

—¿Quién me molesta? —preguntó la Bruja de Mar, con una voz que parecía la de alguien que se estuviera ahogando.

—Un servidor. Me llamo Skulduggery Pleasant.

—No te llamas así —dijo la Bruja.

—Es el nombre que he adoptado —replicó Skulduggery—. Lo mismo que mi compañera, aquí presente, que ha elegido el nombre de Valquiria Caín.

La Bruja de Mar meneó la cabeza, casi con tristeza.

—Dais mucho poder a los nombres —dijo—. Una parte excesiva de vuestra fuerza reside en vuestros nombres. Hace tiempo, yo entregué mi nombre a las profundidades. Posad en mí vuestros ojos y responded sinceramente: ¿habéis visto jamás semejante felicidad?

Valquiria se quedó mirando las algas que la cubrían, su piel arrugada, su expresión adusta, y llegó a la conclusión de que más valía no meter baza.

En cuanto estuvo claro que nadie iba a responder, la Bruja de Mar tomó de nuevo la palabra:

—¿Se puede saber por qué me habéis molestado?

—Buscamos respuestas —contestó Skulduggery.

—Nada de lo que hacemos tiene importancia —les dijo la Bruja—. Al final, todo perece ahogado y se lo lleva la corriente.

—Buscamos respuestas un pelín más concretas. Ayer asesinaron a un mago llamado Cameron Light.

–¿En tierra firme?

–Eso es.

–No me interesa.

–Creemos que este crimen podría tener relación con un asesinato que se produjo cincuenta años atrás aquí mismo, a la orilla de este lago. Si la víctima le dijo algo antes de morir, si sabe algo de ella o de la persona que le quitó la vida, debemos oírlo de inmediato.

–¿Queréis enteraros de los secretos de otra persona?

–Es preciso.

–La chica no ha pronunciado palabra desde que he aparecido –dijo la Bruja de Mar, volviéndose a Valquiria–. Antes, sin embargo, hablaba sin pausa. ¿Tienes algo que decir, muchacha?

–Hola –dijo ella.

–Las palabras corren mucho, debajo de las olas. Lo que habéis dicho de mi campana ha llegado muy lejos. ¿Acaso no te gusta?

–Hummm –dijo Valquiria–. No está mal. Es una campana bonita.

–Es tan vieja como yo, y a mis años ya no me alcanza la belleza. En otros tiempos era hermosa. Mi campana, el sonido que hace, sigue siendo hermoso.

–Hace un sonido hermoso –admitió Valquiria–. Aunque es algo pequeña.

La Bruja de Mar meneó su cola de pez gigante, o lo que fuera, y se inclinó hasta situarse a menos de un metro de Valquiria. Olía a pescado podrido.

–¿Quieres ahogarte? –preguntó.

–No –respondió ella–. No, gracias.

La Bruja frunció el ceño.

40

–¿Qué es lo que quieres?

Skulduggery se interpuso entre ellas.

–¿Qué hay de ese hombre, el que murió hace cincuenta años?

La Bruja del Mar volvió a su posición de antes y siguió meneando la cola. Valquiria se preguntó si sería muy grande la mitad que tenía de pez. Se parecía más a una serpiente que un pez, a una serpiente enorme.

–Tus preguntas no me interesan –dijo la Bruja–. Si pretendes averiguar lo que sabía un muerto, se lo puedes preguntar tú mismo.

Agitó la mano y a su lado emergieron los despojos de un hombre, una figura de huesos y podredumbre cuya ropa se había fundido con la piel hasta adquirir el mismo color fangoso. El muerto se alzó hasta que solo sus pies quedaron ocultos por las olas pequeñas y alborotadas. Los brazos le colgaban flojos a los costados; abrió los ojos y el agua manó de su boca.

–Ayudadme –dijo.

La Bruja de Mar puso cara de enojo.

–No te pueden ayudar, cadáver. Han venido a interrogarte.

–¿Por qué quieres que te ayudemos? –preguntó Skulduggery.

–Quiero volver a casa –le dijo el cadáver.

–Ya estás en casa –repuso la Bruja.

Los despojos del hombre negaron con la cabeza.

–Quiero que me den sepultura. Quiero estar rodeado de tierra. Quiero estar seco.

–Mala suerte –dijo la Bruja.

–Si nos ayudas –le propuso Skulduggery al cadáver–, veremos lo que se puede hacer. ¿Te parece bien?

El cadáver asintió.

–Responderé a vuestras preguntas.

–¿Eres Trope Kessel, el Teletransportador?

–Lo soy.

–Hemos venido porque el mes pasado asesinaron a cuatro Teletransportadores. Existe la posibilidad, por remota que sea, de que estos asesinatos estén relacionados de un modo u otro con el tuyo. ¿Cómo te mataron?

–Con un cuchillo, por la espalda.

Valquiria enarcó una ceja. A los demás Teletransportadores los habían matado del mismo modo. Tal vez existiera alguna relación, al fin y al cabo.

–¿Quién te mató? –preguntó.

–Dijo que se llamaba Batu.

–¿Y por qué lo hizo? –insistió Skulduggery.

–Porque yo era una especie de erudito –contestó el difunto–. Hace millones de años, los Sin Rostro fueron expulsados de esta realidad. Aunque no tengo el menor deseo de verlos regresar, los aspectos prácticos de su exilio, la magia, la teoría... Todo ello constituía un rompecabezas, y me obsesionaba resolverlo. Morí a causa de mi curiosidad y por ser confiado en exceso. Creía que las personas eran, por naturaleza, buenas, decentes y respetables. Al final resultó que Batu no era así en absoluto. Me mató porque yo sabía cómo encontrar lo que él deseaba, y en cuanto se lo dije, no tuvo más remedio que proteger el secreto.

–¿Qué era lo que deseaba encontrar?

–La puerta –respondió el cadáver–. La puerta que se abrirá para permitir que vuelvan los Sin Rostro.

Hubo un momento de silencio. Valquiria se dio cuenta de que había inspirado y aún tenía que soltar el aire. Se obligó a respirar de nuevo.

–¿Existe realmente una puerta semejante? –preguntó Skulduggery. Hablaba despacio, cautelosamente, como si las respuestas fueran un perro al que no quisiera molestar. Su voz reflejaba incluso preocupación.

–Existe; pero yo solo llegué a descubrir el modo de encontrarla. No tuve ocasión de poner en práctica mi teoría. La muralla que separa nuestras realidades se ha debilitado con el tiempo; la oscuridad y el mal de los Sin Rostro se han filtrado a través de ella. Un Vidente de dotes excepcionales podría seguir las líneas de energía de nuestro mundo hasta su punto más débil. Es ahí donde se puede abrir la puerta.

–Entonces, ¿cómo es que los Sin Rostro no han entrado ya? –inquirió Valquiria.

–Se requieren dos cosas –les explicó el cadáver–. La primera es un Ancla Istmo, un objeto atado a una cuerda invisible que une esta realidad con la siguiente. Esta cuerda es lo que impide que la puerta se cierre para siempre. El Ancla, sin embargo, no sirve de nada a menos que alguien abra la puerta por la fuerza, y esto no puede hacerlo nadie más que un Teletransportador.

Valquiria frunció el ceño.

–Pero están matándolos a todos.

–¿Y esto qué significa? –preguntó Skulduggery volviéndose hacia ella.

–No lo sé. No tiene sentido. A no ser que... En fin, a no ser que el asesino no quiera que vuelvan los Sin Rostro, de modo que está matando a todos los Teletransportadores para asegurarse de que nunca se abra la puerta.

–¿Y qué sacas en conclusión?

–Que tal vez no sea tan malo como parece. Puede que sea un tipo bueno, pero retorcidillo.

Skulduggery guardó silencio; luego miró al cadáver asintiendo con la cabeza.

–Gracias, Trope Kessel. Has hecho un gran servicio a la humanidad.

–¿Me vais a ayudar?

–Desde luego.

La Bruja de Mar se echó a reír.

–Nunca te irás de este lago, cadáver.

Skulduggery se la quedó mirando.

–¿Qué pides por él?

La Bruja hizo un mohín.

–No quiero nada, porque es mío. En este lago murió, y sus aguas ya se han cobrado su cuerpo.

–Tiene que haber algo que desees, algo que podamos darte a cambio.

–No voy a aceptar nada de lo que me ofrezcáis. Soy una Doncella del Agua. Estoy libre de tentaciones.

–No eres ninguna Doncella del Agua –dijo Valquiria–. Eres una Bruja de Mar.

La Bruja entrecerró los ojos.

–Cuando era joven, era una Doncella del...

–Da lo mismo –la interrumpió Valquiria–. Puede que fueras hermosa en tus tiempos, pero ahora eres una mujer pez vieja y fea.

–No despiertes mi ira, chiquilla.

–Tu ira no pienso ni tocarla, pero no nos iremos sin llevarnos el cadáver. De modo que o nos los entregas, o ya te puedes ir preparando.

–Me parece que quieres ahogarte, después de todo –gruñó la Bruja, abalanzándose sobre ella. Sus manos huesudas aferraron los hombros de Valquiria; la Bruja se inclinó bruscamente hacia atrás, levantó a su presa del suelo y la arrojó como si fuera una muñeca de trapo. Valquiria chocó violentamente contra el agua y se hundió. Hizo una contorsión y, a través de las burbujas, vio cómo el cuerpo largo y serpentino de la Bruja se enroscaba. De pronto, el rostro de la vieja apareció de nuevo a su lado, con mirada triunfal, y Valquiria sintió que la aferraba para retenerla bajo la superficie del lago.

Valquiria trató de darle un puñetazo, pero el agua le frenó la mano. La Bruja se echó a reír y la boca se le llenó de agua que le bajó por la garganta. Valquiria distinguió por primera vez las hileras de agallas que tenía a ambos lados del cuello.

Sus pulmones estaban a punto de reventar, pues no había tenido tiempo de coger aire. Trató de clavar los dedos en los ojos de la Bruja, pero esta le aferró las muñecas con sus garras. No podía con ella: era demasiado fuerte.

En ese momento, algo se acercó a ellas: era Skulduggery, que surcaba las aguas como un torpedo. Llegó a su lado antes de que la Bruja reparara en él; ella le lanzó un zarpazo, pero el detective aprovechó que una de las muñecas de Valquiria había quedado suelta para liberarla de un tirón. Valquiria se aferró con fuerza a Skulduggery, sintiendo que el agua se separaba delante de ellos y los impulsaba por detrás. La Bruja se lanzó a perseguirlos con movimientos ondulantes y la cara crispada de furia. Pronto les ganó terreno y alargó la zarpa; pero Skulduggery viró repentinamente hacia las tenebrosas profundidades del lago, y giró en redondo casi de inmediato para pasar a toda velocidad justo al lado de la Bruja, que soltó un grito de rabia en forma de ristra de burbujas.

Se acercaban por momentos al fondo del lago. Con solo alargar la mano, Valquiria habría podido tocar las piedrecillas, las rocas, el cieno y la arena.

Skulduggery se impulsó hacia arriba con los pies; Valquiria y él salieron despedidos del lago y se precipitaron hacia los árboles de la orilla. Con un chillido, la Bruja surgió de las aguas revueltas, rodeó la cintura de Skulduggery con sus escuálidos brazos y lo arrastró de nuevo a las profundidades.

Aún en el aire, Valquiria trató de agarrarse a una rama. No lo consiguió y chocó contra el suelo con un gruñido, sin reparar en los cortes que le había hecho la madera astillada en las manos. Lanzó otro gruñido y movió ligeramente la cabeza para echar un vistazo al lago. No se veía ni a Skulduggery ni a la Bruja; las ondas ya se extendían y se iban calmando, como si el lago tratara de ocultar lo que ocurría en su interior. Valquiria se dio la vuelta, se apartó las greñas húmedas que le colgaban por la cara y se levantó poco a poco. Al verse las manos hizo una mueca.

El cadáver seguía de pie en el agua, en el mismo sitio, esperando seguramente a que la Bruja volviera para llevarse lo que, a su modo de ver, le pertenecía. Valquiria empezó a moverse. El cadáver les había ayudado, y le habían prometido que le devolverían el favor.

Echó a correr por la orilla, resbalando de vez en cuando; no le hacía mucha gracia acercarse tanto al agua. Aun así, la Bruja no se abalanzó sobre ella ni trató de agarrarla. Skulduggery debía de estar dándole una buena zurra; al menos, eso esperaba Valquiria.

Finalmente, llegó jadeante a donde estaba el cadáver. Las manos ya empezaban a escocerle.

–¡Eh, tú! –exclamó–. Sal de ahí, ¿quieres?

Él negó con la cabeza.

–No puedo moverme solo. He pasado cincuenta años en el fondo de este lago. Me parece que ni me acuerdo de cómo moverme.

–Bueno, pues espera un momento y te sacaré yo –le aseguró Valquiria.

–Gracias –repuso el cadáver.

Ella se metió en el lago. Las aguas parecían tranquilas. No había ni rastro de la Bruja de Mar, lo que podía significar dos cosas: que Skulduggery la tenía ocupada, o que estaba esperando a que Valquiria se pusiera a su alcance. Se adentró en el lago hasta que el agua le cubrió las rodillas, y luego los muslos. Cuando le llegaba a la cintura, se dejó caer y se puso a nadar.

Durante un rato no pasó nada. No apareció ninguna zarpa que pretendiera agarrarla y arrastrala hasta el fondo.

Cuando llegó donde estaba el cadáver, levantó la cabeza y lo miró.

–¿Cómo puedo sacarte de ahí?

–Me temo que no lo sé –respondió él.

Valquiria respiró hondo y se sumergió. El cadáver no tenía los pies apoyados en ninguna parte. Era como si el mismo lago lo sostuviera.

Volvió a sacar la cabeza del agua y extendió la mano para ver si podía tirar de él; pero apenas le tocó la piel, el lago dejó de sostenerlo y se desplomó de golpe.

–Lo siento –dijo él.

–No importa –repuso Valquiria, sujetándolo por debajo de la barbilla. Reprimió las ganas de estremecerse al notar el tacto glacial de su carne moteada, y empezó a nadar de vuelta a la orilla llevándolo consigo. Cuando hizo pie, lo sujetó por los sobacos y comenzó a sacarlo a rastras.

–Gracias por hacerme este favor –dijo el cadáver.

–Te lo debíamos.

–Ese lago era espantoso.

–Te buscaremos una tumba bien seca y agradable, no te preocupes.

Él consiguió volver la cabeza y mirarla.

–Si vuelven los Sin Rostro, será el fin del mundo. Por favor, prométeme que lo impediréis.

Ella le sonrió.

–Es lo que hacemos siempre: impedir que los malos se salgan con la suya.

En cuanto sus pies dejaron de tocar el agua, la cabeza del Teletransportador se inclinó bruscamente y enmudeció de repente. Había vuelto a convertirse en un simple cadáver.

Valquiria lo siguió arrastrando hasta que estuvieron a bastante distancia del lago; luego, con mucho cuidado, lo dejó en el suelo.

Estaba calada, se moría de frío, tenía las manos llenas de cortes que le escocían y las uñas negras por la suciedad y la carne podrida. Además, necesitaba lavarse el pelo tan pronto como fuera humanamente posible.

Algo ocurría en el centro del lago. Observó con atención: una silueta se movía veloz hacia la superficie. Skulduggery salió del agua hasta ponerse de pie y empezó a deslizarse, con las manos en los bolsillos, como si esperase el autobús.

A medida que se acercaba fue aminorando la velocidad, y luego echó a andar por la orilla.

–Bueno –dijo–, hemos solucionado el primero de nuestros problemas –agitó la mano y el agua se desprendió de su ropa, dejándolo completamente seco.

–Aún no me has enseñado cómo se hace eso –protestó Valquiria enfurruñada.

Skulduggery recogió su sombrero del suelo y lo limpió.

–Eres tú la que dices continuamente que las lecciones sobre la manipulación del fuego y del aire son más importantes que las referentes al agua. Así que, si recuerdas a una rata ahogada, no es culpa mía. ¿No crees?

—Me las arreglaré, no te preocupes –replicó ella de mal humor–. ¿Cómo está la Bruja?

Él se encogió de hombros.

—Supongo que se arrepiente de haber tomado ciertas decisiones en su vida. Veo que has rescatado al cadáver.

—Sí. Está muerto.

—Ajá. Es lo que tienen los cadáveres.

—Quiero decir que ya no habla.

—Entonces, lo único que podemos hacer es satisfacer sus deseos. Lo meteremos en el coche, procurando que no nos vea ningún transeúnte indiscreto, y lo llevaremos a Dublín.

Ella asintió y se mordió el labio.

—¿Qué? –dijo Skulduggery–. ¿Qué pasa?

—Mira, no quiero ser irrespetuosa ni nada parecido, pero puede que sea un poco raro ir en un coche con un muerto...

—Te das cuenta de que yo también estoy muerto, ¿verdad?

—Sí, bueno, pero... tú no hueles.

—Tienes toda la razón. No te preocupes, lo pondremos en el maletero. Veamos, ¿quieres cogerlo por los brazos o por las piernas?

—Por las piernas.

Skulduggery levantó el cadáver agarrándolo por los sobacos. Valquiria lo sujetó por los tobillos, lo alzó del suelo, y se quedó con la pierna derecha en la mano.

—Carga tú con ella –dijo Skulduggery.

5

TRAS LA PISTA
DEL TELETRANSPORTADOR

SKULDUGGERY aparcó en las inmediaciones del bloque de pisos donde China Sorrows tenía su biblioteca. Se había empeñado, como parte de su formación continua, en que Valquiria se secara por sí misma; y aunque ella había hecho lo posible para desprenderse del agua del lago, no había logrado eliminarla del todo. En su ropa aún había manchas de humedad, y su pelo apestaba.

–Estoy hecha un desastre –gruñó al bajar del coche–. No soporto ir a ver a China con esa pinta. Ella siempre va impecable. ¿Cómo tengo el pelo?

Skulduggery conectó la alarma.

–Tienes una ramita enredada.

Valquiria se la quitó de un tirón e hizo una mueca de dolor. Cuando empezaron a andar, echó un vistazo al maletero.

–¿Dónde vas a enterrar el cadáver?

–Conozco un sitio.

–¿Cómo que conoces un sitio? ¿Es que tienes por costumbre enterrar muchos cadáveres allí?

–Bueno, unos cuantos.

–No me asustes. ¿Y el tipo que le mató, ese tal Batu? ¿Has oído hablar de él?

–Nunca.

–Puede que los asesinatos de los Teletransportadores no tengan nada que ver con el de Trope Kessel.

–Y entonces, ¿por qué los mataron a todos del mismo modo?

–Podría ser una coincidencia.

–¿Así que no estás preocupada? ¿No te inquieta la amenaza que supone el regreso de los Sin Rostro?

Ella frunció los labios.

–¿Valquiria?

Ella suspiró.

–Me gustaría que no tuvieras razón todo el tiempo.

–Ya. Es una carga que debo soportar. Pero la cuestión es la siguiente: ¿cómo se explica que hubiera un intervalo de cincuenta años entre el primer asesinato y los cuatro restantes? ¿Qué ha estado haciendo el señor Batu durante este período?

–Tal vez haya estado en la cárcel.

–Cada día razonas más como un detective, ¿lo sabías? Bien, hay ciertas personas que me deben favores. Podría conseguir una lista de delincuentes a los que hayan soltado hace poco.

Valquiria suspiró de nuevo.

–Sería todo mucho más sencillo si trabajáramos aún para el Santuario.

Cuando entraban en el bloque de pisos se tropezaron con Savian Eck, un mago al que Valquiria solo había visto en dos ocasiones. Bajo el brazo llevaba un libro voluminoso, encuadernado en cuero y de aspecto antiguo. Lo estrechó con fuerza contra su costado y les saludó con aire distraído.

–Buenas tardes, Skulduggery. Hola, Valquiria.

Los tres subieron juntos las escaleras.

–¿Qué llevas ahí? –preguntó Skulduggery.

–Un libro. Un libro para... para China. Dijo que me lo quería comprar.

–¿Es caro?

Eck soltó una risa tan repentina como desesperada.

–Vaya si es caro. Es rarísimo, este libro. No tiene precio, diría yo.

–¿Y cuál es el precio de un libro que no lo tiene, hoy en día?

–Una fortuna –respondió Eck resueltamente–. No quiero ser un primo, ¿entiendes? Ciertas personas ven a China y se olvidan del dinero, o de hacer un buen trato, y lo único que desean es complacerla. Pues yo no soy así. Yo soy un negociante, Skulduggery. Esto es un negocio.

Al llegar al tercer piso, a Eck le castañeteaban los dientes. Skulduggery llamó a la puerta en la que ponía «Biblioteca». Les abrió el hombre delgado de siempre y les indicó que pasaran. A Eck le flaquearon un poco las piernas, pero logró tenerse en pie; Skulduggery y Valquiria le siguieron por el laberinto de estanterías hasta llegar al mostrador.

China Sorrows, que tenía el cabello negro como ala de cuervo y los ojos azules como el cielo, los vio acercarse y se levantó de la silla. En el rostro de aquella mujer, la más hermosa del mundo, se dibujó una sonrisa.

Savien Eck cayó de rodillas, le tendió el libro y gimió:

–Te adoro.

Skulduggery meneó la cabeza y dejó a Valquiria para ir a inspeccionar las estanterías.

–Savien –dijo China–, eres un encanto.

El hombre delgado cogió el libro encuadernado en cuero de las manos temblorosas de Eck y lo puso encima del mostrador.

–Veamos: en cuanto al pago se refiere...

Eck asintió rápidamente.

–Sí, el pago, sí.

–Por cierto, ¿cómo estás? Tienes buen aspecto. ¿Vienes de hacer ejercicio?

Él esbozó una sonrisa lánguida.

–Me gusta correr.

–Se nota, se nota –murmuró China, entrecerrando los ojos en señal de aprecio.

Eck gimió de nuevo.

–Lo siento –se disculpó China, soltando una risita y adoptando un aire turbado–. Me distraes, ¿sabes? En fin, vayamos al grano, aunque no sé si podré mantener la concentración más de tres segundos seguidos. Estábamos hablando del pago.

–Puedes quedarte con él –dijo Eck con voz entrecortada.

–¿Perdón?

Eck se levantó.

–Te lo regalo, China. Es un obsequio. No hace falta que me pagues nada.

–Savien, por nada del mundo podría...

–Por favor, China, acéptalo. Acéptalo como una muestra de mi, de mi...

China abrió los ojos como platos y le obsequió con una mirada de tímida esperanza. Valquiria observó atónita aquel despliegue de habilidades.

–¿Sí, Savien?

–... de mi amor, China.

54

Ella se llevó a los labios un dedo delicado, como si se esforzara por contener un torrente de pasión.

–Gracias, Savien.

Eck hizo una reverencia, trastabilló un poco y se dio la vuelta. A juzgar por su sonrisa, estaba satisfecho hasta el delirio. Se fue a toda prisa por donde había entrado, mientras el hombre delgado le seguía para que no tropezara con nada.

–Ha sido bochornoso –dijo Valquiria.

China se encogió de hombros, volvió a sentarse y abrió el libro.

–Hago lo que debo para obtener las cosas que deseo –cogió una lupa para examinar más a fondo las páginas–. Tienes pinta de haber estado nadando, Valquiria –añadió sin levantar la cabeza–. ¿Y cómo tienes así las manos? Esos cortes deben de dolerte mucho.

–Sí, esto... golpeé un árbol.

–Seguro que se lo merecía.

Valquiria se devanó los sesos en un intento de cambiar de conversación.

–¿De qué trata el libro? –preguntó al fin.

–Es un libro de hechizos, escrito por el Mago Loco hace más de mil años.

–¿Por qué le llamaban el Mago Loco?

–Porque estaba loco.

–Ah.

China se enderezó y frunció los labios.

–Este libro es una falsificación. Diría que tiene cosa de quinientos años, pero no deja de ser una falsificación.

Valquiria se encogió de hombros.

–Suerte que no has pagado nada por él; si no, tendrías que devolverlo para recuperar tu dinero.

China cerró el volumen y examinó la cubierta.

–No creo que lo devolviera. El Mago Loco, aparte de estar como un cencerro, era más bien mediocre. La mayoría de los hechizos de este libro no surtía el más mínimo efecto. El falsificador, sin embargo, fuera quien fuera, corrigió sobre la marcha todos los errores. Me atrevo a decir que es el hallazgo intelectual más importante de los últimos quince años.

–Caramba.

–Y ahora me pertenece –añadió China con una sonrisa de satisfacción.

Skulduggery regresó, hojeando con cuidado un libro que había conocido tiempos mejores.

–Necesitamos tu ayuda, China –resumió.

Ella hizo una mueca.

–¿Ah, ya hemos terminado de charlar? Pues no tiene ninguna gracia. Ni siquiera nos hemos tirado pullas. ¡Ay! ¡Cómo echo de menos los felices tiempos del ayer! ¿Tú no, Valquiria?

–Sí, a ratos no estaban mal.

–¿A que sí? Estábamos todo el rato que si «los asuntos del Santuario» por aquí, que si «hay que salvar el mundo» por allá... Y ahora, ¿qué? Ahora tenéis que conformaros con mirar, sin poder investigar unos cuantos asesinatos de tres al cuarto. ¿Es un asunto digno de la atención del magnífico Skulduggery Pleasant?

–Un asesinato es un asesinato –replicó el detective sin levantar la mirada del libro.

–Sí, claro, supongo que tienes razón. Dime, pues: ¿cómo está llevando ese detective amigo de Guild la parte irlandesa de la investigación?

–¿Insinúas que no lo sabes? –preguntó Valquiria, desconcertada de veras. Por entonces ya estaba enterada de que todos los buenos detectives recurren constantemente a los «informadores», y China era una de las mejores en la materia.

China sonrió.

–¿De verdad crees que Remus Crux se asociaría conmigo, con una persona de pasado tan dudoso? Recuerda, querida Valquiria, que tiempo atrás confraternicé con el enemigo. De hecho, hubo un tiempo en que yo misma era el enemigo. Crux es un hombre tan limitado como su propia imaginación. Tiene sus normas, establecidas por Thurid Guild, y se limita a seguirlas. Las personas que siguen las normas no acuden a mí. De ahí que hable con vosotros con tanta regularidad.

–Los granujas tenemos que mantenernos unidos –apuntó Skulduggery distraídamente.

–En realidad, eso va en contra del propósito que mueve a todo granuja, ¿no crees?

–El Ancla Istmo –dijo Skulduggery, leyendo en voz alta del libro–. Un objeto que corresponde a una realidad pero reside en otra. Animado o inanimado. Mágico o no. Proyecta una Corriente Istmo, que enlaza las realidades a través de portales entre dimensiones –cerró el libro y ladeó pensativo la cabeza.

–¿Y bien? –preguntó Valquiria.

–Tenemos que averiguar qué forma tiene el Ancla en cuestión, y dar con ella antes que el enemigo. Déjame reflexionar un poco. China, hemos de encontrar a una persona. Un muchacho inglés: Fletcher Renn.

–Nunca he oído hablar de él. ¿Es mago?

–Es un Teletransportador nato.

Ella arqueó una ceja.

–Entiendo. De ser así, es posible que sepa algo de él. Me han llegado tres noticias acerca de un «chico fantasma» al que vieron en otros tantos locales nocturnos de County Meath. El personal no le permitía la entrada, o se negaba a servirle; el chico se enfurruñaba, se marchaba furioso y desaparecía, según ellos, «como por arte de magia». Dado que los únicos testigos de sus desapariciones estaban colocados o borrachos y no tenían muchas luces, la policía no se lo toma muy en serio que digamos.

–¿En qué parte de Meath? –preguntó Skulduggery.

China hizo una seña al hombre delgado; este había permanecido tan quieto, allí de pie, que Valquiria se había olvidado de él. El hombre se marchó y volvió al momento provisto de un mapa, que extendió sobre la mesa de China.

–Aquí, aquí y aquí –indicó ella, dando golpecitos en el mapa con una uña perfectamente recortada.

Skulduggery cogió un lápiz y dibujó un círculo alrededor de los tres puntos.

–Si lo que dice Peregrine es verdad, y el señorito Renn solo se puede transportar unos kilómetros cada vez, es posible que se encuentre en las proximidades de esta zona.

–Son muchos edificios que investigar –observó China.

Skulduggery se dio un golpecito en la calavera con el lápiz, lo que produjo un sonido hueco de lo más agradable.

–Hablamos de un chico de diecisiete años con el poder de aparecer en cualquier sitio. Si necesita dinero, se mete en la cámara acorazada de un banco. Si quiere ropa, en una tienda de ropa. Para la comida, en un supermercado. No creo que esté en cualquier parte, puesto que ya empieza a sentirse superior a los demás. Solo querrá quedarse en los sitios mejores, en los hoteles más lujosos.

Dibujó una equis en el mapa, dentro del círculo.

–El Hotel Grandeur –sugirió China–. Es muy probable que sea el único hotel de la zona con una consola para videojuegos en cada habitación.

–Es allí donde está –afirmó Skulduggery, cubriéndose la barbilla con la bufanda–. Allí le encontraremos.

6

FLETCHER RENN

TODO el vestíbulo del hotel estaba adornado con plantas, y por una de sus paredes caía una cascada. Dos enormes columnas de mármol se alzaban hasta el techo; Skulduggery se escondió detrás de una de ellas para que el risueño recepcionista no le viera. No llevaba abrigo, y su único camuflaje eran el sombrero y la bufanda. Luego anduvo hacia los ascensores con naturalidad; Valquiria le siguió sin sacar las manos, que llevaba vendadas, de los bolsillos. No dejó de sonreír al recepcionista hasta que lo perdió de vista.

Se abrieron las puertas de un ascensor, y de él salió una pareja de ancianos. Al pasar por su lado, la mujer miró con curiosidad a Skulduggery. Valquiria entró con él en la cabina y apretó el botón del último piso, el lugar donde era más probable que se encontrara Fletcher Renn. Cuando empezaron a subir, Skulduggery examinó su revólver.

El ascensor los dejó en un pasillo muy largo. Al doblar una esquina, estuvieron a punto de chocar con el hombre que venía en sentido contrario. Era rubio y llevaba gafas de sol. Por un momento se quedaron mudos de perplejidad.

–Vaya –masculló Billy-Ray Sanguine–. Mierda.

Dio un paso atrás, metiendo rápidamente la mano en el bolsillo, pero Skulduggery se abalanzó contra él y le obligó a soltar la navaja de afeitar que ya había empuñado. Luego le propinó un codazo en la barbilla, y Sanguine trastabilló alargando la mano hacia la pared. Al tocarla, esta empezó a derrumbarse y Sanguine se dispuso a atravesarla, pero Skulduggery le agarró a tiempo y le sacó a rastras.

Valquiria oyó que se abría una puerta; se dio la vuelta y vio a un chico guapo, enamorado de su pelo, que los miraba desde la entrada de su habitación.

Ella se le echó encima, le metió en el cuarto de un empujón y dio un portazo a sus espaldas. Era una habitación lujosa, con un sofá y varios sillones, un televisor enorme y una cama gigante. Pero nada de eso tenía la menor importancia en aquel momento.

–Eres Fletcher Renn –dijo–. Corres un grave peligro.

El chico se la quedó mirando.

–¿Qué?

–Hay unas personas que quieren matarte. Hemos venido a ayudarte.

–¿Pero qué dices?

Tenía acento inglés, no muy distinto al de Tanith Low. Era más guapo de lo que Valquiria había imaginado; llevaba el pelo de punta, despeinado de forma calculada y meticulosa.

–Me llamo Valquiria Caín.

–¿Valeria?

–Valquiria. Lo sé todo de ti, sé de lo que eres capaz. Ahora mismo tendrás que teletransportarte.

El chico parpadeó con los ojos fijos en algo que ocurría a espaldas de ella. Al volverse, vio que en el revoque de la pared aparecían millones de grietas pequeñas. Sanguine traspasó la pared y penetró en la habitación. Le sangraba el labio y había perdido las gafas de sol. Cuando vio los agujeros negros que tenía Sanguine en lugar de ojos, Fletcher soltó una palabrota entre dientes.

Valquiria se arrancó el vendaje de la mano derecha y chasqueó los dedos; el roce hizo saltar una chispa, que ella avivó mediante su magia. La chispa se convirtió en llama y fue creciendo, mientras giraba rápidamente en su palma. Lanzó la bola de fuego y Sanguine la esquivó por muy poco.

La hoja de la navaja de afeitar lanzó un destello siniestro. Valquiria dio un paso adelante y extendió el brazo, con la mano abierta. Mantuvo la postura, doblando un poco las rodillas, y de un manotazo hizo ondular el aire que había frente a ella. Sanguine se apartó de un salto; el aire desplazado golpeó el sofá al que se había subido y lo lanzó violentamente contra la pared.

Entonces Sanguine le arrojó una lámpara que golpeó a Valquiria en la mejilla. Ella se tambaleó y el asesino lo aprovechó para arremeter; pero mientras esquivaba el navajazo, Valquiria se percató de que no era más que un amago. Sanguine alargó la otra mano y la agarró; pero en ese momento, la puerta se abrió de golpe y Skulduggery irrumpió en la habitación. Ya no llevaba el sombrero ni la bufanda, y Fletcher soltó un grito ahogado al ver por primera vez al detective esqueleto.

—Suéltala —ordenó Skulduggery, apuntando a Sanguine con su revólver.

—Pero después me podrías pegar un tiro —replicó él—. Y un tiro duele mucho. Tira la pistola y entrégame al chaval del pelo raro, o mataré a la chica.

–No.

–Pues entonces, me parece que estamos en un punto muerto de los de toda la vida.

La hoja de la navaja presionó un poco más el cuello de Valquiria, que no se atrevía ni a tragar saliva. La mejilla le palpitaba de dolor, y notaba que le corría un hilo de sangre por la cara en el punto donde la había golpeado la lámpara.

Nadie se movió ni dijo palabra.

–Los puntos muertos de toda la vida son aburridísimos –murmuró Sanguine.

Fletcher miraba fijamente a Skulduggery.

–Eres un esqueleto.

–Ponte detrás de mí –le ordenó el detective.

–¿Se puede saber qué pasa? Un tipo sin ojos con una navaja, contra un esqueleto trajeado que empuña un revólver. ¿Quién es el bueno, en este caso?

Valquiria chasqueó los dedos, pero tuvo que hacerlo con suavidad para que Sanguine no lo oyera. Lo volvió a intentar, pero tampoco entonces pudo hacer saltar una chispa.

–Fletcher –dijo Sanguine–, a diferencia de estos dos, he venido a hacerte una oferta. Mis jefes son muy generosos, por lo que estarían dispuestos a pagarte mucho dinero para que les hicieras un trabajito.

–No le hagas caso –le advirtió Skulduggery.

–¿Qué me importa a mí el dinero? –replicó Fletcher–. Me teletransporto donde quiero y cojo lo que necesito. No tengo que pagar por nada.

–Hay otras recompensas –insistió Sanguine–. Ya se nos ocurrirá algo.

Fletcher negó con la cabeza.

–Lo siento. No sé qué queréis, ni por qué esgrimís pistolas y cuchillos, ni por qué has tomado a esa chica de rehén, pero todos os comportáis como si tener a un esqueleto parlante en la habitación fuera la cosa más normal del mundo. Y tú, por cierto, ¿dónde tienes los ojos? ¿Cómo puedes ver? ¿Cómo es posible que las únicas personas con ojos de esta habitación seamos ella y yo?

–Excelentes preguntas –afirmó Sanguine–. Si me acompañas, te daré todas las respuestas que desees.

–Este hombre es un asesino –dijo Skulduggery–. No te fíes de nada de lo que te diga.

–No pienso hacerlo –replicó Fletcher; luego cogió la chaqueta y se la puso–. Me da igual el motivo por el que tus jefes quieren contratarme –le dijo a Sanguine–. El caso es que ya nadie me da órdenes. Me puedo permitir decir que no a todo.

–Pues haces muy mal, chico.

–Ven con nosotros –dijo Skulduggery–. Te podemos proteger.

–No necesito protección –Fletcher se encogió de hombros–. No necesito nada de nadie. Tengo un poder chulísimo y pienso emplearlo para hacer lo que me dé la gana.

–Estás en peligro –insistió Skulduggery–. Ya han muerto casi todos los Teletransportadores del mundo.

Fletcher frunció el ceño.

–¿Así que soy uno de los últimos? –Tardó un momento en hacerse a la idea, y cuando se encogió de hombros otra vez, en sus labios se insinuaba una sonrisa–. Entonces aún soy más guay de lo que pensaba.

Y se esfumó con una leve detonación, provocada por el aire que le rodeaba al precipitarse para llenar aquel vacío repentino.

–Hala, al cuerno –murmuró Sanguine.

Valquiria chasqueó los dedos, hizo aparecer una llama en la palma de su mano y la estampó contra la pierna de Sanguine. Él lanzó un chillido y aflojó su presa. Ella le agarró por la muñeca derecha y separó la navaja de su cuello, mientras Skulduggery se le echaba encima. Sanguine soltó una maldición y arrojó a Valquiria contra el detective para cortarle el paso.

—No sabéis cuánto os odio —dijo, hundiéndose en el suelo.

Valquiria y Skulduggery aguardaron unos momentos para asegurarse de que no saldría por otro lado para atacarlos de nuevo.

—¿Estás bien? —preguntó al fin Skulduggery; se acercó a Valquiria, la cogió por la barbilla y le echó un vistazo al cuello—. ¿Te ha hecho daño?

—Solo en la moral —respondió ella, quitándole la mano. Le constaba que había tenido mucha suerte, ya que las heridas que dejaba esa navaja no se curaban nunca—. Hemos perdido a Fletcher. Ya estará a kilómetros de distancia, en este momento. ¿Cómo vamos a encontrarlo de nuevo, después de lo que ha pasado?

Se oyó un ruido procedente del baño. Los dos se quedaron mirando la puerta cerrada. Skulduggery se acercó a ella y llamó. Esta se abrió al cabo de un momento, y Fletcher Renn asomó la cabeza con expresión avergonzada.

—Vaya —dijo Valquiria—. Ha estado chupado.

* * *

Valquiria estaba sentada delante de Fletcher, y ninguno de los dos decía palabra. Durante el viaje de vuelta, el chico había adoptado un aire de aburrimiento absoluto, y aquella fingida

66

indiferencia empezaba a sacarla de quicio. Se frotó la mejilla herida con un fajo de servilletas de papel, para asegurarse de que ya no sangraba. Las manos aún le dolían a causa de los cortes provocados por la madera astillada.

La cafetería en la que se encontraban era un intento chabacano de imitar la Norteamérica de los años cincuenta: azul y rosa, gramolas en miniatura en todas las mesas y, en la pared, un Elvis de neón que meneaba las caderas. Eran las tres y algo de un jueves por la tarde, y los clientes lanzaban más de una mirada de curiosidad al hombre alto y delgado, con bufanda, gafas de sol y sombrero, que estaba sentado a la mesa con ellos.

–El individuo de la navaja era Billy-Ray Sanguine –explicó Skulduggery–. Creemos que es el cómplice o el empleado de un hombre llamado Batu. ¿Te suena el nombre?

Fletcher negó con la cabeza perezosamente.

–El mes pasado se cometieron cuatro asesinatos: todas las víctimas eran Teletransportadores, como tú. Ahora solo quedáis dos.

–Pero ese tipo no pretendía matarme. Ha dicho que quería que le ayudara.

–Te puedo asegurar que si le hubieras ayudado, no habrías vivido para contarlo.

–Puede que intentara matarme –dijo Fletcher, encogiéndose de hombros otra vez–, pero me habría teletransportado a cientos de kilómetros.

–De ser verdad, ¿cómo es que no has llegado más allá del baño? –dijo Skulduggery.

Fletcher titubeó.

–Es que a veces... en fin, tengo que estar tranquilo para conseguir trasladarme a más de unos metros... –se pasó la mano por el pelo, como si quisiera comprobar que todos los mechones seguían estando cuidadosamente descolocados. Valquiria le habría podido ahorrar el esfuerzo–. En fin, me hacéis perder el tiempo, ¿está claro? Vamos a terminar con este asunto de una vez.

Skulduggery ladeó la calavera.

–¿Cómo dices?

–Queréis soltarme un sermón, ¿verdad? Lo mismo que los viejos esos.

–¿A qué viejos te refieres?

–Dos viejos que vinieron a verme hará un par de meses y empezaron a decirme: «Eres uno de los nuestros, tienes poderes y tal y cual, y ahora puedes formar parte de no sé qué sociedad mágica», y toda una monserga sobre maravillas y prodigios. Ni idea, la verdad es que no les escuchaba. Trataban de convencerme para que entrara en esa especie de mundillo extraño en el que vivís vosotros, y se mosquearon cuando les dije que no me interesaba. Y os diré que sigue sin interesarme.

–¿Te dijeron cómo se llamaban?

–Uno de ellos, sí. Un tal «Light no sé qué más».

–Cameron Light.

–Eso es. ¿También ha muerto?

–También.

–Qué lástima. Seguro que hay alguien, en alguna parte, a quien le importa.

–¿Dijeron algo más?

–Dijeron que sin la formación adecuada podía ser peligroso. Dijeron que podía llamar la atención de personas indeseables, y que eso era malo.

–En realidad, lo malo es llamar la atención de cualquiera –dijo Valquiria, procurando no alterarse.

Fletcher se la quedó mirando.

–¿En serio?

–Fletcher –dijo Skulduggery. El muchacho volvió a mirarle, parpadeando–. Estoy convencido de que tienes que estar algo inquieto, como mínimo, al saber que te persiguen varios asesinos notables.

–¿Tengo pinta de estar inquieto?

–No, pero tampoco tienes pinta de ser muy listo, de modo que te concederemos un margen de confianza.

Fletcher le fulminó con la mirada, se recostó en el asiento y no dijo palabra.

–Si Batu es el autor de estos asesinatos –prosiguió Skulduggery–, lo que quiere es que utilicemos tus poderes para abrir una puerta que permitirá que vuelvan los Sin Rostro. ¿Sabes quiénes son?

Valquiria pensó por un momento que Fletcher no iba a responder porque estaba demasiado resentido, pero finalmente asintió con la cabeza.

–Los viejos me hablaron de ellos. Pero no es más que un cuento, ¿verdad? Un disparate inventado.

–Eso creía yo antes –admitió Skulduggery–. Ahora he cambiado de opinión.

–De modo que si vuelven los Sin Rostro esos, ¿se acabará el mundo?

–Es probable que no se acabe enseguida. Volverán, se instalarán en cuerpos humanos indestructibles, arrasarán ciudades y pueblos, incendiarán el campo, matarán a miles de millones de personas, esclavizarán a otras tantas, las obligarán a trabajar hasta la muerte... y entonces, sí, el mundo se acabará. ¿Te ocurre algo, Fletcher? De pronto te veo muy pálido.

–Estoy bien –murmuró él.

Skulduggery estuvo un momento en silencio, reflexionando.

–Ahora bien, si Batu necesita un Teletransportador para que suceda todo esto, ¿por qué no recurrió a uno experimentado? Tú ni siquiera has recibido formación. Puede que seas un Teletransportador nato, según he oído, pero comparados con los de Cameron Light, tus poderes son prácticamente nulos.

–Si Cameron Light era tan rematadamente bueno –dijo Fletcher con una mueca despectiva–, ¿cómo es que está tan rematadamente muerto?

A Valquiria le entraron unas ganas tremendas de alargar la mano por encima de la mesa y pegar un guantazo a Fletcher Renn. Skulduggery, por su parte, permanecía tan impertérrito como siempre.

–Aunque vaya en contra de tus inclinaciones naturales –dijo–, creo que tendríamos que retenerte para custodiarte adecuadamente.

Fletcher volvió a esbozar la sonrisa burlona de antes.

–¿Insinúas que quieres encerrarme? Ni hablar, hombre esqueleto.

Valquiria hizo una mueca.

–Tiene nombre.

–Ah, sí, Skulduggery, ¿verdad? Skulduggery. Qué nombre más peculiar. Es un pseudónimo, ¿verdad? ¿Y no podías haberte inventado algo más fácil de pronunciar?

–Skulduggery es el nombre que adopté, y hasta ahora me ha ido bien con él –respondió el detective sin alterarse.

–La ventaja de vivir en este mundillo particular nuestro –intervino Valquiria– es que, al entrar, te enseñan unas cuantas normas y trucos que te permiten sobrevivir.

Fletcher hizo un leve movimiento con los hombros, como si le diera demasiada pereza volver a encogerlos al cabo de tan poco tiempo.

–A mí me va muy bien.

–Por ahora, sí. Pero, ¿tienes ganas de convertirte en un títere? Si no adoptas un nombre, a cualquier mago un poco emprendedor podría darle el capricho de tener una mascota nueva.

–O sea, que Valquiria Caín no es tu nombre auténtico, ¿verdad?

–Verdad. Es el que adopté, el nombre que impide que me puedan controlar.

–Pues yo me cambié el nombre cuando me escapé de casa, así que supongo que también estoy a salvo. ¿No?

Parecía disfrutar de la situación, y eso hizo que Valquiria se irritara aún más.

–¿Hemos terminado? –preguntó él–. Tengo sitios a los que ir y personas a las que visitar.

–Ellos no se darán por vencidos –dijo Skulduggery–. Adondequiera que vayas, te encontrarán. Y si te encuentran, te obligarán a ayudarlos.

–A mí nadie me obliga a...

–Déjame terminar –le interrumpió Skulduggery.

Fletcher suspiró y arqueó una ceja con expectación.

–Como estaba diciendo, si te encuentran, te obligarán a ayudarlos. Y si los ayudas, Fletcher, es que estás de su lado.

Fletcher frunció el ceño.

–¿A qué te refieres?

–Me refiero a que no tendrás que librarte de ellos. Tendrás que librarte de... nosotros.

El chico se puso más pálido que antes. Valquiria se dijo que Skulduggery, si se lo proponía, podía dar mucho miedo.

–No te conviene que seamos enemigos, Fletcher. Te conviene ser amigo mío; te conviene hacer lo que yo te diga, te conviene que te custodie por tu propia seguridad. ¿Tengo razón, o no?

Valquiria pensó fugazmente que Fletcher volvería a desafiarle por pura rebeldía; pero al muchacho se le suavizó la mirada y asintió con la cabeza.

–Vale, de acuerdo.

–Excelente noticia. Además, tengo el lugar perfecto donde alojarte.

7

BATU

PERO ¿dónde está Patíbulo? –preguntó Billy-Ray Sanguine a la habitación vacía.

–En otra parte –respondió la voz, que salía deformada de un altavoz viejo y sencillo colgado en un rincón–. Todos están en otra parte.

Las paredes eran de piedra desnuda, sin ventana alguna. Había una puerta y un espejo. Sanguine estaba casi convencido de que detrás del espejo había una cámara espiándole.

–¿Quién es usted? –preguntó.

–No soy nadie –dijo la voz.

Sanguine sonrió.

–Es Batu, ¿verdad? Es la persona de la que hablan todo el tiempo.

–¿Ah, sí?

–Sí, lo es. Es el jefazo. Siendo así, ¿por qué no se deja ver? Hace más de un año que trabajo para usted. ¿No es hora de que nos veamos las caras?

–Aprecio mucho mi intimidad.

Sanguine se encogió de hombros.

—Entiendo.

—Me ha defraudado, Sanguine. Le contraté para llevar a cabo un trabajo, y me ha defraudado.

—Usted no dijo nada de que tendría que vérmelas con el detective esqueleto y la chica. Eso me exime de culpa, ¿no cree? De haber sabido que aparecerían, me habría preparado adecuadamente. O, al menos, le habría pedido que me pagara el doble.

—Ya tendrá ocasión de reparar su error.

—Viva —dijo Sanguine sin el menor entusiasmo.

—En cuanto vuelva Horrendo Krav, necesitaré que robe algo para mí. Hay muchas posibilidades de que se tope con adversarios.

—Así pues, ¿me doblará el sueldo?

—Naturalmente.

—Viva —dijo Sanguine. Y esta vez sonrió.

8

EL HOMBRE CIVILIZADO

VALQUIRIA, Skulduggery y Fletcher avanzaron por el pasillo bordeado de butacas rojas del cine Hibernian. El local estaba tan silencioso y oscuro como de costumbre; hacía muchos años que habían cesado las risas y los aplausos. Fletcher iba haciendo comentarios sobre la marcha a los que sus acompañantes hacían caso omiso. A medida que se acercaban al pequeño escenario, el grueso telón se abrió y la pantalla se iluminó. Valquiria sonrió para sus adentros al ver la imagen proyectada de una puerta abierta; cuando la cruzaron, Fletcher se quedó tan sorprendido que por fin se calló.

La oscuridad dio paso a las luces brillantes de un pasillo que serpenteaba entre laboratorios, y el olor a desinfectante sustituyó al tufo a humedad. Clarabelle, una de las nuevas ayudantes del profesor Kenspeckle Grouse, pasó a su lado con aire soñador, tarareando una melodía a media voz. Valquiria sospechaba que no estaba del todo en sus cabales.

Entraron en una sala circular de techo muy alto. En la pared había reflectores que alumbraban con luz difusa la estatua de un hombre arrodillado, con una mano apoyada en el suelo. Su cabeza calva estaba surcada de cicatrices, y la expresión de su cara era de resignación.

Abominable Bespoke había utilizado el último poder elemental, el de la tierra, para salvarse mientras luchaba contra el Hendedor Blanco. Valquiria todavía soñaba con aquel momento, revivía el instante en que el suelo de cemento atrapaba el cuerpo de Abominable y lo petrificaba, justo cuando el Hendedor se disponía a decapitarlo con su guadaña. Tanith Low la había metido en la parte de atrás del Bentley y habían conseguido escapar, pero Abominable había quedado transformado en estatua, y nadie sabía cuánto iba a durar el efecto.

El profesor Kenspeckle Grouse estaba de pie detrás de la estatua, y las manos le brillaban a medida que las pasaba por su superficie. Tenía los ojos cerrados y las cejas blancas fruncidas de concentración. Ya llevaba dos años tratando de devolver a Abominable a su estado humano. Había recurrido a toda clase de ciencia mágica, había llamado a todos los especialistas existentes y probado todos los métodos imaginables e inimaginables; pero había sido en vano.

–¿Quién es el viejo ese? –preguntó Fletcher en voz alta. Kenspeckle hizo una mueca y levantó los ojos.

–Valquiria. Vuelves a estar herida.

–Algunos cortes, nada grave.

–El genio de la medicina soy yo, Valquiria. Creo que me corresponde a mí decidirlo –le examinó el corte de la cara y luego los de las manos–. ¿Quién es ese chico repelente?

–No soy... –empezó a protestar Fletcher.

–Se llama Fletcher Renn –le interrumpió Skulduggery–. Esperaba que pudiera quedarse aquí unos días.

–¿Y qué te hace pensar que estaré de acuerdo? –gruñó Kenspeckle.

–Tiene que quedarse en algún sitio seguro, con alguien que se haga cargo de él.

–¿Quieres que me quede aquí? –preguntó Fletcher con evidente consternación.

–Cállate –le ordenó Kenspeckle, sin apartar los ojos de los cortes de Valquiria–. ¿Pretendes traerme complicaciones, detective?

–De ningún modo, profesor.

–Porque la última vez que me trajiste complicaciones, murieron varias personas.

Se quedó mirando a Skulduggery, y Skulduggery le devolvió la mirada.

–Fuera corre peligro. Carece de formación, no sabe lo que se hace. En dos palabras: es idiota. Debo tener la certeza de que está en un lugar seguro. Tengo que procurar que no sufra ningún daño. Eres la única persona en la que puedo confiar para ello.

–¿Tiene este asunto algo que ver con los asesinatos de Teletransportadores de los que habla todo el mundo?

–En efecto.

Kenspeckle se volvió hacia Valquiria.

–Acompáñame a la enfermería.

Echó a andar sin mirar a Skulduggery ni una sola vez, y ella lo siguió. Cuando llegaron a la enfermería, pidió a Valquiria que se sentara en la camilla y le limpió las manos con un paño perfumado.

–Te presentas aquí cada dos por tres herida de muerte, con huesos fracturados y hemorragias fatales, con la vida pendiente de un hilo, y das por supuesto que voy a realizar alguna cura milagrosa –dijo.

–¿Estoy herida de muerte? –preguntó ella con escepticismo.

–No seas impertinente.

–Perdón.

Él se encogió de hombros y se acercó arrastrando los pies a la mesita que había junto a la camilla. El departamento de medicina del centro de ciencia mágica de Kenspeckle era reducido, pero estaba muy bien organizado. Por regla general, era un lugar tranquilo, salvo las veces en que uno de sus experimentos fallaba estrepitosamente, o cuando algún dios antiguo se despertaba en el depósito de cadáveres. Hacía meses, sin embargo, que no ocurría nada parecido.

–¿Sabes cuál es el defecto de las personas de tu edad, Valquiria?

–¿Que somos demasiado atractivas? –preguntó ilusionada.

–Que os creéis que vais a vivir eternamente. Os metéis de cabeza en situaciones peligrosas sin calcular las consecuencias. Tienes trece años...

–Acabo de cumplir catorce.

–¿... y cómo pasas el tiempo?

Volvió a la camilla y empezó a aplicarle una pomada en los cortes de las manos.

–Normalmente nos ocupamos de algún caso, de modo que seguimos la pista a sospechosos e investigamos. Otras veces me ejercito o aprendo magia con Skulduggery, y otras... No sé.

–¿Y cómo pasan el tiempo las otras chicas de catorce años, por el amor de Dios?

Valquiria se mostró indecisa.

–¿Más o menos como yo?

–No, aunque parezca mentira.

–Ah.

–Cuando seas mayor, puedes arriesgarte tanto como quieras, y te prometo que no te reñiré; pero no me gustaría nada que te perdieras todas las cosas que hacen las adolescentes normales. Solo se es joven una vez, Valquiria.

–Sí, pero la juventud dura siglos.

Kenspeckle meneó la cabeza y volvió a suspirar. Sacó una aguja negra y se puso a suturarle el corte de la cara. La aguja le atravesó la carne sin hacerle sangre y, en lugar de dolor, sintió calidez.

–¿Habéis hecho algún progreso? –preguntó Valquiria–. Me refiero a Abominable.

–Me temo que no –suspiró Kenspeckle–. He llegado a la conclusión de que no puedo hacer nada por él. Saldrá de su estado actual cuando llegue el momento, y no se puede hacer nada por acelerar el proceso.

–Le echo de menos –dijo Valquiria–. Y Skulduggery también, aunque nunca lo diga. Creo que Abominable era su único amigo.

–Pero ahora te tiene a ti, ¿verdad?

Ella se echó a reír.

–Supongo que sí.

–Y, aparte de él, ¿tienes alguna amiga?

–¿Qué? Por supuesto.

–Dime el nombre de tres.

–Eso está hecho. Tanith Low...

–Que os acompaña en las investigaciones, te enseña artes marciales y tiene más de ochenta años.

–Sí, vale, pero aparenta veintidós y se comporta como si tuviera cuatro.

–Solo has mencionado a una amiga. Aún faltan dos.

Valquiria abrió la boca, pero no le salieron más nombres. Kenspeckle terminó de suturar la herida.

—Yo no me puedo permitir tener amigos —admitió—. Soy un viejo maniático, y hace mucho que llegué a la conclusión de que las personas son un incordio y que prefiero pasarme sin ellas. Pero ¿y tú? Tú necesitas amigas, necesitas llevar una vida normal.

—Me gusta la vida que llevo.

Kenspeckle se encogió de hombros.

—Ya suponía que no seguirías mis consejos. Otro defecto de las personas como tú, Valquiria, es que creéis saberlo todo. Y la verdad es que yo soy la única persona que puede afirmar una cosa semejante sin miedo al ridículo —se echó hacia atrás—. Ya está. Ahora ya no se te va a caer la cara. Además, las astillas ya tendrían que haber salido.

Vaquiria se miró las manos, y en ese mismo instante vio que la última astilla se desprendía de su piel y se mezclaba con la pomada transparente. Ni siquiera lo había notado.

—Sé buena chica y lávate las manos en el lavabo, ¿de acuerdo?

Ella se levantó e hizo lo que le mandaba,

—¿Nos ayudará? —preguntó—. ¿Se puede quedar Fletcher aquí?

Kenspeckle suspiró.

—¿No lo podéis llevar a otro sitio?

—No.

—¿Es verdad que corre peligro?

—Sí.

—Muy bien. Pero si puede quedarse, es solo porque me lo has pedido con mucha amabilidad.

Ella sonrió.

—Gracias, Kenspeckle. En serio.

—Seguramente volveremos a vernos antes de que termine el día —repuso él mientras se acercaba a la puerta—. Sin duda me pedirás que te cosa la cabeza al cuerpo, o algo así.

–Y usted será capaz de hacerlo, ¿verdad?

–Desde luego. Te voy a poner un vendaje, y listos.

El profesor salió de la enfermería, y antes de que se cerrara la puerta entró Clarabelle.

–Hola –saludó alegremente–. Te has metido en otra pelea. ¿Ha dolido mucho?

Valquiria esbozó una sonrisa apagada.

–No, la verdad.

–El profesor no para de decir que, de no ser por él, ya estarías muerta. ¿Crees que tiene razón? Yo creo que sí. El profesor siempre tiene razón en estas cosas. Dice que el día menos pensado no podrá salvarte. Y me parece que también está en lo cierto. ¿Crees que vas a morir el día menos pensado?

Valquiria frunció el ceño.

–Espero que no.

Clarabelle se echó a reír a carcajadas como si acabara de oír el chiste más divertido de la historia.

–¡Pues claro que esperas que no, Valquiria! ¿Acaso hay alguien que espere morir? ¡Vaya ridiculez! Pero lo más probable es que mueras, eso es lo que estoy diciendo. ¿No crees?

Valquiria se secó las manos.

–De momento no tengo la intención de morir, Clarabelle.

–Por cierto, me gusta tu gabán.

–Gracias.

–Aunque te va un poco pequeño.

–Ya.

–¿Me lo puedo quedar cuando mueras?

Valquiria hizo una pausa, tratando de encontrar una respuesta adecuada, pero Clarabelle ya se había largado. Al cabo de un rato volvió a entrar Kenspeckle.

—Clarabelle es un poco rara —comentó Valquiria.

—Y que lo digas —convino Kenspeckle, aplicándole una venda pequeña sobre los puntos—. Déjatela puesta una hora, más o menos. Los puntos se disolverán y no te quedará cicatriz.

Salieron juntos de la enfermería.

—He oído que ayer mataron a Cameron Light —dijo el profesor—. Nunca me han caído bien los Teletransportadores, pero aun así... Vivimos en un mundo terrible.

—¿Por qué caen mal a todo el mundo los Teletransportadores? —inquirió Valquiria, intrigada—. Apenas he conocido a nadie que dijera algo bueno de ellos.

—Porque no son muy de fiar. Sagacius Tome era uno de ellos, por si no te acuerdas, y resultó ser un traidor. El caso es que desconfío de las personas que eligen el teletransporte como disciplina mágica. ¿Cómo podemos sentirnos a salvo los demás, si por ahí rondan personas que pueden aparecerse donde sea y en cualquier momento? De joven tenía un miedo terrible a que se apareciera alguien a mi lado cuando iba al lavabo... Y he de decir que iba mucho. Tenía la vejiga irritable.

—Vaya —exclamó Valquiria—. Preferiría no saberlo, la verdad.

Skulduggery los esperaba a la vuelta de la esquina; nada más verlo, Kenspeckle puso mala cara.

—¿Vas a meterla en más peligros, detective?

—Se las arregla muy bien sola —replicó él—. Fletcher, en cambio, no. ¿Se puede quedar aquí, entonces?

—Siempre que no me moleste mucho —consintió Kenspeckle, de mal humor.

—Eso no te lo puedo prometer.

—Pues hazme un favor, detective, y resuelve este caso lo antes posible.

–A lo mejor podrías echarnos una mano. Si pudieras examinar el cadáver de la última víctima...

Kenspeckle negó con la cabeza.

–Lo veo difícil. El Santuario dispone de sus presuntos «expertos», como sabrás muy bien, y no creo que apreciaran mi... aportación personal. Por lo que he oído, sin embargo, el asesino no dejó rastros ni pistas. Si me permites una observación de mal gusto, es una persona de lo más admirable.

–Le haré llegar sin falta el cumplido, en cuanto le rompa la cara –aseguró Skulduggery.

Kenspeckle meneó la cabeza.

–¿De verdad crees que Valquiria necesita un modelo de conducta que se lía a puñetazos con el primer obstáculo que encuentra? Está en una edad muy impresionable.

–Qué va –replicó ella, a la defensiva.

–Valquiria está haciendo un trabajo muy importante –dijo Skulduggery–. Tiene que saber arreglárselas por sí misma.

–Es cierto –admitió Valquiria–. Y tú no eres mi modelo de conducta.

–La guerra ha terminado –argumentó Kenspeckle–. Ya han pasado los días de matanzas y caos.

–Para algunos, no.

Kenspeckle se quedó mirando al detective. Sus ojos tenían una expresión que Valquiria no había visto jamás.

–Es posible –concedió el profesor–. Para aquellos de vosotros que lo necesitáis.

Skulduggery se quedó callado un momento.

–Profesor –dijo por fin–, ¿no estarás insinuando que me gustan las matanzas y el caos?

–¿Dónde estarías si no existieran? Mejor dicho: ¿quién serías? Nuestros actos nos definen, detective. Y tú tienes cierta tendencia a hacer daño a los demás.

Skulduggery ladeó ligeramente la barbilla.

–El mundo es un sitio peligroso. Para que las personas como tú vivan relativamente en paz, es preciso que existan tipos como yo.

–O sea, que existan asesinos.

La malevolencia de aquellas palabras dejó atónita a Valquiria, pero Skulduggery no dio muestras de irritarse, ni siquiera de ofenderse.

–Eres un hombre muy interesante, profesor.

–¿Y cómo es eso, Skulduggery? ¿Porque no me das miedo? Incluso en tiempos de guerra, fíjate, con la reputación que teníais tú y los tuyos, me oponía radicalmente a tus métodos. Si entonces no me dabas miedo, ahora todavía menos.

Hubo una pausa.

–Tenemos que irnos –dijo finalmente Skulduggery.

–Me parece muy buena idea –coincidió Kenspeckle–. Valquiria, ha sido un gran placer volver a verte.

–Claro –murmuró ella, indecisa.

Se dirigió con Skulduggery hacia la puerta de doble hoja y, cuando se disponían a salir, Kenspeckle tomó de nuevo la palabra:

–Detective, ¿no te has parado nunca a pensar que la violencia es el recurso del hombre incivilizado?

Skulduggery volvió la cabeza.

–Soy refinado, encantador, elegante y desenvuelto, profesor. Pero nunca he afirmado que fuera civilizado.

Salieron de la sala, y las puertas se cerraron a su espalda.

9

EL ENEMIGO

UNA de las cosas que más odiaba Tanith Low era custodiar a personas en peligro. Solía ser una tarea monótona y aburridísima; además, la obligación de estar en el mismo –y reducido– espacio que sus protegidos suponía discusiones constantes y un estado de incomodidad permanente. Estaba claro que no tenía madera de guardaespaldas.

Sin embargo, Skulduggery la había llamado para decirle que le haría un gran favor si echaba una mano a Emmet Peregrine, y ella había aceptado el encargo. Al fin y al cabo, Peregrine no era mal tipo, y lo único que necesitaba era que no le quitara la vista de encima mientras dormía varias horas. A juzgar por su aspecto, buena falta le hacía.

A pesar de todo, a Tanith no terminaba de gustarle el escondrijo que había elegido Peregrine. Había insistido en alojarse en un apartamento que poseía en Londres, ya que afirmaba que no lo conocía nadie. Ella había intentado convencerle de que fueran a cualquier otro sitio, pero el hombre pecaba de la arrogancia típica de los Teletransportadores. Durante cientos de años no habían podido capturarle, ni acorralarle, ni perseguirle, y esa arrogancia aún no le había abandonado.

Entre los dos habían dibujado una buena cantidad de símbolos protectores en las paredes del dormitorio; de este modo, si entraba alguien mientras dormía, el edificio entero se enteraría de ello. No querían correr ningún riesgo, y menos aún teniendo en cuenta que el enemigo había contratado a un sujeto como Billy-Ray Sanguine.

Tanith se pasó las primeras horas sentada en el vestíbulo, observando la puerta. Se tomó un descanso para ir al baño, y luego fue a la cocina a buscar algo de comer. Mientras intentaba averiguar cómo funcionaba el microondas, su teléfono empezó a sonar.

Lo descolgó. Era un hombre con un marcado acento africano.

–Oírte me alegra el corazón –dijo.

Ella sonrió.

–Hola, Temible.

Temible Jones era un viejo amigo. En 1970 habían salido una temporada, hasta que él obtuvo un puesto en la división inglesa del Santuario. La desconfianza instintiva que le inspiraba a Tanith la autoridad había imposibilitado que continuaran su relación, pero habían seguido siendo amigos, y cada vez que Temible oía algo referente a ella, solía llamarla y ponerla al corriente.

–¿Qué he hecho mal ahora? –preguntó Tanith.

Oía el ruido del televisor procedente del dormitorio de Peregrine.

–Últimamente no has infringido ninguna ley –contestó Temible–. O, si has infringido alguna, lo has hecho muy, pero que muy silenciosamente. No; te llamo porque he visto un informe protocolario en el que figuraba tu nombre. Uno de mis agentes te ha visto en compañía de Emmet Peregrine.

A Tanith se le esfumó la sonrisa.

–¿Qué?

–Estás en su piso, ¿verdad?

–Temible, ¿quién más lo sabe?

–El agente que te vio, y el señor Strom, al que paso mis informes, y yo mismo. ¿Ocurre algo? De mi agente puedes fiarte, y el señor Strom es un buen hombre. De esto no se enterará nadie que no deba, te lo aseguro. No hace falta decir que el señor Strom ha puesto sobre aviso al Santuario irlandés.

Tanith desenvainó la espada.

–¿Por qué?

–Los irlandeses están al frente de la investigación de los Teletransportadores. Por simple cortesía, teníamos que... Tanith, ¿se puede saber qué pasa?

–Que hay un espía en el Santuario irlandés –respondió ella en un susurro–. Si lo saben ellos, lo sabe también el asesino.

Colgó. Ya no se oía la televisión, sino la voz de Peregrine hablando con otra persona. Además, tampoco se encontraba en su habitación; estaba en la entrada del piso.

Tanith salió disparada de la cocina a tiempo para distinguir la sombra del asesino de Peregrine en el descansillo.

En un instante estuvo al lado de Peregrine. Ya estaba muerto. Tenía la parte de atrás de la camisa empapada de sangre aún caliente.

Corrió hacia la puerta abierta, y alcanzó a ver fugazmente cómo el asesino subía por las escaleras. Se lanzó tras él, con el temor de que ya fuera demasiado tarde. Al llegar a las escaleras, dio un salto y echó a correr por la pared, acortando la distancia que los separaba. Encima de ella, una puerta se cerró de golpe.

Tanith se agarró al pasamanos, brincó hacia arriba, abrió la puerta de una patada y echó a correr por la azotea. Un puño la golpeó como una bola de demolición; Tanith cayó rodando y advirtió vagamente que ya no empuñaba la espada. Se levantó, tratando de despejarse, y se apartó de su adversario, un hombretón canoso con el pelo recogido en una coleta.

Este le lanzó otro puñetazo, y ella lo esquivó para contraatacar con un directo en las costillas. Fue como si hubiera golpeado un muro de ladrillos; lo mismo que golpear al señor Bliss. Tanith reculó. Aquel no era el asesino de Peregrine: era demasiado corpulento. Eso quería decir que había alguien más en la azotea.

Intentó darse la vuelta, pero no sirvió de nada. Una bota negra la embistió de lleno y la hizo girar. Cayó sobre una rodilla, y una mujer morena la agarró y la arrastró hacia atrás. Tanith vio una cara atractiva deformada por un gesto de ferocidad, y unos labios rojo rubí que esbozaban un rictus desdeñoso. Le asestó un codazo y la mujer soltó un gruñido; pero cuando Tanith trataba de encadenar otro ataque, la mujer la derribó con la cadera.

Tampoco ella era la asesina. Tanith gritó de frustración: la estaban distrayendo mientras su presa huía. Dio una voltereta hacia atrás y cayó de pie. El hombretón llevaba pantalones con elásticos de aspecto anticuado, y se había remangado dejando al descubierto sus musculosos antebrazos. La mujer de labios rojos vestía un traje hecho de tiras negras ceñidas al cuerpo; casi todas sujetaban cuchillos de tamaños diversos.

Tanith esperó a que dijeran algo; que se jactaran, la amenazaran o le contasen que tenían la intención de conquistar el mundo. Sin embargo, ninguno de los dos abrió la boca.

Su espada estaba detrás de ellos. No había modo de recuperarla, y no le gustaba nada la posibilidad de atacarlos desarmada. Se movían con una confianza en sí mismos que le resultaba muy inquietante.

Retrocedió hasta el borde de la azotea y ellos la siguieron. Había un hombre de pie junto a la puerta por la que había salido. Debía de estar allí desde el principio, sin que ella se percatara. Era esbelto, de pelo negro, y la observaba con indiferencia.

Le vino a la mente una idea que no le gustó nada: la habían superado. Quienesquiera que fueran aquellas personas, tenía las de perder.

–Esto no ha terminado aún –les dijo lanzándoles un beso.

La mujer se movió de un modo que Tanith no había visto jamás. Distinguió un destello de acero y, de repente, vio que tenía un cuchillo clavado en la mano con la que había lanzado el beso. Profirió un alarido de dolor, dio un paso atrás y sus pies pisaron el vacío; al cabo de un instante, se precipitaba desde lo alto del edificio.

Con el pelo azotándole la cara, extendió la mano y tocó la pared de ladrillos. La fricción le arrancó la piel de los dedos. Por fin, con la mano sana, consiguió agarrarse al antepecho de una ventana; su cuerpo se estrelló contra la pared y volvió a caer. Trató de apoyar los pies en los ladrillos, utilizar sus dotes para cambiar el centro de gravedad, pero su propia velocidad se lo impedía y era incapaz de detener la caída.

Extendió los brazos y se aferró a otro antepecho. Chocó de rodillas contra el muro, y no pudo contener un grito cuando el cuchillo se movió en su mano. A pesar de todo, no se soltó.

Con los músculos tensos y el cuerpo empapado en sudor, Tanith se alzó a pulso hasta que consiguió entrar por la ventana en un piso vacío. Había fracasado en su misión, había perdido la espada y la mano le sangraba copiosamente, pero no tenía tiempo de compadecerse de sí misma. Pronto irían tras ella.

Sintiendo que la cara le ardía de rabia, Tanith echó a correr.

10

LA EXCURSIÓN DE FINBAR

CUANDO llegaron a Temple Bar, el cielo estaba oscuro y volvía a llover. La gente caminaba presurosa por las angostas calles peatonales, con los cuellos alzados. A Valquiria por poco le saca un ojo la varilla de un paraguas desbocado; fulminó con la mirada a su propietaria, pero esta ya se alejaba.

–¡El hombre calavera! –exclamó Finbar Wrong cuando abrió la puerta para recibirlos. En su cara, plagada de *piercings*, se formó una sonrisa lenta y feliz. Llevaba una camiseta de los Stiff Little Fingers que dejaba ver los tatuajes de sus brazos flacos.

–¡Valquiria! –exclamó con la misma alegría en cuanto la vio–. ¡Venga, pasad los dos!

Entraron en su salón de tatuajes, cuyas paredes estaban cubiertas de diseños, dibujos y fotografías. En el piso de arriba se oía el zumbido de la aguja. En alguna parte sonaba música.

–¿Qué tal va todo? –preguntó Finbar, asintiendo con la cabeza como si ya hubieran respondido.

–Estamos investigando un caso –dijo Skulduggery–. Espera-mos que nos puedas echar una mano.

–Qué pasada, tío, claro. Eh, hombre calavera, ¿te has ente-rado? ¡Sharon está embarazada! ¡Voy a ser papá!

–Qué... qué gran noticia, Finbar.

–¿Verdad que sí? Ya sé que es mucha responsabilidad, tío, y ya sé que hasta ahora no he sido un tipo demasiado formal ¿verdad, tío? Vale, sí, a lo mejor decir que no he sido «demasiado formal» es quedarse corto, tío...

Finbar se echó a reír y Skulduggery negó con el cráneo.

–No, hombre, no.

–¡Me conoces muy bien, tío! ¿Te acuerdas de cómo era antes? ¿Te acuerdas de las locuras que hacía?

–No.

–Tío, ¡qué tiempos aquellos!, ¿eh? Pero, ojo, que por fin he sentado la cabeza. Sharon ha sido una especie de faro, ¿com-prendes, tío? He mejorado mucho, te lo puedo asegurar. Estoy preparado para tener un hijo. Estoy preparado para esa respon-sabilidad, tío.

–Cuánto me alegra oírlo –dijo Skulduggery.

–Oye, estaba pensando... Hombre calavera, ¿nos harías el ho-nor de ser el padrino de nuestro hijo?

–No –replicó Skulduggery de inmediato.

Finbar se encogió de hombros.

–Vale, tío, vale. Pero Sharon se llevará un chasco.

–Sharon no me conoce.

–Sí, claro, así el golpe no será tan duro, pero... Perdona, tío, ¿decías que quieres que te ayude en no sé qué?

Skulduggery le explicó que necesitaban que se pusiera en trance y averiguara el sitio donde se hallaba la puerta. Finbar iba asintiendo, con los ojos entrecerrados. En un par de ocasiones, Valquiria tuvo la convicción de que ya estaba en trance, pero cuando el detective terminó sus explicaciones, Finbar volvió a asentir con la cabeza.

–Eso está hecho, saco de huesos –afirmó–. De todos modos, voy a necesitar una paz y una tranquilidad absolutas. La videncia no es como cualquier otra clase de magia. Requiere un aislamiento total, ¿sabes? La mayoría de los videntes son ermitaños, tío; viven en cuevas y monasterios, allá por las montañas... –miró a su alrededor y sus ojos se posaron en la cocinita que había en la trastienda–. Lo haré allí.

Los dos entraron tras él. Finbar encendió la luz y Valquiria cerró la puerta, mientras Skulduggery corría las raídas cortinas. Finbar sacó un mapa de un armario y lo puso encima de la mesa. Luego se sentó, cerró los ojos y empezó a murmurar en un lenguaje que Valquiria no entendía. A continuación se puso a canturrear. Al principio, Valquiria pensó que se trataba de un cántico antiguo, con el que elevar su conciencia a un plano superior, hasta que reconoció los primeros compases de la canción *Eat the Rich*, de Aerosmith. Entonces renunció a adivinar lo que estaba haciendo.

–Vale –dijo al cabo Finbar con voz soñadora–. Estoy flotando, tío. Estoy en las alturas. Atravieso el techo... ya estoy fuera... floto por el cielo... qué bonito es Dublín, aunque llueva...

–Finbar –dijo Skulduggery–, ¿me oyes?

El vidente murmuró algo. Parecía muy contento.

–¿Me oyes, Finbar? –repitió más fuerte Skulduggery.

–Hombre calavera –dijo sonriendo–. ¿Cómo estás, tío? Te recibo perfectamente...

–¿Recuerdas lo que estás buscando?

Finbar asintió, sin abrir los ojos.

–Claro, claro. La puerta de los Sin Rostro. Qué bichos más espeluznantes, tío.

–Sí que lo son.

Valquiria vio que fruncía ligeramente el entrecejo.

–Creo que siento su presencia –dijo despacio–. Creo que la siento, tío...

Skulduggery ladeó el cráneo.

–Aléjate, Finbar. No te acerques a ellos.

–No es... no es mala idea...

–Estás buscando las líneas de magia, ¿te acuerdas?

–Sí... me acuerdo... –hizo correr las manos sobre el mapa–. Ahora estoy volando. ¡Oooh, qué bonito! Noto las nubes entre los dedos. Veo las líneas a mi alrededor. Resplandecen como si fueran de oro, o de purpurina. Son preciosas...

La sonrisa se le desvaneció un poco.

–Alto. Estas... estas líneas no resplandecen. Están apagadas. Se apagan cada vez más.

–¿Dónde estás?

–Un momento, tío; deja que me acerque un poco más...

–Guarda las distancias, Finbar.

–No me pasará nada...

Valquiria miró de reojo a Skulduggery. Aguardaron unos momentos.

–Se están pudriendo –añadió Finbar. Su tono había cambiado. Ya no hablaba como en sueños–. Las líneas se han vuelto negras. Se están pudriendo.

–¿Dónde estás ahora?

–Los oigo. Oigo que susurran...

–¿A quién oyes?

–A los Sin Rostro.

–No. ¿No me oyes? Aléjate de ellos.

–Dios mío.

–Finbar, aléjate...

–Dios mío, saben dónde estamos. Saben... dónde... estamos. Nos han encontrado y esperan que les dejemos entrar. ¡Están en la puerta, esperando a que les dejemos entrar!

–Finbar –insistió Skulduggery con apremio–. ¿Dónde estás? Dinos dónde estás en este preciso instante.

Finbar extendió los brazos hacia el fregadero, y un cuchillo salió despedido hacia su mano; Valquiria tuvo que apartar la cabeza con un movimiento brusco para esquivarlo. Finbar lo clavó de golpe en el mapa, luego dejó caer los brazos y agachó la cabeza.

– ¿Finbar? –dijo Skulduggery suavemente–. Finbar, ¿me oyes?

De los labios del vidente escapó una risita. Y entonces se elevó en el aire, derribando a Valquiria y a Skulduggery y tirando la mesa. Luego se volvió hacia ellos; los miembros le temblaban y aún tenía los ojos cerrados.

Abrió la boca y de ella salió una voz que no era la suya, una voz formada por cientos de miles de otras voces, que dijo:

–*No puedes detenernos.*

Skulduggery se levantó con dificultad, pero algo le golpeó y le lanzó violentamente contra la pared.

–*El mundo caerá* –dijeron las voces–. *El mundo se hará pedazos. Estamos a punto de llegar.*

Finbar cayó al suelo, desmadejado como una marioneta con los hilos cortados. Valquiria se puso de pie. Skulduggery, a su espalda, hizo lo mismo con un gruñido. Finbar levantó la cabeza y miró a su alrededor con expresión amodorrada.

–Basta –dijo.

Valquiria le ayudó a sentarse en la única silla que quedaba en pie.

–Detesto que me posean –dijo–. Cuando eres vidente, ocurre todo el tiempo. Normalmente es fácil de detectar porque se te enrojecen los ojos, se te pone la voz ronca, te quedas suspendido en el aire y cosas por el estilo, pero a veces no lo es tanto. Estuve toda una semana poseído por el espíritu de Napoleón hasta que Sharon empezó a notar algo extraño. Creo que lo detectó por el acento.

–¿Nos puedes decir algo acerca de lo que te ha ocurrido? –preguntó Skulduggery.

–Lo siento –se disculpó Finbar; Valquiria reparó en lo pálido que estaba–. Ha sido muy raro, tío. He notado una fuerza muy poderosa, poderosa hasta la locura, o algo así. ¿Sabes lo que te quiero decir? Un dios me ha tocado la mente con sus dedos pringosos, y no me ha gustado nada.

Skulduggery cogió el mapa y examinó el lugar donde se había clavado el cuchillo.

–Es aquí, ¿verdad?

Finbar se encogió de hombros.

–Si he señalado ese punto, es porque ahí los muros de la realidad son más endebles. Ahí es donde se encuentra la puerta.

–Es probable que Batu ya conozca su ubicación –dijo Valquiria–. Ha tenido cincuenta años para buscarla.

–Pero si no dispone del Ancla Istmo ni de un Teletransportador, ese dato no le habrá servido de nada –Skulduggery dobló el mapa–. ¿Te importa que me lo lleve, Finbar?

–Para nada, hombre calavera –se puso en pie con las piernas temblorosas–. ¿Os puedo ayudar en algo más?

–Has hecho más que suficiente.

–Dabuti –Finbar se volvió hacia Valquiria–. ¿Quieres un tatuaje?

–Sí –respondió ella.

–No –replicó Skulduggery–. Nos vamos.

Valquiria hizo una mueca y salió tras él a la calle, bajo la lluvia.

–Me podría haber hecho uno pequeñito.

–Tus padres me matarían.

–Andar contigo pone mi vida en peligro constante. He luchado con monstruos y vampiros, he estado a punto de morir dos veces, ¿y tú crees que te iban a matar por un tatuaje?

–Los padres son así de raros.

En aquel momento sonó el teléfono. Skulduggery respondió. Al oír quién llamaba, la voz se le heló de repente. No hizo el menor intento de disimular su disgusto. Colgó cuando llegaron al Bentley.

–Tenemos una reunión –dijo.

–¿Con quién?

–Con Solomon Wreath. Nos quiere poner al corriente de algo.

–¿Quién es Solomon Wreath?

–No importa quién es, sino lo que es.

–Vale. ¿Qué es Solomon Wreath?

–Un Nigromante –contestó Skulduggery subiendo al coche.

11

WREATH

SKULDUGGERY y Valquiria circulaban en silencio. Gradualmente, las calles se fueron haciendo más sucias y los edificios más pequeños. La lluvia contribuía a hacer aún más gris el paisaje del barrio deteriorado en el que se estaban internando. El coche atraía las miradas de los pocos residentes que habían salido aquella noche.

La casa ante la que se detuvieron estaba abandonada. Las paredes estaban llenas de pintadas, casi todas bastante chapuceras. Skulduggery se cubrió la boca con la bufanda y se caló el sombrero. Salieron del coche y entraron por la puerta abierta.

La luz de las farolas penetraba por las ventanas rotas y sucias, permitiéndoles ver dónde ponían los pies. La casa estaba completamente desnuda y vacía. Aquí y allá quedaban restos de papel pintado. Las tablas del suelo eran viejas y estaban mojadas. Valquiria dejó que Skulduggery se adelantara y entró sola en el salón. Allí no había pintadas, como si los valientes que habían pintarrajeado el exterior con sus consignas no tuvieran el suficiente arrojo para franquear la entrada de aquella estancia.

Se dio la vuelta y vio que la silueta de un hombre cruzaba el umbral y le cortaba la salida. Valquiria se le quedó mirando. El hombre no se movió. La habitación se había oscurecido aún más, como si aquel hombre trajera consigo una nube de sombra.

–Voy con Skulduggery Pleasant –dijo Valquiria, pero no obtuvo respuesta. Entonces dio un paso adelante, tanto para verle la cara como para indicarle que deseaba marcharse. El hombre tenía el pelo negro y los ojos tan brillantes que casi resplandecían. Vestía de oscuro, con un traje magnífico de aspecto elegante que Valquiria no pudo apreciar bien a causa de la penumbra.

–¿Es usted Solomon Wreath? –preguntó, sin dejarse intimidar por su silencio.

–Lo soy –respondió él con una leve inclinación de cabeza–. He oído hablar de ti. Ayudaste a derrocar a Nefarian Serpine y al barón Vengeus. Paraste los pies al Grotesco. Qué talento. Qué aptitudes. ¿Te ha corrompido ya?

–¿Cómo dice?

–Corrompe a todas las personas que conoce. ¿No te has dado cuenta aún? ¿No te das cuenta de lo mucho que cambias con solo estar a su lado?

–Me parece que no le entiendo.

–Ya me entenderás –le prometió él.

Solomon Wreath se internó en la habitación, y Valquiria vio las sombras que le acompañaban. Apenas sabía nada de los Nigromantes, pero lo que sabía era que preferían depositar casi todo su poder en objetos o armas. Lord Vile lo había transferido a su armadura. Por el modo en que se retorcían las sombras, diríase que Solomon había depositado el suyo en su bastón.

–Esta casa ha tenido una vida bastante insulsa –dijo Wreath–. Fue construida y en ella vivieron personas. Comieron y durmieron en ella. Envejecieron. Alguien, un viejo, falleció apaciblemente en el dormitorio hace poco más de diez años. Es una casa muy, pero que muy vulgar.

»Hasta dos años atrás. Tal vez recuerdes haberlo visto en las noticias. Asesinaron a cuatro personas: a tres les dispararon, y la cuarta fue apuñalada. Dos personas murieron aquí, en esta habitación. La tercera perdió la vida en la cocina. La cuarta, en el vestíbulo, a dos pasos de la puerta principal.

Valquiria le miraba fijamente, notando cómo le brillaban los ojos al describir la escena.

–¿Quién los mató? –preguntó, procurando mantener la voz firme.

Él se echó a reír.

–Ah, ¿crees que todo esto es un preámbulo antes de que confiese que el asesino soy yo? Me temo que no. Estoy casi seguro de que la policía le detuvo, quienquiera que fuese, y le metió en la cárcel. La muerte violenta, sin embargo, persiste allí donde se ha producido –cerró los ojos e inspiró lentamente–. Los asesinatos pueden quedar grabados en las paredes. Puedes percibir su sabor, si lo intentas. Puedes empaparte de ellos.

Valquiria retrocedió; en su mente aparecieron imágenes de la energía oscura y terrible que se arremolinaba en torno a aquel hombre. Sus palabras no la habían sorprendido demasiado. La Nigromancia era la magia de la muerte, la magia de las sombras; era natural que sus practicantes se vieran atraídos por los lugares que apestaban a muerte.

Entonces, como si recordara que no estaba solo, Wreath se detuvo, abrió los ojos y volvió a mirarla.

–Te pido disculpas. Tendría que haber elegido un sitio más civilizado para celebrar nuestra primera reunión.

—No te arrepientas —intervino Skulduggery mientras entraba lentamente—. Valquiria es mi socia. La puedes tratar igual que a mí.

—Qué lástima —replicó Wreath—. La verdad es que me caía bien.

—¿Qué quieres, Solomon? Nuestro tiempo es precioso. No podemos malgastarlo.

—Todo el tiempo es precioso, pero, aun así, estoy seguro de que querrás oír lo que tengo que contarte. ¿O acaso prefieres que me dirija a Remus Crux? He oído que corre por la ciudad, tratando por todos los medios de encontrar alguna pista con la que impresionar al Gran Mago —Wreath meneó la cabeza—. Sus métodos son lastimosos. De detective a detective, Crux es un hombre que prefiere redactar informes sobre la labor realizada, que realizar labor alguna.

—Si crees que vamos a hacer buenas migas porque a los dos nos cae mal Crux, te vas a llevar un chasco.

—No es lo único que tenemos en común. También tenemos un enemigo común.

—¿Ah, sí?

—Tus pesquisas para resolver los asesinatos de los Teletransportadores, por muy poco oficiales que sean, coinciden con una investigación sobre la Diablería a la que he dedicado varios años.

Skulduggery guardó silencio durante un momento, y luego se volvió hacia Valquiria.

—La Diablería era un grupo de fanáticos de lo más repulsivo que tenía Mevolent a su disposición. Un grupo que fundó y dirigió China.

—¿China? —repitió Valquiria.

—Tuvo una juventud muy disipada —afirmó Wreath con una sonrisa.

Skulduggery hizo caso omiso de su comentario.

—Cuando China dejó el grupo y, según sus propias palabras, se volvió «neutral», el barón Vengeus ocupó su lugar; sin embargo, dejaron de ser considerados como una amenaza hace ya más de ochenta años. De hecho, durante todo ese tiempo no ha habido noticias suyas.

—La situación está a punto de cambiar —dijo Wreath—. Jaron Patíbulo, Sicaria Rose y Horrendo Krav se reunieron dos años atrás. Tengo pruebas que demuestran que han contratado a Billy-Ray Sanguine para incluirle en sus filas. La Diablería ha regresado, detective, y está matando a Teletransportadores.

—¿Y Batu? ¿Qué sabes de él?

—Sospecho que Batu ni siquiera existe —contestó Wreath—. Es un nombre con el que desviar la atención. El verdadero cabecilla es Jaron Patíbulo, que finge actuar a las órdenes de un patrón misterioso. Lleva años haciéndolo para despistar a todo el mundo.

—No me cuadra —observó Valquiria—. Batu, o quienquiera que utilice ese nombre, mató a Kessel Trope después de averiguar el modo de hacer volver a los Sin Rostro. Si necesitan a un Teletransportador para abrir la puerta, ¿por qué los están matando a todos?

—¿Solo necesitan a un Teletransportador? —preguntó Wreath—. ¿O a varios?

—A uno solo.

—¿Y cuántos quedan?

—Dos —respondió Skulduggery—. Emmet Peregrine y uno más. No te vamos a revelar ni su nombre ni su paradero, así que no te molestes en preguntarlo.

Wreath frunció el ceño.

–Es evidente que no os habéis enterado. Peregrine ha muerto. Lo asesinaron hace una hora.

A Valquiria se le secó la boca.

–¿Y qué ha sido de Tanith?

–¿Quién?

–La chica que estaba con él –dijo Skulduggery rápidamente.

–Ah, la chica inglesa. No conozco los pormenores, pero, según dicen, ha sido atacada por Krav y Sicaria Rose, aunque ha salvado el pellejo. Lo cual, de por sí, es una proeza admirable.

Valquiria cerró los ojos. «Gracias a Dios», pensó.

–Decís que queda un solo Teletransportador –prosiguió Wreath–, pero, dado que todos los que conozco han muerto, este debe de ser nuevo. Lo cual tiene sentido.

–¿Por qué tiene sentido? –preguntó Valquiria.

–Ninguno de los Teletransportadores más curtidos habría estado dispuesto a colaborar con la Diablería –contestó Skulduggery–. Además, tenían demasiada experiencia, eran demasiado poderosos. Podrían haberse escapado fácilmente.

–Pero ¿por qué tenían que matarlos?

–Porque si la puerta se abre, habrían podido cerrarla. La Diablería ha eliminado el obstáculo principal para salirse con la suya, antes incluso de que nos diéramos cuenta.

–Los iniciados de los templos nigrománticos han jurado no inmiscuirse en las trivialidades de vuestros asuntos –dijo Wreath–. Pero hay quienes opinan, como yo, que los planes de la Diablería afectan a todo el mundo, incluidos los Nigromantes. Si necesitas mi ayuda, detective, la tendrás. La mía y la de un destacamento de Nigromantes.

–No me fío de ti, Wreath.

–Claro que no, pero, como he dicho, tenemos un enemigo común. Creo que tendríamos que dejar de lado nuestras diferencias, ¿no te parece? Aunque solo sea por los viejos tiempos.

Skulduggery le pegó tan fuerte y tan rápido, que Valquiria ni siquiera le vio mover el puño. Lo único que vio fue cómo Wreath se estrellaba contra la pared.

El Nigromante se limpió la sangre del labio.

–Sigues pegando tan fuerte como de costumbre, no hay ninguna duda.

Cuando Skulduggery volvió a hablar, lo hizo con voz firme y serena.

–Solomon, me alegro de tenerte a bordo. Bienvenido al equipo.

–Es un placer, como siempre.

Skulduggery se despidió con un movimiento de cabeza y salió de la casa. Continuaba lloviendo. Valquiria le siguió.

–¿A qué ha venido eso? –le preguntó mientras se dirigían hacia el Bentley.

–Historia –contestó el detective.

–Nunca me dijiste que tuvieras relación con los Nigromantes.

–Tengo más de cuatrocientos años –repuso él–. Hay muchas cosas que no te he contado.

12

EN EL DESPACHO
DEL GRAN MAGO

R EMUS Crux llamó a la puerta y el Gran Mago le dio permiso para entrar. El despacho estaba abarrotado de libros, y los mapas cubrían cada centímetro de la pared del fondo. Thurid Guild no era de los que se dormían sobre sus laureles por el mero hecho de haber alcanzado cierto grado de poder. Crux admiraba esta cualidad y estaba decidido a seguir su ejemplo. Entre los dos conseguirían fortalecer de nuevo el Santuario.

–Idiota –dijo el Gran Mago, y Crux perdió su sonrisita.

–¿Perdón?

–¿Sabes cuántas llamadas he recibido? Los nuestros están aterrorizados, Crux. Son testigos de lo que ocurre y piensan: «Si alguien puede matar a los Teletransportadores sin dejar una sola pista, también me puede matar a mí». Eso es lo que piensan.

–Le aseguro, Gran Mago, que estoy haciendo cuanto puedo para...

–¿Qué me vas a asegurar tú? Yo sí que les he asegurado que mi mejor detective se ocupa del caso. ¿Y sabes lo que dicen?

Crux se se sintió halagado por el cumplido, pero disimuló y negó con la cabeza.

–Dicen: «Vaya, no sabía que volvierais a contar con Skulduggery Pleasant».

Crux notó que se ruborizaba.

–Tienen miedo y esperan algún resultado. Te asigné a ti el trabajo y aún no me has impresionado.

–Verá, señor...

–Hay otro Teletransportador, ¿lo sabías? El último de ellos. Un muchacho.

–Lo sabía, Gran Mago. Se llama Renn. Le vieron por última vez en un local nocturno de County Meath. Nuestros agentes están rastreando la zona. Vamos a dar con él.

–No me falles, Crux.

–No le fallaré, señor.

–Retírate.

Crux hizo una reverencia y salió a toda prisa, cerrando la puerta con suavidad.

13

LA CASA DE LA CALLE DEL CEMENTERIO

SKULDUGGERY tenía casa. Al enterarse, Valquiria se había llevado una sorpresa. Después, pisando los talones a la sorpresa, vino una lógica aceptación. Claro que tenía casa; claro que disponía de un sitio donde vivir. ¿De veras se había creído que se limitaba a andar todo el día en el Bentley? Un parte de ella estaba convencida de que sí; pero se trataba de una parte un poco tontorrona (aunque solo un poco).

La casa del detective era el único edificio de viviendas de la calle del Cementerio. En realidad, en aquella calle no había ningún cementerio; lo que sí había eran dos funerarias rivales situadas una enfrente de otra, y la casa de Skulduggery se alzaba orgullosamente por encima de ellas como un padre que vigilara a dos hermanos mal avenidos. Skulduggery le había contado a Valquiria anécdotas de las discusiones en que se enzarzaban sus directores: apostados en sus respectivas entradas, se lanzaban insultos desde una distancia prudencial.

Lo primero que advirtió Valquiria al entrar en la casa fue que todos los cuartos parecían salones.

–No necesito nada más –le había explicado el detective–. No me hace falta cocina ni baño. Y como tampoco necesito cama, me puedo pasar sin dormitorio.

–¿No duermes nunca?

–No lo necesito, pero he aprendido la técnica y me gusta mucho. Supongo que tú lo llamarías meditación. El efecto viene a ser el mismo: me desconecto de todo y dejo que mi mente vague a donde quiera, libre por completo de pensamientos conscientes. Es agradable y me relaja mucho.

Le había enseñado la silla en la que solía sentarse para «dormir». Era un sillón sin ningún detalle digno de mención. Valquiria le echó un vistazo, pero pronto se aburrió y se fue a fisgar por ahí.

Había un montón de libros y de ficheros. La sala más amplia contenía un sofá muy grande: era allí donde solía acampar Valquiria cada vez que tenía que pasar algún tiempo en la calle del Cementerio.

Allí se habían dirigido tras la cita con Solomon Wreath. Skulduggery abrió la puerta principal y Valquiria entró en la casa, dejó el gabán tirado en el suelo y se repantigó en el sofá. El detective entró tras ella, recogió el gabán, lo dobló cuidadosamente y lo puso encima de la mesa.

–¿Estás cómoda? –preguntó–. ¿Quieres comer o beber algo?

–Pero si nunca tienes nada de comer ni de beber, Skulduggery –replicó Valquiria, con la voz apagada por el almohadón en el que había hundido la cara.

–Creo que hay un trozo de pizza que sobró de la última vez que vinimos.

–Eso fue hace dos semanas.

–¿Crees que se habrá echado a perder?

–Creo que se habrá echado a andar. Estoy bien, de verdad. ¿Has descubierto ya lo que es el Ancla Istmo?

–Estoy... estoy en ello.

–Podrías darte un poco de prisa. ¿Cuándo vamos a ir a buscar la puerta?

–Mañana a primera hora.

Valquiria suspiró.

–Entonces, más vale que duerma un poco.

* * *

Llegó la mañana del viernes, gris y encapotada. Valquiria y Skulduggery salieron de Dublín, tomaron la autopista y se desviaron en Balbriggan. Media hora más tarde se detenían junto a un cartel que anunciaba, con letras rojas descoloridas, que estaban en Aranmore Farm, una propiedad privada. Era una finca muy extensa, con prados y colinas, que se prolongaba hasta perderse en las profundidades del bosque circundante.

–Conque es aquí donde se acaba el mundo –comentó Valquiria guardando el mapa–. La verdad es que es mucho más bonito de lo que me imaginaba.

Skulduggery metió la primera y el Bentley empezó a subir la cuesta. A los lados del camino crecían hierbas muy altas, y las ruedas giraban con esfuerzo. Al fin apareció una casa de labranza blanca, con tejado de pizarra y ventanas grandes. En la parte posterior había cobertizos de piedra de tamaños diversos, alrededor de un patio lleno de viejos aperos colocados en filas muy ordenadas.

Al llegar a la casa, Skulduggery paró el motor. Se cercioró de que llevaba bien puesto el disfraz, y los dos salieron del coche.

Valquiria llamó a la puerta principal. Al cabo de un momento, llamó de nuevo y se volvió a Skulduggery.

–¿Quién crees que vivirá en esta casa?

–¿Así, a primera vista? Un granjero.

–Tu perspicacia me asombra –replicó ella con sequedad.

–Un granjero soltero –prosiguió Skulduggery–. Las apariencias indican que vive solo y no se ha casado nunca. No tiene hijos. Diría que anda ya por los setenta, a juzgar por la ropa que hemos visto antes en el tendedero.

–¿A qué tendedero te refieres?

–¿No te he dicho que estuvieras alerta para que no se te escapara ningún detalle?

–Has dicho que no me preocupara por eso, que ya lo harías tú por mí.

–Pues a mí me parece que he dicho exactamente lo contrario.

–Igual está durmiendo la siesta, o algo así –Valquiria atisbó por la ventana–. Me parece que no hay nadie.

–Qué bonito, ¿verdad? –dijo una voz a sus espaldas. Se dieron la vuelta y vieron a un anciano que iba hacia ellos dando zancadas. Tenía el pelo blanco e hirsuto, con una calva en la coronilla, y la nariz prominente. Iba vestido con una camisa desastrada y unos pantalones sujetos por tirantes negros, cuyas perneras desaparecían en unas botas de goma hechas un asco–. Llegas a cierta edad y, de pronto, ya no eres nadie. De pronto es como si no estuvieras. ¿Sabes cuál es el defecto de las personas de tu edad, señorita?

Valquiria recordó su charla con Kenspeckle.

–¿Que nos creemos que vamos a vivir eternamente? –respondió esperanzada.

112

–Que no respetáis a las personas mayores.

Ella hizo una mueca, preguntándose cómo podía llegar a acertar la respuesta si esta variaba continuamente.

–¿Se puede saber qué queréis? –inquirió el granjero–. ¿Por qué habéis venido aquí? Y tú –espetó volviéndose a Skulduggery–, ¿por qué vas tapado hasta las cejas como si fueras el hombre invisible? ¿Te pasa algo en la cara?

–Pues sí –admitió él–. Me llamó Skulduggery Pleasant. Y esta es mi socia, Valquiria Caín.

–Vaya, ¿es que ahora dan premios por ponerte un nombre ridículo?

–¿Y usted se llama...?

–Señor Hanratty –respondió el viejo–. Patrick Hanratty.

–Señor Hanratty... –empezó a decir, pero él negó con la cabeza.

–Llámame Paddy.

–Vale, Paddy...

–Espera, lo he pensado mejor. Llámame señor Hanratty.

Valquiria sonrió pacientemente.

–¿Ha visto a personas extrañas por esta zona, últimamente?

–¿Cómo de extrañas? ¿Extrañas como vosotros, o extrañas de modo normal?

–Extrañas de cualquier modo.

Paddy cruzó los brazos y apretó los labios.

–Veamos, déjame pensar. Está ese chico del pueblo, O'Leary; viene todos los miércoles a traerme la compra. Puede decirse que es «extraño», supongo. Lleva una cosa en la ceja, una barra de hierro. No tengo la más remota idea de lo que es. Igual sirve para sintonizar la radio.

–Creo que Valquiria se refiere a personas extrañas que no hubiera visto antes –aclaró Skulduggery.

113

–Aparte de nosotros.

Paddy negó con la cabeza.

–Lo siento, pero vosotros sois las dos personas más extrañas que he visto desde hace mucho tiempo. ¿Vais a contarme de qué va todo esto, o preferís que lo adivine?

–Señor Hanratty... –insinuó Valquiria.

–Llámame Paddy.

–¿Está seguro?

–No mucho, la verdad.

Skulduggery tomó la iniciativa.

–Tenemos motivos para creer que una banda de delincuentes va a utilizar su granja como cuartel general.

Paddy clavó la mirada en las gafas de sol de Skulduggery.

–¿Qué tipo de delincuentes? ¿Secuestradores? ¿Ladrones de joyas?

–Atracadores de bancos.

–Atracadores de bancos –repitió Paddy, asintiendo con la cabeza–. Comprendo; sí, es lógico. No es raro que hayan elegido mi granja. Dado que el banco más cercano está a más de media hora de viaje en coche, esta banda de delincuentes, después de dar el golpe, tendrá que volver a su guarida recorriendo casi cincuenta kilómetros de carreteras estrechas, deteniéndose de vez en cuando para dejar pasar tractores y diversas máquinas agrícolas, y luego cruzar el pueblo sin llamar la atención de los vecinos que otean día y noche, y después...

–Muy bien –le interrumpió Skulduggery–. No hay ninguna banda de atracadores de bancos que piense utilizar su granja.

Paddy asintió, ostensiblemente satisfecho por su triunfo.

–Bien, qué alivio. Será mejor que vayamos al grano, ¿de acuerdo? No tengo el menor interés en vender esta finca. Llevo aquí más de cuarenta años y no pienso irme. De modo que, a menos que tengáis que decirme algo de vital importancia, no tendré más remedio que pediros que os vayáis. He de volver al trabajo.

Skulduggery guardó silencio durante un momento, y Valquiria pensó que se había enfadado; pero entonces, el detective ladeó el cráneo como si hubiera recordado de repente que estaba conversando.

–Por supuesto –masculló–. Lamentamos haberle hecho perder el tiempo.

Se dirigió hacia el Bentley a toda prisa, seguido de Valquiria.

–¿Qué pasa? –preguntó ella.

–Ya está resuelto –dijo sin detenerse–. Es el Grotesco.

–¿Qué dices que es el Grotesco?

Llegaron al coche y se montaron en él. Skulduggery giró la llave y el motor arrancó con un rugido.

–El Ancla Istmo es algo que impide que la puerta que separa distintas realidades se cierre definitivamente –explicó–. Es algo que está en este lado, pero que pertenece al otro. Por eso Batu tuvo que dejar transcurrir cincuenta años entre los asesinatos, porque necesitaba que el barón Vengeus devolviera la vida al Grotesco. El Grotesco es el Ancla Istmo.

–Pero... pero Bliss lo incineró, ¿verdad?

Skulduggery aceleró y, con voz hueca, dijo:

–Incineró lo que pudo. Quemó sus miembros y casi todos sus órganos, todos los que procedían de otros seres. El torso, sin embargo, proviene de un Sin Rostro auténtico o, por lo menos, del cuerpo humano que habitaba. Y estos son mucho más difíciles de destruir.

Valquiria casi tuvo miedo de hacerle la próxima pregunta:

–Y entonces... ¿dónde lo dejó? ¿Quién lo tiene? Skulduggery, ¿quién rayos tiene el Grotesco?

–Está guardado en el Santuario –contestó él, con un matiz nuevo en la voz–. Thurid Guild tiene el Ancla Istmo.

14

LA DIABLERÍA

BATU cogió el frasco con la mano derecha y, con cuidado, dejó caer el líquido en la cara interna de su antebrazo izquierdo. El líquido quemaba como un ácido, y le fue corroyendo la piel hasta formar un símbolo de sangre y carne abrasada.

Cuando el símbolo estuvo completo, Batu dejó el frasco en la mesa y se examinó el brazo. Le dolía de manera atroz.

La Diablería le observaba.

–Este símbolo nos protegerá –afirmó Batu–. Cuando vengan los Dioses Oscuros, este símbolo les indicará que somos creyentes.

–¿Y Sanguine? –preguntó Horrendo Krav–. ¿Le contamos lo de esta marca?

–Sanguine es un mercenario. Carece de fe y, por ello, no merece consideración alguna.

–Perfecto –dijo Krav–. No le tengo el menor aprecio.

Batu salió mientras ellos empezaban a tatuarse el símbolo en los brazos, y entró en el edificio contiguo para revisar su ejército.

Abrió la puerta corredera y encendió la luz. Las hileras de Hombres Huecos se quedaron mirándole, en espera de sus órdenes.

–Muy pronto –les prometió.

15

ALLANAMIENTO DE MORADA

S E dirigieron rápidamente hacia la figura de Phil Lynott, que seguía en su sitio, sujetando la guitarra con una media sonrisa petrificada en el rostro.

–Venimos a ver al señor Bliss –dijo Skulduggery–. Es muy urgente.

–Me temo que tengo instrucciones muy estrictas en lo referente a usted y a su acompañante. No se les permite la entrada al Santuario sin...

–Llame a la administradora –le interrumpió el detective–. Déjeme hablar con alguien humano.

–Como guste –hizo una pausa–. La administradora ha sido informada de su presencia. Le ruego esperen aquí, y ella acudirá en breve.

Fijaron los ojos en la pared, esperando a que se abriera. Skulduggery apretó el botón de llamada de su teléfono y escuchó durante unos momentos; luego se lo volvió a meter en el bolsillo sin pronunciar palabra. Llevaba veinte minutos tratando de hablar con Bliss, pero no había manera.

La pared hizo un ruido y se abrió la puerta escondida. La administradora entró en el museo.

Sonreía cortésmente.

–Me temo que el Gran Mago está demasiado ocupado para hablar con nadie en este momento, pero si me dicen cuál es el objeto de su visita...

–No hemos venido por Guild –dijo Skulduggery–. Queremos ver a Bliss.

–Lo siento, señor Pleasant. El señor Bliss no está.

–¿Adónde ha ido?

–Me sabe mal, pero no puedo facilitarle ese dato.

–No tenemos tiempo que perder. Es preciso trasladar ahora mismo los restos del Grotesco.

Por primera vez desde que Valquiria la conocía, la administradora frunció el ceño.

–¿Cómo se ha enterado? El traslado del Grotesco es una operación de carácter secreto, señor Pleasant. Solo la conocen dos personas del Santuario.

–¿Son usted y el Gran Mago esas dos personas? –preguntó Skulduggery–. ¿Por qué van a trasladarlo?

–Hacemos traslados todo el tiempo por razones de espacio, ordenación o comodidad. No es nada extraordinario.

–¿Cuándo lo van a trasladar?

–No puedo...

–¿Dónde van a llevarlo?

La administradora se irritó un poco.

–La verdad es que no lo sé. El Gran Mago se encargará personalmente de dar instrucciones a los transportistas.

–¿De cuántos transportistas hablamos?

–No pienso...

–A ver si lo adivino. Guild no quiere llamar la atención, así que será algo discreto. Dos o tres Hendedores, ¿verdad? ¿En un furgón blindado?

–El Gran Mago me asegura que será un vehículo idóneo.

–Ese furgón va a ser asaltado –dijo Valquiria.

La administradora entrecerró los ojos.

–¿Por qué lo van a hacer?

–No vamos a asaltarlo nosotros –le aclaró Skulduggery–. Pero vamos a tener que llevarnos el Grotesco.

Hubo una pausa, y la administradora se dio la vuelta para echar a correr. Skulduggery levantó la mano y Valquiria notó las ondas tenues que se formaban en el aire mientras aparecía una burbuja de vacío alrededor de la cabeza de la administradora. Ella trató en vano de respirar, y Skulduggery la sujetó para que no se cayera.

–Lo siento mucho –murmuró.

Valquiria chasqueó los dedos y se volvió bruscamente hacia la figura de Phil Lynott, arrimando una bola de fuego a su cara de cera.

–Si das la alarma, te fundo.

–No hace falta –dijo la figura–. No estoy conectado más que con la administradora. Me prometen una y otra vez que ampliarán la red al resto del Santuario, pero no lo hacen. Con tal de que me limite a abrir y cerrar esta puerta, creo que se alegran bastante de no tener que pensar en mí.

Skulduggery dejó en el suelo a la administradora, que estaba inconsciente.

–Se despertará dentro de unos minutos –dijo–. Te ruego que le pidas disculpas de mi parte.

121

La puerta empezó a cerrarse, pero consiguieron cruzar a tiempo el umbral.

—¡Fallaste! —gritó Valquiria a la figura de cera.

Esta se encogió de hombros y agachó la cabeza para mirar a la administradora; un momento antes de que se cerrara la puerta, Valquiria oyó que se ponía a cantar *Killer on the Loose*, «Un asesino anda suelto», otra de las favoritas de su padre.

Skulduggery bajó en primer lugar por la escalera de piedra.

—¿Cómo vamos a salir de nuevo? —preguntó ella—. Que los dos rondemos por aquí ya será bastante sospechoso, pero ¿y si encima rondamos llevando a cuestas el Grotesco?

—Por aquí no vamos a volver.

—Pero si es la única entrada.

—Pero no la única salida.

Al llegar abajo, aminoraron el paso y entraron en el vestíbulo. Skulduggery caminaba tranquilamente; en cambio, a Valquiria le temblaban las rodillas.

Los guardias Hendedores volvieron la cabeza y observaron cómo cruzaban las primeras puertas, pero no se movieron para cerrarles el paso.

Avanzaron por el pasillo uno al lado del otro, como si estuvieran allí con todo el derecho. Los magos los miraban con cara de sorpresa, pero nadie les pidió explicaciones. Abandonaron el pasillo principal y se internaron en los secundarios, apresurándose cada vez más.

Se acercaban a las Mazmorras del Santuario, donde estaban encarcelados algunos de los criminales más trastornados del mundo. Skulduggery le había hablado de algunos de ellos: en esas jaulas había asesinos múltiples, autores de matanzas y psicópatas de todas clases. Valquiria casi alcanzaba a sentir el mal

que se filtraba por la puerta como una humedad glacial, deján-
dola helada al pasar.

Delante de ellos estaba el Depósito, el almacén gigante que albergaba toda suerte de objetos mágicos y místicos, entre ellos los
restos del Grotesco. Aquel día, sin embargo, a diferencia de las
otras ocasiones en que Valquiria había estado en el lugar, había
dos Hendedores montando guardia en la puerta de doble hoja.
Skulduggery y Valquiria se metieron por un pasillo lateral y se
detuvieron, ocultos a los ojos de los Hendedores.

–Vale –dijo él–. Perfecto.

–¿Perfecto? ¿A qué te refieres? ¿Qué tiene esto de perfecto?

–Si los Hendedores montan guardia, es que el Grotesco aún se
encuentra en el Depósito. Nos queda poco tiempo. Lo que hemos
de hacer ahora es distraerlos.

–Igual tendríamos que soltar a uno de los criminales de las
Mazmorras y dejar que le persiguieran.

–¿En serio quieres dejar suelto a un asesino múltiple con poderes mágicos?

–Era broma –murmuró ella a la defensiva.

Él hizo una pausa.

–El caso es que no es mala idea. Pero no tiene que ser un cri-
minal de las Mazmorras: son demasiado peligrosos. Sería más
adecuado alguno de los que se están pudriendo en las celdas
temporales.

Valquiria sonrió de oreja a oreja.

–¿Lo ves? Hasta mis bromas son geniales.

Skulduggery echó a andar y ella se esforzó por no quedarse
atrás.

–¿Pero no habrá también Hendedores vigilando las celdas?
–preguntó.

Él negó con la cabeza.

–Tras los sucesos de los últimos dos años, primero el asalto de Serpine al Santuario y después el ataque del Grotesco, los Hendedores han visto menguar su número. Por eso, actualmente los tratan con el cuidado que merecen unos seres tan valiosos como ellos, y solo los utilizan cuando es absolutamente indispensable.

»Dudo mucho que las celdas temporales de baja seguridad estén vigiladas por Hendedor alguno. Seguramente encontraremos a un agente del Santuario; si todo va bien, nos conocerá, y hasta puede que nos permita seleccionar a un prisionero.

–¿Recuerdas alguna ocasión en que todo haya ido bien?

–Hay que ser optimista.

Llegaron a la zona de detención temporal sin tropezarse con nadie que se diera cuenta de que eran intrusos. El pasillo se fue estrechando y aparecieron puertas de acero a ambos lados. Un joven larguirucho, con el pelo de un rojo subido, se levantó de su mesa y entrecerró los ojos con expresión recelosa.

–Usted es Skulduggery Pleasant –dijo.

–En efecto. Y te presento a mi socia, Valquiria Caín. ¿Cómo te llamas tú?

–Staven Weeper. Habéis entrado sin permiso.

Skulduggery agitó la mano, quitándole importancia.

–Todo el mundo nos apoya, no te preocupes por eso.

–El Gran Mago nos ha prevenido contra usted.

–¿Seguro que te previno contra mí? ¿No se trataría de otra persona?

–No tiene permiso para entrar sin supervisión –insistió Weeper, tratando de dar algo de autoridad a su voz–. ¿Quién le ha dejado pasar?

–La puerta estaba abierta.

Weeper extendió la mano para apretar el botón de la mesa, pero Skulduggery le agarró la muñeca y se la retorció. Weeper lanzó un grito de dolor. El detective dio la vuelta a la mesa y lo estampó contra la pared.

–Las esposas –dijo.

Valquiria abrió unos de los cajones de la mesa. En el interior había media docena de bolsas de plástico transparente que contenían los objetos personales de los prisioneros. Abrió otro cajón y dio con unas esposas flamantes, que arrojó a Skulduggery. Este esposó a Weeper con las manos a la espalda y le dejó marchar.

El joven se tambaleó, con los ojos muy abiertos.

–¡Me ha atacado!

–Solo queremos llevarnos a uno de tus prisioneros –le tranquilizó Valquiria.

–No puedo permitirlo –rezongó Weeper, adoptando una postura de lucha que ella no había visto jamás.

Lo observó, preguntándose cuál sería el arte marcial que dominaba; debía de ser lo bastante eficaz para permitirle combatir maniatado. Valquiria esperaba que se pusiera a dar saltos, tal vez algunas volteretas y, sin duda, muchísimas patadas. Pero lo que vio fue más o menos lo siguiente: Weeper intentó dar un cabezazo en el pecho a Skulduggery, el detective se hizo a un lado y el joven se golpeó la rodilla con la mesa y cayó al suelo gritando de dolor.

–Ten cuidado –dijo Skulduggery; lo levantó y lo dejó apoyado en la pared, hecho un ovillo; luego se dirigió a la primera puerta de acero, abrió el pestillo y se asomó al interior.

Valquiria permaneció en un rincón, vigilando que nadie los interrumpiera. Volvió la cabeza y vio que Skulduggery introducía a Weeper en la celda y hacía señas al prisionero para que saliera. Después posó de nuevo la mirada en el punto donde desembocaba el pasillo. Un mago cruzó por delante, pero no llegó a mirar en su dirección. Valquiria aguardó con el corazón en vilo, pero el mago no volvió a aparecer.

Oyó cómo se cerraba la puerta de la celda y se volvió para ver a qué delincuente había elegido Skulduggery. El prisionero en cuestión, con las manos esposadas delante de él, le lanzó una mirada de desafío. Lo conocía. Era el que se tenía por Asesino Supremo, el hombre que quería convertir el asesinato en una forma de arte, aunque todavía no había logrado matar a nadie. Durante su primer encuentro, había intentado arrojarla de lo alto de un edificio. No era un tipo muy listo.

—Nos volvemos a ver —gruñó Vaurien Scapegrace con una mueca.

Valquiria se echó a reír.

La mueca de Scapegrace se esfumó.

—Me gustaría que, por una vez, la gente no se riera al verme.

—Cállate, anda —le ordenó Skulduggery, empujándole para que caminara.

Valquiria hizo lo posible por contener la risa mientras se dirigían de vuelta al Depósito.

—Me tendieron una trampa —protestó Scapegrace, que caminaba delante de ellos—. Me han acusado de un crimen que no cometí. No tendría que estar en este sitio.

—Tienes razón —admitió Skulduggery—. Tendrías que estar en una prisión como Dios manda por tentativa de asesinato.

—Me fugué —dijo Scapegrace encogiéndose de hombros.

—Eso no es del todo cierto, ¿verdad? Fugarse implica dinamismo y riesgo. En lo que a ti respecta, te estaban trasladando a

126

otro centro y, simplemente, se olvidaron de ti al hacer un alto para descansar.

—Me escapé.

—Te dejaron atrás.

—El caso es que estaba en libertad, y entonces me acusaron de un crimen que no cometí y volvieron a detenerme. ¿A eso lo llamas justicia?

—Lo llamo divertido —murmuró Valquiria.

Scapegrace no le hizo caso.

—¿Adónde me lleváis? Por aquí no se va a las salas de interrogatorios. ¿Qué queréis de mí?

—Tu maravillosa compañía.

Scapegrace aminoró el paso y su rostro se demudó.

—No vais a ejecutarme, ¿verdad?

—No vamos a ejecutarte —respondió Skulduggery.

—Por eso hay tanto secretismo. Dios mío, vais a ejecutarme.

—Que no, te lo prometo.

—Pero ¿por qué? ¿Por qué me vais a ejecutar? Me tenéis miedo, ¿verdad?

—No van por ahí los tiros.

A Scapegrace le fallaron las piernas; Skulduggery le sujetó y le hizo seguir caminando.

—Tenéis miedo de mi cólera —dijo Scapegrace a media voz.

Skulduggery le detuvo, le abrió las esposas y le dio un empujoncito.

—Venga, corre.

Scapegrace se volvió hacia ellos bruscamente.

—¿Para qué? ¿Para que podáis divertiros un poco? ¡Qué crueles sois!

—No vamos a ejecutarte —insistió Valquiria.

Scapegrace se arrodilló.

–No me matéis, por favor.

Skulduggery meneó la cabeza.

–Tendría que haber cogido a otro.

–Solo queremos que distraigas a unas personas –le explicó Valquiria–. Necesitamos que desvíes su atención.

–No quiero morir –gimoteó Scapegrace.

–Vaurien, en serio, levántate. No queremos hacerte daño.

–En cuanto os dé la espalda...

–No vamos a hacerte nada. Necesitamos que distraigas a unas personas; pero, de paso que nos haces ese favor, puedes aprovechar. Es tu oportunidad de escapar, Vaurien. Mírate: no vas esposado ni estás herido. ¿Qué puede impedirte que te fugues?

–Vale –dijo Scapegrace poniéndose en pie–. Así que echo a correr, ¿no?

–Exacto.

–¿Y si...?

Scapegrace salió disparado en mitad de la pregunta, esperando cogerlos desprevenidos.

–Te equivocas de dirección –le avisó Valquiria.

El asesino fallido se detuvo trastabillando y se dio la vuelta.

–Si vas por ahí, volverás a las celdas temporales.

Scapegrace miró en derredor para orientarse; luego asintió y desanduvo el camino.

–Que os ayude no significa que seamos cómplices –les advirtió.

–Ya lo sabemos –repuso Skulduggery.

–La próxima vez que nos encontremos, intentaré mataros.

–También lo sabemos.

–¿Cómo se sale de aquí?

–Sigue recto y dobla a la izquierda. A partir de allí, déjate guiar por la intuición.

Scapegrace se detuvo junto a ellos y gruñó:

–Hasta la próxima.

Echó a correr hasta la esquina, miró a la derecha, dio un chillido y salió corriendo en sentido contrario.

–Creo que tendríamos que haberle dicho que iban a perseguirle los Hendedores –observó Skulduggery mientras los dos guardias pasaban como un rayo por la intersección.

Volvieron a toda prisa a las puertas del Depósito. Antes de colarse en él, Valquiria volvió a cabeza en el momento justo en que los Hendedores se abalanzaban sobre Scapegrace y este lanzaba otro chillido.

16

EL ROBO DEL GROTESCO

SKULDUGGERY se sacó un carrete de hilo del bolsillo y empezó a atar los pomos de la puerta.

–¿Crees que aguantará? –preguntó Valquiria con escepticismo.

–Es «hilo terco». Cuanto más lo fuerzas, más resiste. Es muy raro. Dicen que lo fabricaron con tripa de dragón imperial, hace más de dos mil años.

–¿En serio?

–No. Es un hilo muy fuerte, y punto.

Cuando los pomos estuvieron bien atados, Valquiria y Skulduggery se adentraron en la sala. El Depósito era amplio y oscuro, con hileras de estanterías y mesas que crujían bajo el peso de los objetos mágicos que contenían. En el centro, donde tiempo atrás estuviera en su pedestal el Libro de los Nombres, había ahora una jaula negra de acero del tamaño de un camión pequeño.

Los restos del Grotesco, poco más que un torso y una cabeza envueltos en vendajes sucios, colgaban a cierta distancia del suelo sujetos por una docena de cadenas muy tensas. Había símbolos grabados en todos los barrotes de la jaula, que empezaron a brillar a medida que se acercaban a ella.

–No toques la jaula –advirtió Skulduggery.

–¿Cómo vamos a abrirla?

–Con muchísimo cuidado, supongo. No domino el lenguaje de estos símbolos con la soltura de China, pero los conozco lo suficiente como para reconocer un campo mortífero en cuanto lo veo. Te mataría en el acto con solo pasar la mano por entre los barrotes.

–¿No podemos apagarlo?

–Sí, si supiera qué símbolo hay que tocar. Lamentablemente, si tocamos cualquier otro símbolo, el campo se expandirá y matará todo lo que haya en la sala.

–¿Te mataría a ti también?

–¿Estando muerto como estoy?

–¿Sí o no? Serpine te atacó con su mano letal y no te causó ningún daño. Puede que ocurriera lo mismo en este caso.

–Si tuviera un poco más claras las circunstancias que me llevaron a convertirme en un esqueleto con un gusto impecable en materia de vestuario, podría probar a ver qué pasa. Pero es sumamente probable que el campo mortífero liquidara lo que queda de mí.

–Entonces, ¿cómo vamos a hacernos con el Grotesco?

Skulduggery echó a andar entre las estanterías.

–Tiene que haber algo que nos sirva de ayuda –murmuró.

Valquiria le siguió mientras observaba los objetos expuestos, aunque no tenía la más remota idea de qué estaban buscando, y menos aún de cómo podrían emplear alguno de ellos para abrir la jaula.

Finalmente cogió una bola de madera, el doble de grande que una pelota de tenis. Tenía un surco delgado que abarcaba toda su circunferencia.

–¿Y esto qué es...? –preguntó, alzándola para que la viera Skulduggery.

–Una esfera de camuflaje –dijo él–. No existen muchas como esa, por cierto.

–¿Para qué sirve?

–Te vuelve invisible.

–Qué pasada.

Valquiria la dejó de nuevo en su sitio y se volvió para seguir a Skulduggery, pero este se había esfumado.

De pronto, Valquiria oyó un ruido que venía de las estanterías y percibió movimiento. Luego sonó un gruñido; el detective apareció volando sobre las estanterías, se estrelló contra una mesa, resbaló por el tablero haciendo trizas los frascos colocados encima y cayó al suelo con otro gruñido. Un hombretón de larga cabellera blanca se dirigió hacia él dando zancadas. Valquiria lo reconoció por la descripción que le habían dado: se trataba de Horrendo Krav.

La Diablería estaba a punto de robar el Grotesco en sus propias narices.

Valquiria retrocedió, con el corazón golpeándole el pecho, y oyó pasos a su espalda.

Se dio la vuelta y vio que se acercaba Sanguine, con su sonrisa perversa. Valquiria chasqueó los dedos de ambas manos y sus puños se llenaron de llamas, pero en ese momento se abrió una telaraña de grietas a los pies de Sanguine y este se hundió en el suelo. Valquiria giró sobre sus talones alarmada, sin hacer caso del ruido que armaba Skulduggery al pelear, escuchando el estruendo delator de tierra desprendida que anunciaba los movimientos subterráneos de Sanguine.

Por el ruido se dio cuenta de que el asesino emergía del suelo justo a sus espaldas. Valquiria lanzó una patada hacia atrás y notó que le daba de lleno. Se dio la vuelta y vio a Sanguine despatarrado, con las manos en la cara; le había partido en dos las gafas, limpiamente, y de la nariz le chorreaba sangre. Con el rostro sin ojos contraído de dolor y de rabia, el asesino se levantó a duras penas y se abalanzó sobre ella.

Valquiria pasó por debajo de su brazo derecho, le asestó una patada en la pierna que hizo a Sanguine caer de rodillas y remató el ataque con un codazo en la nuca. Sanguine se dejó caer sobre las manos y contraatacó con una patada brutal en los tobillos.

Valquiria se desplomó, y Sanguine la aferró mientras se ponía en pie. Ella trató de soltarse; pero su adversario era demasiado fuerte, y la lanzó contra una hilera de estanterías que se vinieron abajo con gran estrépito arrastrándola consigo.

Valquiria se levantó con dificultad e intentó empujar el aire para derribar a su adversario, pero él era más veloz que ella y le propinó un puñetazo en la cara que le hizo ver las estrellas y la tumbó de nuevo. Valquiria notó el sabor de la sangre y se llevó la mano izquierda a la boca: había perdido un diente delantero. Sentía el cuerpo muy pesado y exangüe, pero lo único que le preocupaba era que le habían hecho saltar un diente y lo complicado que sería explicárselo a su madre.

Junto a su cara apareció un zapato marrón. Sanguine se arrodilló abriendo la navaja de afeitar, mientras la sangre que le manaba de la nariz caía copiosamente sobre la chaqueta de Valquiria.

–Te lo mereces –gruñó él, poniéndole la hoja en la garganta.

Entonces se oyó una detonación; Sanguine soltó un grito y cayó de costado, sujetándose la pierna. Detrás de él, Skulduggery cambió de blanco, pero Krav le hizo saltar el revólver de un manotazo.

Maldiciendo de dolor, Sanguine se puso en pie sin hacer caso de Valquiria, y se dirigió tambaleándose hacia la jaula. Apretó un símbolo con la mano, y este lanzó un destello. Valquiria rodó sobre sí misma para alejarse, imaginando que el campo mortífero los envolvería a todos, como advirtiera Skulduggery. Pero el símbolo se desvaneció, lo mismo que los demás. La puerta de la jaula se abrió y Sanguine se metió en ella a gatas. Extendió la mano hacia el Grotesco y, al tocarlo, se soltaron las cadenas y el torso vendado cayó pesadamente.

–¡Ya lo tengo! –exclamó.

Krav gruñó a Skulduggery, rabioso por tener que abandonar a su presa, y se acercó rápidamente a la jaula. El suelo se desmoronó a sus pies, y Sanguine, Krav y el Grotesco desaparecieron en el interior de la tierra.

Skulduggery recogió rápidamente su revólver y corrió hacia Valquiria. Alguien aporreaba las puertas del Depósito. El hilo terco resistía, pero en ese momento Valquiria vio que una hoja metálica perforaba la puerta y desaparecía: los Hendedores trataban de entrar a golpes de guadaña.

–Déjame ver –dijo Skulduggery, ayudándola a incorporarse. Le cogió la cara con las manos enguantadas y le echó la cabeza para atrás. La sangre le caía por la barbilla, mientras Valquiria hacía lo posible por no tragársela–. Abre la boca.

Valquiria negó con la cabeza. Tenía los ojos llenos de lágrimas, en parte por la conmoción, en parte por la angustia. Billy-

135

Ray Sanguine le había arrebatado la sonrisa de un puñetazo brutal.

Skulduggery la ayudó a levantarse. Una ráfaga de aire frío le silbó entre los dientes, haciéndola gemir de dolor. Apretó los labios con fuerza.

Las puertas se vinieron abajo y Thurid Guild irrumpió en el Depósito, flanqueado por dos Hendedores. Entonces vio la jaula vacía.

–¡Cogedlos! –rugió.

Skulduggery agarró la mano de Valquiria y la arrastró hacia el laberinto de estanterías. Uno de los Hendedores se apartó de Guild como un rayo, dio un gran salto y cayó delante de ellos guadaña en ristre para cortarles el paso. Skulduggery hizo un aspaviento para mover el aire, pero el Hendedor atravesó las ondas como si tal cosa. Su compañero se acercaba por detrás con la intención de acorralarlos.

No podían permitir que los detuvieran. La Diablería estaba en posesión del Ancla Istmo, lo que significaba que su próximo paso sería localizar a Fletcher Renn y capturarle. Tenían que escapar cuanto antes.

Skulduggery aún tenía el revólver en la diestra, y disparó a quemarropa contra el pecho del primer Hendedor. Este se tambaleó hacia atrás, protegido por el uniforme, y el detective terminó de desequilibrarle con una patada. El Hendedor se desplomó y saltaron por encima de él.

Corrieron hacia el final de la fila de estanterías, y Skulduggery cogió la esfera de camuflaje; luego embistió la estantería con el hombro y la derribó. Los objetos mágicos se estrellaron contra el suelo; por el aire se esparció un humo sobrenatural y se oyeron gritos, como si acabaran de liberar de pronto a una

136

docena de almas atrapadas. En medio de la confusión, Valquiria se agachó y siguió a Skulduggery por el camino que trazaban las estanterías, en dirección a la puerta. Entretanto, oía a Guild dando órdenes a gritos mientras llegaban los refuerzos.

El humo llegó hasta ella: era apestoso. Empezó a respirar por la boca instintivamente, y estuvo a punto de caerse de dolor. Cubriéndose los labios ensangrentados con ambas manos, parpadeó para contener las lágrimas y vio que Skulduggery desaparecía por otro pasillo flanqueado de estanterías. Le siguió a toda prisa, pero se quedó paralizada cuando un Hendedor le cerró el paso.

El guardia escudriñó el lugar a través de la visera de su casco. Ella permaneció inmóvil, aunque estaba segura que la vería enseguida.

Unas manos enguantadas salieron de la penumbra, a sus espaldas, y se llevaron bruscamente al Hendedor.

Valquiria no se movió del sitio en espera de que estallara la pelea, pero todo siguió en calma.

Atisbó entre las estanterías y vio a Guild con un gesto de furia en el rostro. Tras él se movió algo, y Valquiria vio por el rabillo del ojo que un Hendedor se detenía a su espalda y luego se marchaba.

Echó a andar hacia delante, en silencio y con la cabeza gacha. Cruzó rápidamente el espacio que separaba las estanterías y continuó por otra hilera, acercándose cada vez más a la puerta. Un nuevo Hendedor entró corriendo en la estancia, y Guild le indicó que se detuviera.

–Quédate aquí –le ordenó–. Procura que no se escapen.

El Hendedor desenvainó su guadaña. Era lo único que se interponía entre ella y la puerta. El humo sobrenatural corría,

137

subiendo y bajando, hasta que pasó por delante de ella y le oscureció la visión. Cuando se despejó, el Hendedor ya no estaba.

Skulduggery salió de la oscuridad y la esperó en la puerta. Valquiria se cercioró de que no había nadie a la vista y se dirigió sigilosamente hacia el extremo de las estanterías; Skulduggery le hizo un ademán con la cabeza y los dos salieron a toda prisa al pasillo.

Echaron a correr.

Un mago que a Valquiria le sonaba los reconoció y frunció el ceño, pero Skulduggery empujó el aire y el mago en cuestión salió disparado. Continuaron por el pasillo de la izquierda, alejándose de las zonas más concurridas.

–Hay otra salida –dijo Skulduggery mientras corrían–. Echan Meritorius me habló de ella hace tiempo. Solo sirve para casos de urgencia. Guild no sabe que la conozco.

Irrumpieron en una amplia sala ovalada, con una sola fuente de luz que dejaba a oscuras los bordes. Era la sala en la que Valquiria había conocido a los Mayores, dos años atrás.

Valquiria se volvió para cerrar la puerta, pero en ese momento Remus Crux entró violentamente y la tiró al suelo. Aunque empuñaba la pistola, Skulduggery se le echó encima y le inmovilizó el brazo en que la sostenía. Crux intentó protestar, pero Skulduggery le propinó un gancho de derecha que le hizo flaquear las rodillas. Luego le desarmó y le tiró al suelo de un empellón.

Valquiria oyó pasos procedentes del pasillo y chasqueó los dedos para alertar a Skulduggery. Este se sacó la esfera de camuflaje de la chaqueta e hizo girar ambos hemisferios en direcciones opuestas. Del interior brotó una burbuja de neblina, que los envolvió a él, a Valquiria y a Crux.

Thurid Guild corrió hacia la puerta, seguido de tres Hendedores. Valquiria se esforzó por hacer caso omiso del dolor de su boca y se dispuso a pelear. Skulduggery, sin embargo, le tocó el hombro.

–No pueden vernos ni oírnos –dijo–. Todo lo mágico ha quedado camuflado.

La esfera que tenía en la mano emitía un tic-tac suave, conforme los dos hemisferios regresaban lentamente a su posición inicial.

–Gran Mago –llamó Crux con voz débil–. Ayúdeme.

Pero Guild no podía oírle. Se volvió a los Hendedores.

–Deben de haber vuelto sobre sus pasos. Quiero que cerréis herméticamente la salida. ¡Venga!

Los Hendedores se fueron corriendo y Guild desanduvo el camino. Crux gemía amargamente. Skulduggery le miró agachando la cabeza.

–Nosotros no hemos robado el Grotesco, Remus. Lo ha hecho la Diablería. Son ellos los que están detrás de este asunto. Jaron Patíbulo, y puede que alguien que se hace llamar Batu. Centra en ellos tus pesquisas.

–Os voy a detener –lloriqueó Crux.

–Guild es su cómplice. Les dijo cuál era el símbolo que desactivaba el campo mortífero. No puedes confiar en él. Solo puedes fiarte de Bliss.

La esfera de camuflaje hizo un último tic-tac y la burbuja de neblina se retiró. Skulduggery se la metió en el bolsillo y condujo a Valquiria hacia los bordes oscuros de la sala. Chasqueó los dedos, haciendo aparecer una llama brillante.

–El tiempo lo es todo –le dijo–. Cuando empecemos a correr, no podremos detenernos. ¿Está claro?

Ella murmuró que sí; la boca le dolía tanto que apenas podía abrirla. Skulduggery se inclino hacia ella y le dijo al oído para que Crux no le oyera:

–En cuanto salgamos de aquí, iremos a ver al profesor Grouse para que te arregle el diente, ¿vale? No tienes por qué preocuparte.

Ella volvió a murmurar, y Skulduggery ladeó el cráneo un momento, compasivamente. Luego señaló la pared.

–Tócala y prepárate para correr.

Valquiria alargó la mano y apoyó la palma en la piedra fría; se oyó un estruendo y la pared se abrió lo bastante para que pasaran los dos.

–¡Ya! –dijo Skulduggery, y los dos salieron disparados. La pared se cerró a sus espaldas, al tiempo que se abría un espacio delante de ellos. Era más bien desconcertante lanzarse a toda velocidad contra un bloque de piedra, pero cuando estaban a punto de chocar contra él, este se separó y volvió a cerrarse tras sus talones. Corrían por una burbuja de espacio que avanzaba rápidamente a través de la tierra, con un estruendo tan fuerte que a Valquiria le trajo a la memoria el día en que Billy-Ray Sanguine la había llevado ante la presencia del barón Vengeus. No le había gustado entonces, y no le gustaba ahora.

Su trayectoria era ascendente: Valquiria lo notaba en las piernas. Skulduggery había apagado la llama para que no consumiera el oxígeno, por lo que avanzaban en la más completa oscuridad. Valquiria aspiró por un lado de la boca, para evitar que el aire frío le tocara el diente roto.

Cada vez estaba más cansada. Llevaban demasiado rato corriendo. Tenía que aminorar el paso, solo por un momento, pero le constaba que la burbuja de espacio seguiría adelante sin ellos.

No le apetecía mucho morir aplastada, por muy rápido que fuera.

–No creía que estuviera tan lejos –dijo Skulduggery por encima del estrépito. Lo bueno de no tener que respirar era que nunca perdía el aliento, y lo bueno de no tener músculos era que nunca se le quedaban agarrotados. En ese momento, Valquiria le envidió muchísimo.

De pronto notó un tirón, y enseguida se dio cuenta de que la piedra le había enganchado el faldón del gabán. Sacó bruscamente los brazos de las mangas, abandonando la prenda en la oscuridad, y dio un traspié. Notó que Skulduggery le agarraba la mano con los dedos enguantados y la llevaba hacia él de un tirón, prácticamente a rastras. Sus pies tocaron el suelo de nuevo y volvió a correr por sí misma, pero se aferró a su mano y no la soltó más.

Entonces apareció una luz deslumbrante, una ráfaga de aire frío, y se encontraron de pronto en el exterior. Valquiria resbaló en la hierba mojada y cayó de espaldas. El estruendo cesó de golpe. Se quedó tendida, tapándose la boca con las manos, jadeando y entrecerrando los ojos deslumbrada.

Skulduggery se estaba enrollando la bufanda en torno a la mandíbula. Luego se caló el sombrero para ocultar sus cuencas vacías.

–El Garden of Remembrance –dijo–. Estamos en pleno centro de Dublín. No es un sitio especialmente retirado para hacer desembocar un túnel secreto, pero no me quejo.

Valquiria lanzó un gruñido a modo de respuesta, dando a entender que tampoco pensaba quejarse. Skulduggery la ayudó a ponerse en pie. Tenía los brazos desnudos, y la carne de gallina a causa del aire frío. Las únicas personas que se veía eran una pareja de ancianos que habían salido a pasear tranquilamente. Nadie los había visto llegar. Se dirigieron hacia la verja.

–Tenemos un problema –anunció Skulduggery–. Aparte de los más evidentes, quiero decir. El Bentley se ha quedado en el Santuario y no podremos ir a buscarlo.

Ella gimió.

–Sin embargo, tengo una buena noticia, y es que, después de los desperfectos que sufrió hace dos años, tomé la precaución de esconder varios coches de recambio por la ciudad. Hay uno bastante cerca de aquí.

Valquiria se volvió a él y murmuró una pregunta.

Él se echó a reír.

–No es amarillo, no. Estoy seguro de que te gustará.

Se encaminaron a un pequeño aparcamiento situado detrás de un edificio ruinoso, mientras Valquiria hacía lo posible por ocultar la sangre a las personas que pasaban. El único coche estacionado allí era un Ford Fiesta. Lanzó una mirada iracunda a Skulduggery.

Él asintió con la cabeza.

–Sí, supongo que es un poco pequeño.

Ella volvió a murmurar otra cosa, y él negó con la cabeza.

–La verdad es que te sorprenderías de lo ligero que es. Carece de la rapidez, la comodidad y la gran potencia del Bentley, pero, sobre todo en el tráfico de la ciudad, un Fiesta es un coche magní...

Ella le interrumpió con otro murmullo, más furioso aún, y él tardó un momento en asentir.

–Supongo que tienes razón. Es un poco morado, sí.

Ella dejó caer los hombros, abatida. Skulduggery sacó la llave, que estaba oculta en el tubo de escape, abrió el coche y subió.

Valquiria se montó a su vez, se puso el cinturón sin el menor entusiasmo y Skulduggery arrancó.

–Arranca a la primera –dijo alegremente.

Salieron del aparcamiento y se dirigieron hacia el cine Hibernian. El Horror Morado, como bautizó Valquiria inmediatamente a su nuevo medio de transporte, no era tan espantoso como el coche amarillo que Skulduggery había usado el año anterior, pero no le iba muy a la zaga. Aunque, al menos, no hacía que la gente se detuviera y se mondara de risa al verlo pasar.

Al cabo de un rato, Valquiria hasta consiguió dejar de pensar en él; en vez de eso, comenzó a preocuparse por su diente.

A llegar al Hibernian aparcaron en el lado opuesto de la calle. Skulduggery entró primero, tras comprobar que Guild no había mandado un grupo de Hendedores para detenerlos, e indicó a Valquiria que le siguiera. En ese momento empezaba a llover; ella le adelantó, pasó a través de la pantalla y se dirigió al centro médico.

Fletcher apareció con aire arrogante y empezó a soltar una de sus fanfarronadas, pero al ver la sangre seca en la cara y las manos de Valquiria, abrió los ojos desmesuradamente. Se cruzaron sin cambiar palabra.

Kenspeckle estaba en uno de los laboratorios, tomándose un té con bollitos. Al verlos venir murmuró algo, pero entrecerró los ojos cuando Valquiria se acercó a él. Hasta entonces se había comportado con mucho aplomo, pero la expresión preocupada del rostro de Kenspeckle le hizo brotar las lágrimas y no pudo contener el llanto.

Skulduggery dio un paso atrás, como herido por su reacción, pero Kenspeckle corrió hacia ella.

–No, bonita, no –dijo con ternura–. No tienes por qué llorar, no hace falta. ¿Qué te ha pasado, eh? Deja que te eche un vistazo. ¿Un diente roto? ¿Ya está? Eso no es nada, Valquiria. Media hora de trabajo, como mucho. No tienes por qué preocuparte.

Por regla general, Valquiria habría replicado algo para demostrar que estaba tranquila, pero en ese momento se había quedado sin habla.

Kenspeckle fulminó a Skulduggery con la mirada.

–Ve a esperar en otra parte, detective Pleasant. Vigila a ese pelma de muchacho que me has endilgado, y procura que no rompa nada más. Te la traeré lo antes posible.

Skulduggery asintió con la cabeza, miró a Valquiria y salió de la habitación.

–Te devolveré esa sonrisa tuya –le prometió Kenspeckle, haciéndole un guiño–. No te preocupes.

17

UN TURBIO SECRETO

CHINA estaba sentada a su mesa, catalogando las últimas novedades de su biblioteca, cuando Remus Crux irrumpió en el piso. Fue tan teatral su entrada, que China estuvo a punto de arquear una ceja. De haber tenido barbilla, es muy probable que Crux la hubiera sacado en actitud desafiante.

–Remus –saludó ella–. Qué sorpresa más agradable.

–Sus encantos no me hacen ningún efecto –repuso él con desdén–. A diferencia de los bobalicones que se enamoran de usted, tengo una voluntad de hierro. No podrá nublar mis pensamientos.

–Dudo mucho que llegara a encontrarlos.

Le dirigió una sonrisa llena de gracia; a Crux se le suavizaron las facciones por un instante, pero enseguida cerró los ojos y meneó la cabeza.

–Deje de hacer lo que está haciendo, o la voy a detener.

China se levantó de la mesa. Ese día llevaba un vestido azul.

–Remus, a pesar de lo que hayas oído, no puedo dominar los sentimientos de los demás. Estoy aquí tan tranquila. Cualquier emoción que experimentes es completamente espontánea.

Crux se metió la mano en la chaqueta, y ella no trató de pararle los pies al ver que sacaba una pistola y la encañonaba.

–Basta –gruñó él.

–No puedo.

–Está influyendo en la mente de un agente del Santuario. Esto es un delito grave.

–¿Ah, sí?

–¡Está poniendo trabas a una investigación!

–Has venido a verme tú, Remus, y aún no me has dicho por qué. ¿Quieres un té?

Sin esperar su respuesta, se dirigió hacia el aparador. Los símbolos que había grabado en la madera empezaron a calentarse y a brillar no bien acercó la tetera a una delicada taza y echó en ella el té.

Vio por el rabillo del ojo que Crux empuñaba la pistola con tanta fuerza que tenía los nudillos blancos.

–Skulduggery Pleasant y Valquiria Caín –dijo–. Son fugitivos de la justicia y va usted a entregármelos.

–No sé dónde están.

–Pero puede localizarlos. Puede recurrir a su red de chivatos y espías para dar con ellos.

China se echó a reír.

–¿Chivatos y espías? Haces que suene tan seductor...

Sujetando el platillo con la mano izquierda, se llevó la taza a los labios y dio un sorbo delicado.

Al darse cuenta de que la pistola no le hacía el menor efecto, Crux volvió a enfundarla.

–Hará lo que le ordene, o pienso amargarle la vida.

–No quiero ofenderte, Remus, pero en ti no hay nada que me asuste en absoluto. Cuando te miro, lo único que veo es a un hombrecillo inseguro que intenta huir de la sombra de su predecesor. Pero Skulduggery proyecta una sombra muy larga, ¿verdad?

–¿Cree que se trata de envidia? –Crux sonrió–. ¿Que es por eso por lo que tengo tantas ganas de encerrarle? Pues no se trata de envidia, señorita Sorrows. Sé muy bien quién es; he oído lo que se cuenta de él. Hasta creo que he oído una historia que conoce muy poca gente. Diría que usted es una de las afortunadas.

–Estoy segura de que sí. ¿De verdad no te apetece un té?

–No se da cuenta de la gravedad de la situación. Esta historia concreta la oí de labios de un moribundo, que deseaba revelar su máximo secreto antes de dejarnos. Era un Nigromante, de hecho. Nunca he sido muy tolerante con los magos de la muerte, pero este era diferente. ¿He captado ya su atención?

China suspiró y se llevó el té a la mesa.

–Cuéntame lo que sea, Remus, pero rápido. Tengo trabajo.

Él se inclinó hacia ella.

–Estoy enterado del modo en que Skulduggery Pleasant volvió a la vida después de muerto, señorita Sorrows, y también sé lo que ocurrió después. Además, estoy al corriente de lo que hizo usted.

Ella le observó con mirada fría y no dijo palabra.

–Hace dos años que lo sé –prosiguió Crux–. Traté de encontrar pruebas en que fundar mis argumentos, pero no disponía de los recursos ni de la autoridad necesarios. No obstante, desde que el Gran Mago me puso al frente del caso, he estado trabajando en ello, entre bastidores, poco a poco, haciendo que encajaran todas las piezas.

–Te aseguro que no sé de qué me hablas.

–¿Cree que él está enterado de lo que hizo usted? Por supuesto que no lo está. Si lo supiera, ya estaría muerta, ¿me equivoco?

–Vale más que no me ofendas –dijo China–. No creo que te gustara verme enojada.

–Entréguemelos –insistió Crux–. Prepare un encuentro, tienda una trampa. A Pleasant y a Caín. Quiero que me los envuelva en papel de regalo y me los entregue a domicilio.

–No.

–Si se niega, haré públicas mis sospechas, y ya sabe lo que ocurrirá entonces. A él le va mucho lo de vengarse, ¿verdad?

China entrecerró los ojos.

–Skulduggery está intentando salvarnos.

–Colabora con la Diablería.

–No digas sandeces.

–Ha ayudado al enemigo, señorita Sorrows. Le vamos a detener, a procesar y a meter en la cárcel. Lo único que me importa, el único resultado que me interesa, es que lo retiren de la circulación. Y eso puedo conseguirlo con su ayuda o sin ella. Por su propio bien, creo que debería colaborar conmigo.

–No podemos prescindir de él.

–Sí –dijo Crux–. Sí que podemos. Es un elemento de reacciones imprevisibles. Nos hace falta una persona que posea normas, ética y un sentido moral del deber. Una persona como yo. Buenos días, señorita Sorrows. Estaré esperando su llamada.

18

DE CARNE Y HUESO

CON mucha suavidad, Valquiria se pasó la lengua por la funda de su diente roto, con el temor de que se soltara antes de secarse. Kenspeckle inspeccionó su obra y asintió con la cabeza.

–Quedará perfecta.

–La noto un poco grande –admitió ella.

–Es porque lo es. Dentro de unas semanas la habrás gastado lo bastante para dejarla al nivel de los demás dientes, y te olvidarás de ella. No muerdas nada durante unas horas, y evita especialmente masticar cosas duras o pegajosas. Aparte de eso, te recomiendo que evites los puñetazos en la cara.

Valquiria agachó la cabeza.

–Lo siento –murmuró.

–No tienes por qué disculparte ante mí. No soy yo el que recibe puñetazos.

–Gracias por lo que ha hecho, Kenspeckle.

Él suspiró.

–Puede que tenga mis diferencias con el señor Pleasant, y tal vez discrepe un poco de lo que te enseña y de cómo te

149

trata, pero no te confundas y pienses que eso te incluye a ti, cariño.

–Pero si me trata bien.

–Te trata como a una adulta –replicó Kenspeckle–. Eso no es tratarte bien. El caso, por mucho que actúes de otro modo, es que eres una niña, y tendría que tratarte como tal.

–Usted no me trata como a una niña.

Él sonrió.

–Claro que sí, pero, al parecer, tienes esa idea ridícula de que el tratarte como a una niña implica hacerlo con menos respeto que si fueras adulta.

–No todo el mundo ve las cosas del mismo modo que usted.

–¿Y qué te he dicho siempre de los demás?

–Que son idiotas –respondió Valquiria sonriendo de oreja a oreja.

–Mira, ya vuelves a tener tu preciosa sonrisa. ¿Sabes qué? A veces pienso que soy mejor de lo que creo.

–¿Es posible?

–En realidad, no.

Valquiria se levantó y oyó que Kenspeckle dejaba escapar un suspiro de irritación: Skulduggery estaba en el hueco de la puerta.

–Más vale que nos marchemos –dijo–. Tarde o temprano, Guild hará que venga alguien a buscarnos.

–Ah, sí, es verdad –ironizó Kenspeckle–. Ahora resulta que doy refugio a un par de fugitivos, ¿verdad? ¿Qué te parece? Me pides ayuda y luego me conviertes en delincuente.

–No sabrán que hemos venido –le prometió Skulduggery.

–¿Y el pesado del muchacho ese? ¿Te lo vas a llevar contigo?

–Tal vez estaría más seguro si nos acompañara.

Kenspeckle se echó a reír.

—¿Más seguro? ¿Lo dices en serio?

—No podemos confiar en Thurid Guild. Si descubre quién es Fletcher, podría entregarlo a la Diablería. Incluso es posible que él mismo sea la Diablería.

—¿Sabes lo que dices? ¿Lo sabes? ¡Deliras! ¡Ves enemigos y conspiraciones por todos lados! ¡Estás poniendo en peligro la vida de los que te rodean sin que te importe nada su bienestar!

—La amenaza que supone la Diablería es muy real, profesor.

—Pues que se ocupe de ella el Santuario. Ellos tienen los medios necesarios. Ellos disponen de los Hendedores. Tú no tienes más que a una chica de catorce años, cuya vida pende de un hilo cada vez que está contigo.

Skulduggery se dio la vuelta y echó a andar. Valquiria dirigió una sonrisa titubeante a Kenspeckle y se fue tras él. Pero Kenspeckle aún no había terminado. Se plantó junto a Skulduggery y le agarró del brazo, haciendo que se volviera.

—¿No sientes ni un ápice de responsabilidad? Valquiria ha estado peleando con un adulto hace menos de dos horas. ¿No te arrepientes de lo que le ha ocurrido?

—Pero si estoy bien —dijo ella a media voz.

—Podrían haberla matado —continuó diciendo Kenspeckle—. Una vez más, podría haber perdido la vida por tu culpa. ¿Habrías sentido algo, entonces?

—Suéltame el brazo, profesor Grouse.

—Trata de revivir los tiempos en que eras un hombre, Skulduggery, la época en que eras de carne y hueso, y dime: ¿recuerdas si tenías corazón? ¿O es que naciste muerto?

Skulduggery no tuvo tiempo de responder, ya que en ese momento Clarabelle entró corriendo en el pasillo.

–¡No está! –gritó–. ¡La estatua de Abominable no está!

Skulduggery echó a correr, con Valquiria en los talones. Pasaron junto a Clarabelle y se dirigieron hacia la sala a toda velocidad. Fletcher salió de una habitación, y tuvo que apartarse de un salto para que no le derribaran.

Atravesaron las puertas como un rayo y Skulduggery corrió hacia el sitio donde se encontrara la estatua. Valquiria inspeccionó los extremos de la sala, rozando la pared con la mano. Kenspeckle y Clarabelle irrumpieron después, seguidos de Fletcher.

–¿Ha entrado alguien? –preguntó Skulduggery.

–Nadie –respondió Clarabelle–. ¿Qué estás buscando?

–Grietas –le dijo Valquiria. Miró a su alrededor, tratando de descubrir algún indicio de que Sanguine hubiera estado en la sala.

–Se lo han llevado –dijo Skulduggery con voz tensa–. Ha sido la Diablería. Han entrado no sé cómo y se han llevado a Abominable. No sé de qué modo lo han hecho, pero ha sido obra suya.

Tanith entró rápidamente, y aunque llevaba meses sin verla, Valquiria no sintió ganas de sonreír. Tanith, al contrario, parecía de excelente humor.

–¡Hey! –dijo alegremente.

–Coge tu espada –dijo Skulduggery sacando el revólver–. Puede que aún estén por aquí.

–La perdí –confesó Tanith–. Y luego me caí de un edificio, y me clavaron un cuchillo en la mano –levantó la diestra, en la que llevaba un grueso vendaje–. ¿Quiénes pueden estar aún por aquí? ¿Qué ocurre?

–Abominable –fue lo único que atinó a decir Valquiria.

152

–¡Ya lo sé! –exclamó Tanith con una sonrisa radiante–. ¿No es asombroso?

Skulduggery se volvió hacia ella bruscamente.

–¿Qué es lo que es asombroso?

A Tanith se le desvaneció la sonrisa y la duda le oscureció los ojos.

–Esto... Lo de Abominable.

–¿Se puede saber por qué es asombroso, lo de Abominable? ¡Si ha desaparecido!

Tanith frunció el ceño.

–Pero si acabo de hablar con él.

Se la quedaron mirando, luego oyeron pasos y vieron que entraba un hombre. Un hombre con la complexión de un boxeador y la ropa de un sastre, con la cabeza cubierta completamente de cicatrices y una sonrisa débil pero sincera.

–¡Abominable! –chilló Valquiria muy fuerte, lo cual resultó un poco embarazoso, y se le echó al cuello. Él gruño por la ferocidad de su abrazo y luego prorrumpió en carcajadas.

–Quítate de en medio –le ordenó Kenspeckle adelantándose–. Déjame verle.

Valquiria se hizo a un lado y dejó que Kenspeckle examinara a su paciente.

–¿Recuerdas tu nombre? –preguntó el profesor mirándole los ojos con una linterna.

–Sí, profesor. Me llamo Abominable Bespoke. Soy sastre, mi color favorito es el verde y no tengo animales de compañía.

–¿Te duele? –prosiguió Kenspeckle, hurgándole la cara con el dedo.

–¡Huy! Sí.

–Vale, pues –el profesor dio un paso atrás–. Estás bien.

Sin esperar respuesta, giró sobre sus talones y salió a grandes zancadas.

–Sigue tratando igual de mal a los pacientes –murmuró Abominable.

Skulduggery se plantó delante de él. Los dos amigos se miraron.

–Tanith me ha dicho que he estado ausente más de dos años –explicó Abominable.

–Sí, es verdad.

–Es mucho tiempo.

–Desde luego.

–Habría podido ser peor, claro, pero no deja de ser mucho tiempo. No vas... no vas a abrazarme, ¿verdad?

Skulduggery se lo pensó un buen rato.

–No es probable –dijo finalmente.

–Es que sería muy raro –observó Abominable.

–Lo comprendo.

–De todos modos, no me importa estrecharte la mano.

–Pues a mí me haría sentir un poco incómodo.

Abominable se encogió de hombros.

–Lo entiendo, te gusta tener tu espacio vital.

Valquiria los observaba sin dar crédito, hasta que Abominable esbozó una gran sonrisa y entonces se percató de que eran bromas de amigos. Skulduggery y Abominable se abrazaron y ella sonrió muy contenta.

–¿Alguien piensa decirle que tiene la cabeza llena de cicatrices? –susurró Fletcher, inclinándose hacia ella. Valquiria hizo caso omiso.

* * *

La sastrería Bespoke se acurrucaba al final del callejón, como un perro sarnoso demasiado viejo y bobo para guarecerse de la lluvia. El Horror Morado aparcó enfrente; Skulduggery y Abominable bajaron y luego echaron hacia delante los asientos para que Valquiria y Fletcher pudieran salir también. Fletcher hacía esfuerzos sobrehumanos para no quedarse mirando las cicatrices de Abominable, pero su incomodidad era tan divertida que Valquiria no hacía ningún esfuerzo por tranquilizarle.

Tanith llegó a continuación y aparcó a su lado. Cuando se bajó de la moto y se quitó el casco, la lluvia se escurrió de su ropa de cuero y Fletcher por fin tuvo algo nuevo que contemplar. Valquiria puso los ojos en blanco.

Abominable saludó con un movimiento de cabeza a un vecino que pasaba, y este le respondió con un «Me alegro de que hayas vuelto». Abrió la puerta de su tienda y les indicó que entraran. El interior olía a humedad, pero estaba limpio. De los maniquíes colgaban trajes a medio terminar, y las paredes estaban cubiertas de estanterías que contenían algunas telas normales y otras exóticas.

–¿Soñabas? –le preguntó Tanith, como si la duda le hubiera reconcomido desde el principio.

–No –respondió Abominable, yendo derecho a las estanterías y acariciando las telas.

–¿Nada de nada? ¿No tienes más que un espacio en blanco en la mente, en el sitio donde debieran estar los dos últimos años?

–El último recuerdo que conservo es el de mi lucha con el Hendedor Blanco. Luego abrí los ojos y me encontré de rodillas en la sala. En cuanto a los sueños, si tuve alguno no lo recuerdo; pero, por otro lado, nunca los recuerdo.

–Anoche tuve un sueño –dijo Fletcher mirando a Tanith–. Me parece que salías tú.

–Anoche no me conocías.

–Pues es una tragedia.

–¡Vale! –replicó Tanith con una sonrisa forzada–. Voy a prepararme un té. ¿Alguien quiere uno?

–A mí me apetece mucho –dijo Abominable, en un tono de inconfundible sinceridad.

Fletcher dirigió una sonrisita lasciva a Tanith.

–Yo tomaré un whisky.

–A ti también te traeré un té –dijo Tanith bruscamente, y se metió en la trastienda.

–Entonces te ayudaré a prepararlo –añadió Fletcher siguiéndola.

Abominable se volvió a Valquiria.

–Creo que el traje se te he quedado pequeño.

–Sí, eso creo yo también –admitió ella.

–¿Cómo te gustaría que fuera el nuevo? ¿También negro? ¿O prefieres que mezclemos un poco los colores?

Ella titubeó.

–El negro me gusta mucho.

–¿Pero y si lo alegramos un poco? Creo que deberíamos darle un toque de color. Tal vez en el forro –Abominable sacó un rollo de tela de color rojo oscuro, que observó a contraluz mientras hablaba con Skulduggery.

–Así que Serpine está muerto. ¿Y el Hendedor Blanco?

–No sabemos su paradero –le explicó el detective–. Abandonó a Serpine y lo dejó en la estacada. Y eso nos vino como anillo al dedo.

–Y luego volvió Vengeus, pero ya está muerto, y ahora ha resurgido la Diablería, y se proponen hacer volver a los Sin Rostro, y vamos a morir todos.

–En efecto.

Abominable dejó la tela roja en la mesa y fue a buscar más.

–¿Y el tal Batu?

–Solomon Wreath cree que Batu no es más que un alias de Jaron Patíbulo, pero yo no estoy convencido. Batu, quienquiera que sea, dejó en libertad a Vengeus, lo puso al frente de la operación y lo utilizó para llevar a cabo lo que le convenía. Ahora que Vengeus ha desaparecido, podría repetir la misma estrategia, y poner a Patíbulo al frente para desviar nuestra atención.

–Claro, así nos distraería el tiempo suficiente para hacer volver a los Sin Rostro –dijo Abominable–. Pues debo admitir que es un plan de lo más astuto. Significa que el verdadero enemigo podría ser cualquiera. ¿Has hablado de ello con China?

–Ella no tiene ninguna pista.

–Por favor, no me digas que has empezado a confiar en ella.

Skulduggery titubeó y Abominable dejó escapar un suspiro.

–El cabecilla de la Diablería, sea Patíbulo, Batu o alguien completamente distinto, lleva años tramando este plan. Si existe alguien que habría podido dedicar ese tiempo a engatusar a todo el mundo para que creyeran que está del lado de los ángeles, esa persona es China. Engatusar a la gente es lo que hace siempre.

–Sé muy bien lo que me hago.

–Cuando se trata de China Sorrows, casi nunca sabes lo que te haces.

Abominable extendió una tela negra en la mesa, asintió para sí y levantó los ojos.

—Valquiria, las botas.

—Necesito unas nuevas.

—Eso está claro. Ven por aquí.

Dejaron a Skulduggery y entraron en un cuarto más pequeño, en el que Abominable guardaba sus anticuadas herramientas de zapatero. De las paredes colgaban diferentes tipos de cuero, y tenía bandejas llenas de clavo, cola, agujas e hilos.

—Todo lo que necesito para hacer borceguíes de primera calidad —dijo al ver que Valquiria inspeccionaba el taller.

—No sé lo que significa esa palabra.

—Skulduggery no es el único que conoce expresiones extrañas —repuso Abominable sonriendo.

A Valquiria, las cicatrices que surcaban la cabeza de Abominable espaciadas de manera uniforme le habían parecido feas al principio. Pero ya no. Eran un símbolo de las situaciones que había vivido y de las vicisitudes por las que había pasado, de modo que habían terminado pareciéndole algo bueno y noble.

La sonrisa de Abominable se tiñó de tristeza.

—Tengo entendido que nuestro amigo te ha metido en muchos bretes.

Ella se esforzó por adoptar un tono neutro.

—Esta charla ya la tuve con Kenspeckle, así que te diré lo que le dije a él. Skulduggery no me llevaría con él sin mi consentimiento —Valquiria hizo una pausa—. Abominable, ¿por qué no te caigo bien?

Él la miró con expresión de sorpresa.

—¿Qué?

—Ya sé que piensas que soy demasiado joven, pero hay chicos y chicas más jóvenes que yo que se dedican a la magia. Están por todas partes. Y tú te dedicas a la magia desde que naciste.

Abominable guardó silencio; luego se dirigió al fregadero y llenó de agua una palangana.

–¿Podrías quitarte los zapatos y los calcetines, por favor?

Ella hizo lo que le pedía. Abominable dejó la palangana en el suelo y le indicó que metiera los pies en ella. Valquiria se remangó los pantalones y metió los pies desnudos en el agua fría.

–Cuando nos conocimos –dijo Abominable–, te aconsejé que te olvidaras de todo esto y regresaras a tu casa. ¿Te acuerdas?

–Sí.

Hizo un movimiento con la mano y el agua de la palangana comenzó a hacerse más pesada y espesa.

–Pues lo sigo pensando. Tendrías que estar en la escuela, Valquiria. Tendrías que llevar la vida que llevabas antes de que la magia la interrumpiera de golpe. Tendrías que estudiar una carrera, encontrar empleo, enamorarte, vivir feliz. De lo contrario vas a morir.

–Todo el mundo muere –replicó ella, tratando de encoger los hombros con naturalidad.

–Pero la tuya será una muerte espantosa.

–Puedes tratar de asustarme tanto como quieras, pero no vas a conseguir nada.

–No es mi intención asustarte –con un ademán hizo que el agua se separase–. Ya puedes salir.

Ella lo hizo. Abominable agitó de nuevo la mano y el agua volvió a su posición inicial. En la palangana habían quedado impresas dos huellas perfectas de sus pies. Abominable la colocó en una mesita y echó un polvo negro en el interior, vaciando casi la caja que lo contenía; después se quedó mirando a Valquiria mientras ella se secaba los pies con una toalla y se ponía los calcetines.

–¿Te ha hablado Skulduggery de mi madre?

–¿La que era campeona de boxeo?

–Era más que una boxeadora, más que una esposa o una madre. Era una mujer excepcional. Era vidente. ¿Te lo ha contado Skulduggery alguna vez?

Valquiria empezó a ponerse las botas.

–¿Tenía poderes psíquicos? ¿Como Finbar Wrong?

–Exacto. El don particular de mi madre era la videncia, pero era un don que ella no deseaba. No lo cultivaba; no tenía el menor interés por saber lo que le reservaba el futuro a ella o a los demás. Prefería averiguarlo en su momento. Pero a veces no podía evitarlo. Tenía una visión, o un sueño, u oía una conversación que no había sucedido aún.

Valquiria se levantó y echó una mirada a la palangana. El polvo negro se movía formando remolinos dentro de sus huellas e iba cuajando por momentos, volviéndose sólido.

–¿Qué tiene esto que ver con el hecho de que yo deba renunciar a todo esto?

–Mi madre te vio –dijo Abominable–. Fue una de las pocas visiones que me contó. Me dijo que Skulduggery encontraría una socia, en algún momento del futuro, una chica morena de ojos negros. Apenas te vi supe que eras tú, e hice lo posible por disuadirte. Eres una chica testaruda, ¿te lo ha dicho alguien?

–¿Qué es lo que vio?

–Te vio morir.

Valquiria se alejó de la palangana.

–Ah.

–Si vas a preguntarme por el momento y el lugar, lo siento. No llegó a concretar tanto.

–¿Cómo... cómo voy a morir?

–Vas a sufrir mucho –respondió él–. Y gritarás.

Ella se pasó la lengua por el diente nuevo y no dijo palabra.

Abominable movió la mano por encima de la palangana y el agua chapoteó a medida que volvía a su estado normal. Luego, Abominable sacó los moldes negros de ambos pies y los puso en la mesa.

–Dijo que había un enemigo con el que debías luchar. Una criatura de las tinieblas. Dijo que Skulduggery lucharía a tu lado algún tiempo, pero... Más que ver las cosas, mi madre las percibía, ¿sabes? Percibió terror, muerte e inutilidad. Sintió que el mundo se hallaba al borde de la destrucción, y notó la presencia del mal. De un mal inimaginable.

A Valquiria se le atascó algo en la garganta, y tuvo que tragar saliva.

–¿De dónde venía esa criatura?

–No lo sé.

–Bueno, pero ¿qué era? ¿Era un vampiro, un Sin Rostro, o qué?

–Tampoco lo sé.

–O sea, ¿lo único que sabes es que voy a morir? Pues bien. He visto películas de viajes a través del tiempo. Sé muy bien que el futuro no es algo fijo, que el hecho de saber lo que ocurre puede llegar a cambiarlo. Eso es lo que voy a hacer. Voy a ejercitarme todavía más, y cuando me enfrente a esa criatura de las tinieblas, la moleré a puntapiés, le pondré una correa al cuello y la convertiré en mi animalito de compañía.

–No creo que esto pueda cambiarse.

–Entonces es que apenas me conoces.

Abominable se la quedó mirando largo rato, luego respiró hondo y soltó el aire lentamente en forma de suspiro de resignación.

–Otra cosa –agregó ella–. Por si no te habías dado cuenta, ya he tomado una decisión en lo que a renunciar se refiere.

Él asintió.

–No volveré a mencionar el asunto.

–Muy bien. Oye, Abominable, me alegro muchísimo de que hayas vuelto.

Él sonrió.

–Gracias.

Skulduggery entró en el taller.

–Tenemos que irnos.

–Pero si estoy esperando mi té –replicó Abominable consternado.

–No tenemos tiempo de tomar té. Cuando fuimos a Aranmore Farm, le dejé mi número a Paddy Hanratty por si advertía alguna actividad poco corriente en sus tierras. Pues acaba de llamar. Dice que ha visto a un hombre con el pelo negro rondando por allí.

–¿Crees que era Jaron Patíbulo? –preguntó Valquiria–. ¿O Batu?

–Lo creo. Paddy le oyó hablar por teléfono; decía algo referente a preparar el terreno. Luego se marchó sin decirle lo que estaba haciendo allí.

–No me gusta nada –dijo Abominable un poco enfurruñado.

–¿Qué ocurre? –preguntó Valquiria frunciendo el ceño.

Skulduggery se volvió a ella.

–Todo parece indicar que la Diablería sabe con certeza dónde se abrirá la puerta. Si todo marchara bien, tendrían que pasar varias horas recorriendo la granja para localizar el lugar exacto antes de intentar abrirla. Evidentemente, dada la suerte que tenemos en la vida, las cosas no irán bien.

–Así pues –dijo Valquiria–, si ya saben dónde se abrirá la puerta y consiguen capturar a Fletcher de un modo u otro, pueden ponerse manos a la obra de inmediato.

–Y que lo digas.

–¿Qué vamos a hacer?

–Lo primero es conseguir la información que poseen nuestros enemigos para encontrar la puerta antes que ellos. Esto es, para que la encuentre Fletcher.

Entraron en la parte principal de la tienda, donde Tanith estaba sentada cabeza abajo en el techo con cara de pocos amigos. Fletcher la contemplaba desde el suelo, perdidamente enamorado.

Skulduggery meneó la cabeza.

–Por el amor de Dios...

19

EL HOMBRE QUE PUDO REINAR

AQUELLA sala era una de tantas del centro de congresos. Pero, mientras en las otras había empresarios que enseñaban organigramas y gráficos a sus clientes, en esta no había ningún organigrama a la vista. En esta sala había nueve personas sentadas alrededor de una mesa larga, y todas tenían los ojos puestos en el hombre calvo que estaba junto a la ventana.

El señor Bliss contemplaba la ciudad de Dublín.

–Lo que decís está prohibido –dijo.

–No tenemos más remedio que hacerlo –replicó un hombre de ojos dorados–. Vemos muy claro por dónde nos está llevando Guild, y no tenemos el menor deseo de seguirle. El Santuario necesita un nuevo dirigente.

–Hay personas más capacitadas que yo.

Una mujer de gris negó con la cabeza.

–Pero desean obtener el puesto con demasiado afán.

–Reemplazar a Guild provocaría una lucha por el poder de alcance mundial.

–No, puesto que su sustituto gozaría de respeto internacional. Mire, Bliss, si derrocáramos a Guild y usted llegara a ser el Gran Mago, nuestro prestigio se vería reforzado. Los Consejos del mundo le conocen muy bien. Y muchos de ellos le temen.

–No me apetece en absoluto ser el dirigente de nada.

El hombre de los ojos dorados volvió a tomar la palabra.

–A lo mejor no depende de usted. Alguien tiene que tomar el mando. Alguien tiene que oponerse a esas leyes que pretende implantar Guild. Lo siento, amigo mío, pero usted es el único que puede conseguirlo sin desencadenar una guerra.

Bliss guardaba silencio.

–Si lo hacemos, será como quiera yo.

–Desde luego.

–Y esperaremos hasta que termine este período de crisis.

–De acuerdo.

Bliss se volvió a ellos y asintió con la cabeza.

–Muy bien.

20

ARANMORE FARM

SKULDUGGERY conducía la camioneta de Abominable, con Valquiria en el asiento del pasajero. Abominable, Tanith y Fletcher iban sentados en la parte de atrás. Por muy cerradas que fueran las curvas, o por muy hondos que fueran los baches, Abominable y Tanith permanecían completamente inmóviles. Fletcher, por el contrario, iba de un lado a otro como un zapato viejo en una lavadora, y no le gustaba nada.

Llegaron a Aranmore y se dirigieron hacia la granja. Por el aspecto del paisaje, no había llovido mucho. Valquiria lo agradeció: ya se estaba cansando de la lluvia.

La camioneta se detuvo y Skulduggery se cercioró de que llevaba bien puestas las gafas de sol y la bufanda. Se caló el sombrero y salió. Valquiria bajó como pudo por el otro lado, mientras Paddy caminaba hacia ellos con una pala en la mano y la cara toda roja por algún esfuerzo reciente.

–Os he llamado porque dijisteis que lo hiciera en caso de ver algo sospechoso –explicó en tono de enojo–. No porque quisiera que volvierais.

–Lo comprendemos –dijo Skulduggery–, pero no lo hemos podido evitar.

–No lo entiendes. No pienso deshacerme de esta finca. No voy a vendértela ni a ti, ni a esos, ni a nadie.

–No pretendemos comprarle su casa.

–Me parece muy bien, porque os ibais a llevar un chasco.

Valquiria permanecía callada. Por el camino, Skulduggery y ella habían discutido cuál sería el mejor método para dirigirse al viejo. Les convenía que se marchara antes de que ocurriera algo malo, pero los dos coincidían en que no era de los que se dejan asustar fácilmente. Así pues, habían optado por decirle la verdad.

–¿Es usted creyente de alguna religión? –preguntó Skulduggery.

Paddy arqueó las cejas.

–No estarás tratando de venderme una Biblia, ¿verdad?

–No.

–¿Quieres convertirme, pues? Es muy halagador, ¿pero me has visto bien? ¿Crees que vale la pena perder el tiempo?

–No hemos venido para convertirle –le aseguró Skulduggery, con cierto regocijo.

Paddy se los quedó mirando.

–¿Me estás liando a propósito?

–En absoluto. Las cosas ya están liadas de por sí.

Paddy suspiró.

–Bueno, pues sí, soy creyente. No diría que soy demasiado religioso, pero...

–Por lo tanto, ¿esta dispuesto a aceptar que hay aspectos de la vida que, hoy por hoy, escapan a nuestra comprensión?

Paddy se encogió de hombros.

–Cuanto más envejeces, más te das cuenta de lo poco que sabes. De modo que sí, lo acepto.

–¿Y qué me dice de la magia?

–¿La magia? ¿Como lo de sacar conejitos de un sombrero?

–No.

–¿Te refieres a la magia de verdad? ¿Si creo que existe la magia verdadera?

–¿Lo cree?

Paddy hizo una pausa.

–Es curioso que lo menciones. Mi padre, Pat Hanratty, sí que creía en la magia. Me parece que sí, vaya. Al menos, esa es la impresión que tenía yo de pequeño, a juzgar por ciertas cosas que decía. ¿Por qué lo preguntas?

Skulduggery se volvió hacia Valquiria; esta chasqueó los dedos e hizo aparecer una llama.

A Paddy se le arrugó el rostro, y Valquiria se dio cuenta de que estaba sonriendo.

–Asombroso, lo reconozco. ¿Cómo lo haces?

–Es magia –dijo Valquiria, subiéndose la manga para enseñarle que no era ningún truco.

A Paddy se le desvaneció un poco la sonrisa.

–Me parece... me parece que no lo entiendo.

–Su padre tenía razón –dijo Skulduggery–. La magia verdadera existe, como también existen los magos verdaderos. Paddy, hay malas personas que pretenden transformar el mundo, y necesitan esta finca para salirse con la suya.

Paddy negó lentamente con la cabeza.

–No sé lo que queréis...

–Esta finca es importante –añadió Valquiria, apagando la llama–. Es donde ocurrirá todo.

–¿Qué es lo que ocurrirá?

–Se abrirá una puerta entre este mundo y el otro –le explico Skulduggery–, y los Sin Rostro la cruzarán.

–¿Los Sin Rostro...?

–Son los malos. Nosotros somos los buenos.

–No quiero ofenderos –dijo Paddy–, pero creo que los dos estáis un poco majaretas.

Skulduggery se quitó las gafas, la bufanda y el sombrero. Paddy se lo quedó mirando.

–Perdón –dijo–. Por lo visto, el que está majareta soy yo.

Valquiria le observó detenidamente. Estaba pálido y tenía los ojos muy abiertos, y Valquiria se preparó para sostenerle en caso de que se desmayara. Sin embargo, en vez de eso, el viejo apretó los labios y asintió con la cabeza.

–De acuerdo, vale, muy bien. Eres un esqueleto.

–Lo soy.

–Entendido. Solo quería asegurarme. ¿Y tú, chica, también eres mágica?

–Un poco –admitió Valquiria.

–Bien. Creo que me tendré que sentar.

–Antes permítame que le presente a unos amigos –dijo Skulduggery.

Se abrió la puerta lateral de la camioneta y salieron Abominable y Tanith, seguidos de Fletcher.

Paddy se quedó mirando a Abominable.

–¿Qué te ha pasado?

–Me maldijeron antes de nacer –le contó Abominable.

–Lo creo, lo creo. ¿Y todos tenéis poderes mágicos? ¿Hasta el muchacho del pelo ridículo?

—Me llamo Fletcher Renn —dijo él enfurruñado—. En este momento soy la persona más importante del mundo.

Paddy miró a Fletcher, luego a Skulduggery y por fin a Valquiria.

—La magia, ¿te convierte automáticamente en una persona insoportable? ¿O es pura casualidad que haya tantas hoy aquí?

—Es pura casualidad —respondió ella con una gran sonrisa.

Él meneó la cabeza, maravillado.

—A mi padre le habría encantado todo esto. Le habría encantado de veras. Y mi finca es importante, ¿verdad?

—Mucho —dijo Skulduggery, volviéndose a Fletcher para darle instrucciones. El muchacho se lo quedó mirando con expresión escéptica, pero finalmente le obedeció. Levantó las manos y echó a andar lentamente, con los ojos cerrados. Skulduggery le siguió.

Dejando a Tanith con Abominable, Valquiria y Paddy fueron tras ellos.

—¿Sigue con ganas de sentarse? —le preguntó ella.

—No, creo que puedo arreglármelas. Gracias.

Valquiria miró la pala que llevaba en las manos.

—¿Mucho trabajo?

Él asintió.

—Estaba cavando. ¿Tienes algún hechizo que sirva para cavar?

—Esto... no, que yo sepa.

—Me habría venido bien. He malgastado muchos años de mi vida haciendo agujeros con una pala. Aunque, seguramente, también he malgastado muchos años haciendo otras cosas. Con la magia, mi vida habría sido mucho más fácil. ¿Cómo es la vida de alguien con poderes mágicos?

Valquiria estuvo tentada de quitar importancia al asunto, pero la mirada de Paddy la indujo a decirle la verdad.

–Una maravilla –admitió.

–¿Cómo sabes que soy capaz de hacerlo? –preguntó Fletcher algo más allá.

–Eres capaz de hacerlo porque eres capaz –respondió Skulduggery–. Empezarás a sentir un cosquilleo cuando llegues al punto en que los muros de la realidad son más delgados.

–¿Un cosquilleo?

–O un hormigueo. O una quemazón.

–¿Una quemazón?

–También puede que te duelan las muelas, te sangre la nariz o te dé un ataque... Es difícil de saber.

–¿Podría darme un ataque?

–No te preocupes; ya procuraré que no te tragues la lengua.

Fletcher frunció el ceño.

–¿Puedo hacerte una pregunta? –dijo Paddy a media voz–. Cuando encuentras a personas normales, como otras chicas de tu edad, ¿qué es lo que sientes? ¿Desprecio?

–¿Por qué tendría que sentir desprecio?

–Los que corren muy rápido desprecian a los que son más lentos. ¿Y si corren rapidísimo? Para esas personas, la gente más lenta se convierte en poco más que una molestia, y luego en un incordio. La superioridad engendra desprecio.

–No estoy de acuerdo en absoluto –replicó Valquiria, meneando la cabeza–. Sé hacer cosas de las que otras personas son incapaces, pero estas saben hacer cosas que a mí me resultan imposibles. Estamos en igualdad de condiciones.

Paddy sonrió.

–Pero esas otras personas pueden ser mejores que tú haciendo los deberes, jugando al tenis o reparando bicicletas... Tú, en cambio, tienes poderes mágicos. No veo mucha igualdad de condiciones.

–Vale, de acuerdo, aquí coincido con usted. Pero esto no significa que deba despreciar a los mortales.

–¿A los mortales? ¿Así nos llamáis?

Valquiria se ruborizó.

–No es un término... oficial, ni nada parecido. Lo que quiero decir es que, en realidad, es una definición exacta porque ustedes son mortales, pero nosotros también, de modo que...

Él no pudo contener una sonrisa.

–¿Ves cómo tenía razón?

–¿Qué? No, no tiene razón.

–¿Cómo se llaman a sí mismos lo que tienen poderes mágicos? ¿Magos?

–Así es.

–De modo que los que tienen poderes mágicos se consideran magos y ven al resto de la humanidad como a simples mortales. ¿No te parece que eso indica que ese grupo de personas se elevan a la categoría de dioses?

–Los magos no se creen dioses.

–¿Y por qué no? ¿Acaso no poseen el poder de los dioses? Dominan perfectamente la magia y sus asuntos influyen en el mundo. Si vuestra «misión» actual fracasa, ¿que ocurrirá?

Ella titubeó.

–Se acabará el mundo.

Paddy se echó a reír.

–¡Magnífico! ¡Claro que sí! ¿Lo ves? ¿Entiendes ahora la importancia de vuestro trabajo? Un mortal no hace bien su tarea, ¿y qué le ocurre? Que se queda sin paga extra, le bajan de categoría o le despiden. Pero la vida continúa como si nada. Sin embargo, si es un mago el que mete la pata, si tú y tus amigos fracasáis, todo el mundo desaparece. ¿Por qué no deberíais creeros dioses? Tenéis el destino de la humanidad en vuestras manos. Si eso no es cosa de dioses, ya me dirás tú lo que es.

–¿Podríamos cambiar de tema?

–¿De qué quieres que hablemos?

–De cualquier cosa que no me haga parecer loca, por favor.

Él se echó a reír y los dos siguieron avanzando hacia Skulduggery. En ese momento, Fletcher anunció que comenzaba a sentir algo. Los cuatro habían atravesado el patio, y ahora andaban entre la hierba espesa. Fletcher tenía los ojos abiertos y los dedos extendidos. Sus pasos empezaron a acortarse a medida que se aproximaba al lugar.

–Es un zumbido –dijo–. Lo noto en los dedos, lo mismo que cuando me teletransporto. Vale, ahora lo noto por todo el cuerpo –se volvió ligeramente–. Es aquí. Lo sé. Aquí mismo.

A Valquiria le daba la impresión de que estaba mirando un espacio vacío, pero tenía la voz firme y la mirada segura.

–¿Qué tiene de especial este sitio? –preguntó Paddy–. Es idéntico a los demás.

–Usted no lo ve –dijo Fletcher con desdén–, pero yo lo percibo, lo noto. Es asombroso. Podría abrir la puerta ahora mismo.

–No, no puedes –dijo Skulduggery–. Pero te felicito por haberla encontrado.

–Y no solo podría abrirla –insistió Fletcher–. Hasta podría atravesarla.

–No lo harás, y te aconsejo que ni siquiera lo intentes –dijo Skulduggery. Apenas había pronunciado la última palabra, Fletcher se esfumó.

Paddy retrocedió de un salto.

–¡Por todos los santos!

Valquiria se volvió bruscamente a Skulduggery.

–¿Es posible? ¿Es posible que la haya atravesado?

–No... no lo sé –admitió él.

Valquiria se llevó la mano a la boca.

–Si la ha atravesado, debe de estar con los Sin Rostro. Le harán pedazos.

Skulduggery negó con la cabeza.

–No tenía el Ancla Istmo. Sin ella no se puede abrir la puerta, y menos aún atravesarla. No, es imposible.

–¿Dónde está, pues? –preguntó Paddy.

Sonó el teléfono de Valquiria y ella se lo llevó al oído.

–Hola, Val –dijo Tanith al otro extremo de la línea–. ¿Habéis perdido algo, por un casual? ¿Algo más bien lerdo, con pinta de distraído y un peinado estrafalario? ¿Te suena?

Valquiria suspiró aliviada.

–Skulduggery, ha vuelto a la camioneta.

–Me lo voy a cargar –dijo el detective, pasando junto a ella a grandes zancadas.

*   *   *

Cuando llegaron a Dublín, Fletcher aún no había dicho esta boca es mía. Skulduggery se había pasado casi cinco minutos reprochándole lo que había intentado. Durante ese tiempo, el pelo de Fletcher se fue marchitando hasta quedar convertido en un triste montón de greñas. Hacía siglos que Valquiria no se divertía tanto.

Abominable tenía que volver al centro médico para que Kenspeckle le hiciera un reconocimiento, y Tanith accedió a acompañarle. Ahora que los dos volvían a estar en forma, a Skulduggery no le importaba tanto dejar a Fletcher en los laboratorios. Cuando se lo dijo, este entrecerró los ojos y habló por primera vez en media hora.

–Me siento como si todos me hicierais de canguro.

–Es que es así –dijo Valquiria sonriendo.

Se marcharon en el preciso instante en que Fletcher le preguntaba a Tanith si esa noche iría a arroparle.

–¿Ahora qué hay que hacer? –preguntó Valquiria mientras se dirigían hacia el Horror Morado.

–Tenemos que prepararnos para lo peor –respondió Skulduggery–. Si, a pesar de nuestros esfuerzos, consiguen abrir la puerta y dejan entrar a los Sin Rostro, vamos a necesitar la única arma que es lo bastante poderosa para matarlos.

Ella frunció el ceño.

–¿Cuál es?

–El Cetro de los Antiguos.

El detective se sentó al volante, y Valquiria se subió al asiento del pasajero y se puso el cinturón.

–Si lo rompiste tú, Skulduggery.

–No, lo que rompí fue la gema negra que le confería todo su poder. Teóricamente, no nos hace falta más que otra gema negra para obtener un arma capaz de matar a un dios.

–¿Sabes dónde encontrarla?

Él arrancó y se pusieron en marcha.

–La verdad es que no.

–¿Existen más gemas negras?

–Casi seguro que sí.

–¿Cómo vamos a encontrarlas?

–Investigando, querida Valquiria, investigando.

Ella agachó la cabeza.

–No me gusta investigar. Es casi tan aburrido como hacer los deberes.

–¿Cuándo fue la última vez que hiciste los deberes?

–Los hago siempre.

–Los hace tu reflejo.

–Pero, de todas formas, tengo que soportar el recuerdo de haberlos hecho. Es casi lo mismo.

–Oigo a millones de escolares de todo el mundo llorando de pena por ti.

–Anda, cállate.

–En cualquier caso, no te preocupes. Te lo vas a pasar bien investigando.

–¿Cómo lo sabes?

–Tu tío, antes de morir, tenía pensado escribir un libro sobre el Cetro. Siendo Gordon como era, eso quiere decir que tomó muchísimas notas.

Valquiria se animó de pronto.

–¿Así que solo tengo que leer sus notas?

–Tú lee sus notas; yo iré a la biblioteca a investigar un poco por mi cuenta. Ya veremos quién encuentra primero la respuesta. ¿De acuerdo?

Valquiria sonrió para sus adentros.

–Sí, vale –dijo, tratando de parecer enfurruñada. Su tío llevaba dos años muerto, pero antes de morir había amasado un sinfín de secretos que estaban almacenados en un cuarto oculto tras el estudio de su caserón. A Valquiria le encantaba introducirse en aquel cuarto, y se alegraba mucho cada vez que tenía la ocasión de hacerlo.

Además, hacía semanas que no hablaba con su difunto tío.

21

LA LLAMADA
DE LA OPORTUNIDAD

UN tañido despertó a la Bruja de Mar. Salió a la superficie del lago y asomó cautelosamente la cabeza: quería asegurarse de que no eran el esqueleto y la chica, que volvían para causarle más dolor.

Emergió del lago y vio desde lo alto a un hombre que estaba en la orilla.

–¿Quién me molesta? –inquirió.

–Un servidor –dijo el hombre.

–¿Cómo te llamas?

–Batu.

–No te llamas así.

–Es el nombre que he adoptado, por lo que me llamo así.

La Bruja de Mar suspiró.

–¿Por qué vienes a molestarme?

El hombre que se hacía llamar Batu se la quedó mirando.

–Os han hecho un afrenta, señora. Cincuenta años atrás os entregué un cadáver, dejé que se hundiera en vuestras aguas, y ahora os lo han robado.

—Sé muy bien lo que pasó –gruñó la Bruja de Mar–. ¿Y a ti qué te importa?

—Os puedo brindar una oportunidad –dijo Batu–, la oportunidad de vengaros de los que os han humillado.

—¿Cómo?

—Para ello tendríais que trasladaros al mar, señora. ¿Os interesa una oportunidad semejante?

La Bruja de Mar clavo en él sus ojos.

—¿Te ocuparías tú de trasladarme? ¿Lo harías?

—El mundo ha cambiado mucho desde que quedasteis atrapada en este lago. Existen acuarios lo bastante grandes para acogeros, y vehículos lo bastante potentes para transportaros. Os lo volveré a preguntar, señora: ¿os interesa?

—Sí –dijo la Bruja de Mar, sonriendo por primera vez en cien años–. Por supuesto que sí.

22

CONVERSACIONES
CON UN TÍO DIFUNTO

AL llegar a la finca de Gordon, el Horror Morado se detuvo. Valquiria bajó del coche, se sacó la llave del bolsillo y la metió en la cerradura. La alarma empezó a sonar con insistencia y no se detuvo hasta que Valquiria marcó el código.

La casa de Gordon, porque siempre sería de él y nunca de ella, ni siquiera el día en que cumpliera dieciocho años, era enorme y silenciosa.

–Empezaré por aquí –dijo Skulduggery, entrando tras ella y dirigiéndose al salón–. Si quieres, ve tú al estudio, y por la mañana ya habremos encontrado algo... espero.

–Sí, eso espero yo también –repuso Valquiria subiendo las escaleras. Se fue derecha al estudio, cerró la puerta a sus espaldas y se acercó enseguida a la gran librería que tapaba la pared. Tiró del libro falso, la estantería giró sobre sí misma y ella penetró en el cuartito que había detrás. Por una vez, no echó ni una sola mirada a los objetos amontonados en las estanterías que había a su alrededor. La Piedra Eco, situada en su soporte de la mesa, empezó a brillar. En ese momento se materializó un hombre regordete en mangas de camisa, con una sonrisa de oreja a oreja.

–¿Qué tal? –dijo–. Ya veo, por lo seria que estás, que has venido por trabajo. No te habrás dejado caer porque echas de menos a tu querido tío, ¿verdad?

Valquiria arqueó un ceja.

–¿Ahora eres Gordon? ¿No eres una simple grabación de su personalidad?

–El mismo –dijo Gordon con orgullo.

–¿Estás seguro? ¿No vas a cambiar de idea en mitad de esta charla?

–He tomado una decisión. El Gordon de carne y hueso puede haberme impregnado en esta Piedra Eco, pero yo sigo aprendiendo, experimentando cosas, evolucionando. Ahora ya creo mis propios recuerdos. Soy un ser humano tan real como él, y puesto que éramos la misma persona, soy él ahora que él ha dejado de serlo. Es una simple cuestión de filosofía. Pienso, luego existo. Pienso yo.

–Me alegro de saberlo –Valquiria asintió con la cabeza–. Si quieres que te sea sincera, yo también te veo como si fueras mi tío verdadero.

–Pues asunto resuelto.

–¿Significa que puedo hablar de ti a Skulduggery?

–Ah –dijo él–. Todavía no. Aún... aún no estoy preparado para que la gente vea a lo que me he... reducido. Pero te prometo que dentro de poco te dejaré que me presentes a los demás.

–Muy bien. No me gusta guardar este secreto.

–Lo comprendo y te lo agradezco. Dime, pues: ¿cómo están tus padres?

–Están bien. Mañana celebran su aniversario de bodas y se marchan a París a primera hora.

–Ah, París –dijo Gordon con nostalgia–. Siempre he tenido debilidad por todo lo francés, ¿sabes? La acción de uno de mis libros se desarrollaba en Francia, en las catedrales y los Campos Elíseos.

Ella asintió.

–*El devorador de cerebros*. Es uno de los mejores que has escrito. Gordon. ¿Has oído hablar de un hombre llamado Batu?

–No, creo que no.

–Tenemos la sospecha de que es el autor de una serie de asesinatos, y que pretende servirse de un Teletransportador para abrir una puerta que separa esta realidad de la otra, sea cual sea, donde están atrapados los Sin Rostro.

–¿Es eso posible?

–Me parece que Skulduggery se lo está tomando muy en serio, conque supongo que lo es.

–¿Y cómo puedo ayudaros?

–Si los Sin Rostro regresaran, necesitaríamos el Cetro para detenerlos.

–Pero ¿no me dijiste que Skulduggery lo rompió?

–La gema ya no funciona, pero si encontramos otra de repuesto...

–Vale. Quieres saber si averigüé algo al respecto mientras me documentaba.

–Eso es.

–Pues has tenido suerte, porque averigüé muchas cosas.

–¿Sabes dónde podríamos encontrar una?

–La verdad es que sí.

–¿En serio? ¿Dónde?

Gordon señaló el suelo y Valquiria le miró sin comprender.

–¿En tus zapatos?

–En las cuevas.

Ella parpadeó.

–¿Lo dices en serio? ¿Hay gemas negras en las cuevas de debajo de esta casa? ¿Te importaría explicármelo?

–Esta casa fue construida hace siglos sobre la entrada de las cuevas, por un mago llamado Anathem Mire.

–Skulduggery me habló de él. Encerraba en las cuevas a sus enemigos para que los monstruos los devorasen.

–Como puedes imaginar, no era un hombre muy amable.

–¿Adoraba a los Sin Rostro?

–No, pero los estudiaba. Estudiaba la literatura y la historia de los Sin Rostro y los Antiguos, porque deseaba el poder. Compró el terreno, construyó la casa y llevó a cabo varios intentos de explorar las cuevas. Quería poseer los secretos que se ocultaban en ellas, que son muchos.

–¿Por ejemplo?

–¿Cómo se explica que los seres que las habitan sean inmunes a la magia? ¿Es debido a algo que hay en el aire? ¿En las rocas? ¿Es a causa de la mezcla de minerales? ¿O se trata de algo distinto? No hay explicación alguna, Valquiria. No lo sabemos, sencillamente. Según sus diarios, Mire realizó siete expediciones por el interior de las cuevas. Para la primera reunió a un grupo de diez personas. Mire fue el único que regresó. Durante la segunda desaparecieron quince magos y, de nuevo, Anathem Mire fue el único superviviente. Se daba cuenta de que, cuanto mayor era el grupo, más feroces eran los ataques. A los monstruos los atraía la magia.

»No bien realizó este descubrimiento, el número de expedicionarios se redujo y las cosas empezaron a ir mejor. Mire continuó siendo el único que salía con vida, pero por la simple razón de que mataba a sus acompañantes para que no se fueran de la lengua.

»En su sexto viaje a las cuevas, descubrió un filón de gemas negras. Le ordenó a uno del grupo que recogiera una muestra, pero apenas rozó la veta, el mago quedó reducido a cenizas por algo que Mire describió como un «rayo negro».

–¿Sabes dónde se encontraba este filón?

–En su último diario figura un mapa; está en una de estas estanterías. La verdad es que fue dicho diario lo que me indujo a comprar esta casa, para poder explorar las cuevas personalmente. Pero ten muy presente que nunca llegué a encontrar el filón. Puesto que carecía de poderes mágicos, los monstruos no me hicieron el menor caso; aun así, me salvé varias veces de milagro, lo que me convenció de que dejara las aventuras a los aventureros.

–Si el tipo que trató de coger una gema murió en el acto, ¿cómo podremos hacernos con una de ellas?

–Es aquí donde te será útil lo que has heredado de tus antepasados Antiguos. Fueron los Sin Rostro quienes extrajeron las gemas en primer lugar, es cierto, pero los Antiguos consiguieron hacerse invisibles para las gemas y, por tanto, inmunes a su poder.

–No eran inmunes. Emplearon el Cetro para matarse entre ellos.

–Ah, pero eso era cuando la gema estaba incrustada en el Cetro, cuando su poder de destrucción podía dirigirse a cualquier persona u objeto que deseara la persona que lo empuñaba.

De lo que hablamos es de la gema en su forma originaria. Creo que esta mató al expedicionario porque, a diferencia de ti, él no tenía la sangre de un Antiguo.

Valquiria se lo quedó mirando.

–¿Tú crees?

–Estoy bastante seguro.

–¿Bastante?

–Bastante tirando a mucho. Estoy casi convencido.

–¿Y estás dispuesto a dejar que arriesgue mi vida?

Gordon le dirigió una sonrisa tranquilizadora; luego se puso serio de repente y negó con la cabeza.

–No, por Dios.

–Pero, según tú, no me pasará nada, ¿verdad?

–No lo hagas. Es una estupidez.

–Aun así, tu teoría es que soy inmune, ¿no?

–Una teoría es el equivalente intelectual de una simple conjetura. ¿Cómo quieres que lo sepa? No vayas.

–¿Dónde está el diario? ¿Es este que hay en la estantería, detrás de ti?

–No lo es.

–¿Es el que tiene escrito «Diario de Anathem Mire» en el lomo?

Gordon titubeó.

–No.

Valquiria se acercó a la estantería y Gordon le cerró el paso. Ella respiró profundamente y le atravesó la cara con la mano.

–¡Oye! –exclamó él–. ¡Alto ahí!

Ella volvió a sacar la mano, con el diario agarrado, y Gordon la miró enojado.

–No has jugado limpio.

–Lo siento.

–No puedes ir por ahí atravesando la cara de las personas con la mano. Por un lado es de muy mala educación y, por otro, sumamente desagradable.

Valquiria dejó el diario en la mesa, lo abrió y hojeó sus páginas amarillentas.

–Lo siento de veras.

–Lo que has hecho, una demostración tan evidente de lo que tiene sustancia y lo que no, de lo que es real y lo que no, tendría que bastarte para que hicieras examen de conciencia, ¿no crees?

Valquiria sacó un pergamino doblado de entre las páginas del diario y lo desplegó. El mapa de la red de cuevas estaba incompleto; contenía extensas zonas en blanco entre los caminos conocidos y la supuesta desembocadura de los túneles subterráneos.

–Un hombre solamente es eficiente según el efecto que ejerza a su alrededor –estaba diciendo Gordon–. Y si un hombre no es eficiente, si su mismo ser es tan insustancial como el pensamiento, ¿qué es en realidad ese hombre? ¿Es un hombre? ¿O es, simplemente, el pensamiento de un hombre?

Valquiria hizo correr el dedo por las palabras «gemas negras», encerradas en un círculo, y luego trazó el camino que llevaba desde aquel lugar hasta la entrada de la cueva. A juzgar por la escala que había incluido Mire, calculó que debía de encontrarse a menos de tres kilómetros al oeste.

–Supongo que no podría engañarme eternamente a mí mismo –prosiguió Gordon con desánimo–. Soy un farsante, un impostor. Una sombra del verdadero Gordon Edgley. Soy la caricatura de un hombre grandioso.

Valquiria volvió a meter el mapa en el diario.

–¿Decías?

–Nada –rezongó él.

–Gracias por el diario –dijo ella, saliendo del cuarto. La librería se cerró a sus espaldas y Valquiria bajó corriendo las escaleras hasta el salón.

Skulduggery estaba subido en una silla, inspeccionando los libros del estante superior.

–Ya lo tengo –dijo Valquiria.

Él ladeó el cráneo.

–No, imposible. No puedes haber encontrado nada.

Ella sonrió efusivamente.

–Hay gemas negras en las cuevas del subsuelo –le dijo–. Parece que soy la única que puede tocarlas, por lo de ser descendiente de los Antiguos y eso. Hasta tengo un mapa. Te has quedado patidifuso, ¿eh?

Hubo un momento de silencio.

–Dime, Valquiria, ¿cómo puedes ser tan increíblemente fanfarrona?

–Lo he aprendido de ti.

Skulduggery se bajó de la silla y le cogió el diario.

–Yo no fanfarroneo, simplemente demuestro mis aptitudes en los momentos oportunos –dijo mientras examinaba el mapa–. Parece que vamos a tener que meternos en las cuevas.

–¿Ahora mismo? ¿Los dos solos?

–Si entráramos muchos llamaríamos la atención, y no podemos perder ni un minuto. La Diablería nos ha llevado ventaja desde el principio. Ya iba siendo hora de que cambiaran las cosas.

* * *

La llave giró en la cerradura y se abrió el suelo del sótano de Gordon. Valquiria encendió la linterna y bajó tras Skulduggery por los escalones de piedra que llevaban a las cuevas.

Skulduggery iba leyendo con regularidad el aire que los rodeaba para cerciorarse de que no los siguieran. Tres veces consecutivas tuvieron que apagar las linternas y agazaparse en la oscuridad, hasta que el camino volvió a quedar despejado. Valquiria estaba ojo avizor por si aparecía alguna enredadera colgante.

De lo alto se filtraban rayos de sol que iluminaban el entorno y se perdían en las profundidades. El mapa de Mire resultaba bastante preciso; cuanto más avanzaban, más frío hacía. Valquiria se alegraba de haber cogido uno de los abrigos de Gordon para ponérselo encima de la blusa sin mangas.

Siguieron el túnel en toda su extensión, y luego tuvieron que pasar a gatas por una cavidad de la pared. Valquiria se imaginó que toda la red de cuevas se le venía encima. No le gustaban los lugares estrechos; le daban ganas de pegar saltos, de agitar brazos y piernas sin ningún motivo. No le gustaban ni un pelo.

Skulduggery la ayudó a salir por el otro lado y volvieron a consultar el mapa.

–Las gemas tendrían que estar a la vuelta de esa esquina –dijo; se quedaron mirando la esquina en cuestión–. Ten presente –añadió– que, normalmente, es en este punto cuando las cosas empiezan a salir pero que muy mal.

–Ya me he dado cuenta.

Apagaron las linternas y se dirigieron hacia la esquina. No se oía más ruido que el de sus pasos.

–¿Quieres pasar primero? –susurró Skulduggery.

–¿Por qué tendría que hacerlo? –le respondió Valquiria también en susurros.

–Pensaba que tal vez me querrías demostrar algo.

–¿Por ejemplo?

–No sé, tal vez que eres tan valiente o audaz como yo, o que no te hace falta ningún hombre que te proteja.

Ella se encogió de hombros.

–No tengo nada que demostrar.

–¿Seguro?

–Seguro. Asoma la cabeza y mira si hay algún monstruo al acecho.

Skulduggery masculló algo y luego atisbó por la esquina. Valquiria se preparó para luchar con algo o salir corriendo.

–Vaya –dijo Skulduggery–. Esto sí que no me lo esperaba.

23

ANATHEM MIRE

MÁS allá del túnel se abría una caverna enorme, del tamaño de un campo de fútbol. El techo estaba perforado por una infinidad de rayos de luz, como estrellas en el firmamento nocturno, que caían sobre la casa de dos pisos que se alzaba delante de ellos.

–Esto me suena –observó ella al cabo de un rato.

–A mí también –coincidió Skulduggery.

–Se parece mucho a la casa de Gordon.

–Mucho.

Se quedaron inmóviles contemplando la casa. No era completamente idéntica; parecía un poco más frágil, las ventanas eran más estrechas y la puerta no estaba en su sitio. El tejado estaba mucho más alto y los ángulos no eran rectos. Era como un recuerdo de la casa de Gordon, pasado por el filtro de una pesadilla.

A Valquiria no le gustaba hacer preguntas obvias. De hecho, no lo soportaba. Había veces, sin embargo, en que las preguntas obvias eran las únicas posibles.

–¿Cómo crees que llegó a este lugar? –preguntó.

–No lo sé –respondió Skulduggery–. Igual se extravió.

Se acercaron a ella. La casa estaba oscura y tenía corridas algunas de las cortinas. Skulduggery no se tomó la molestia de inspeccionar los alrededores. Llamó directamente a la puerta principal y aguardó. Como no salía nadie, empujó la puerta y esta se abrió.

–¿Hola? –llamó–. ¿Hay alguien en casa?

No hubo respuesta, así que desenfundó el revólver y entró. Valquiria siguió sus pasos. En el interior hacía más frío que en las cuevas, por lo que empezó a tiritar. De no ser por las linternas, los habría envuelto una oscuridad absoluta.

Ahí abajo no había cables eléctricos ni electricidad, así que cuando Valquiria le dio a un interruptor, no se esperaba la fosforescencia verdusca que emanó de las bombillas polvorientas.

–Qué interesante –murmuró Skulduggery.

Resultaba muy intranquilizador encontrarse en un sitio conocido y extraño a un tiempo. Las escaleras, que en la casa de Gordon eran sólidas y amplias, eran aquí estrechas y torcidas. En las paredes había cuadros que representaban escenas de depravación y tortura.

Siguieron caminando hasta el salón, donde Skulduggery encendió algunas lámparas. La misma claridad verdusca transformó las tinieblas en una penumbra mórbida. A Valquiria le daba náuseas ese color.

Junto a la fría chimenea había un sofá y un sillón, así como un espejo muy recargado encima de la repisa. Valquiria dio un codazo a Skulduggery y señaló hacia allí. En el sillón estaba sentada una persona.

–Disculpe –dijo Skulduggery.

La figura no se movió. No alcanzaban a ver más que la mitad de un brazo y la parte superior de la cabeza.

Se acercaron lentamente al sofá, manteniendo una distancia prudencial respecto del sillón. Valquiria empezó a ver un zapato, y después una rodilla. La persona sentada era un hombre; tenía la mano derecha apoyada en el brazo del sillón, y la izquierda en el regazo. Vestía un traje de aspecto antiguo, con una mancha en el pecho. El bigote le caía lacio sobre las comisuras y le colgaba a los lados de la barbilla. Su pelo era negro. Aparentaba más de cincuenta años. Tenía los ojos abiertos y la mirada perdida.

–Hola –le saludó Skulduggery. Lo dijo en un tono cálido y cordial, pero sin soltar el revólver–. Me llamo Skulduggery Pleasant, y le presento a mi socia Valquiria Caín. Según nuestro mapa, hay un filón de gemas negras en las rocas que circundan esta caverna. ¿Ha visto alguna?

El hombre del sillón no levantó la cabeza.

–Si se lo pregunto es porque necesitamos una urgentemente –prosiguió el detective–, y el tiempo es primordial. Si hay alguien que sepa dónde encontrar esas gemas, diría que debe de ser usted. ¿Tengo razón?

Skulduggery asintió con la cabeza, como si el hombre hubiera respondido.

–Por cierto, tiene usted una casa muy bonita. Sabemos de una similar, situada arriba, en la superficie. De hecho, es la auténtica. Esta parece una copia hecha de memoria, pero no por ello deja de ser una casa. Estoy seguro de que tiene que ser de lo más feliz viviendo en ella, Anathem.

Valquiria se volvió a Skulduggery.

–¿Qué?

–Supongo que será Mire –le dijo él–. Bajó a las cuevas hace siglos, con el propósito de reanudar su exploración. Salta a la vista que resultó herido, como demuestra la sangre de su ropa, a manos de uno de sus acompañantes o de uno de los seres que habitan este lugar, pero no quiso morir aquí, como es natural. Es un sitio oscuro, frío y deprimente. Así pues, siendo como era un mago dotado de cierto poder, hizo aparecer esta casa con el fin de abandonar este mundo en un ambiente más familiar.

–¿Esta casa fue creada por arte de magia?

–¿No lo notas? Todo transmite un cierto... hormigueo.

Valquiria se quedó mirando al hombre.

–¿Se ha pasado varios siglos sentado en este sillón, desangrándose lentamente sin llegar a morir del todo?

–No, no. Ahora ya está bien muerto.

–¿Pues cómo se explica que la casa no haya desaparecido?

–Porque él no se ha marchado.

Skulduggery dio un paso adelante.

Valquiria frunció el ceño.

–¿Qué haces?

–Voy a despertarle.

Dicho lo cual, pegó una fuerte patada al sillón. Este cayó hacia atrás, arrastrando consigo el cadáver. Pero el cuerpo que se desplomó estaba descompuesto y mohoso, y dejó en el aire una especie de reflejo del hombre bigotudo sentado en la nada. Este parpadeó rápidamente, como si por fin viera algo distinto, y levantó despacio la cabeza.

–Intrusos –masculló con la cara contraída; se puso en pie y su imagen se hizo borrosa–. ¡Esto es allanamiento de morada!

–Cálmese –dijo Skulduggery.

Anathem Mire emitió un chillido y se abalanzó sobre ellos; Valquiria retrocedió de un salto y se estremeció cuando Mire pasó a través de ella.

–Es un fantasma –dijo Skulduggery–. No puede tocarte.

La forma de Mire se detuvo y se dio la vuelta. Sus facciones volvieron a distinguirse con nitidez.

—¡Esta es mi casa! —gruñó enfurecido—. ¡Habéis entrado por la fuerza!

El sofá se elevó solo y salió despedido contra ellos. Skulduggery cogió a Valquiria y la apartó bruscamente de su trayectoria.

—El sofá sí puede tocarte —le dijo, empujando el aire para desviar la mesa que se acercaba velozmente a sus espaldas.

Mire extendió los brazos de par en par.

—Os echaré encima toda la casa —masculló mientras paredes y suelos empezaban a temblar.

Skulduggery corrió hacia el gran espejo situado encima de la chimenea, lo descolgó, le dio la vuelta y lo puso delante de Mire. El cristal lo absorbió por completo y Skulduggery lo puso de cara a la pared.

Valquiria había leído que los espejos eran los únicos objetos capaces de capturar almas y espíritus. El hecho de no tener que preguntarlo le produjo una íntima satisfacción.

—No buscamos pelea —dijo Skulduggery lo bastante fuerte para que lo oyera el fantasma de Mire—. No queremos más que una sola gema negra.

—¡Las gemas son mías! —gritó Mire—. ¡Déjame salir, demonio!

—No soy ningún demonio, sino un mago como usted. No hemos venido para hacerle daño.

—¡Artimañas! ¡Mentiras! ¡Eres otro demonio de las cuevas, otro monstruo al que han hecho venir para atormentarme! ¡Para volverme loco!

Skulduggery dio un suspiro y se volvió hacia Valquiria.

—Ve a echar un vistazo. Si afirma ser el dueño de este lugar, a lo mejor ha conseguido apoderarse de algunas gemas.

Ella asintió con la cabeza y salió, dejando para Skulduggery la tarea de hacer entrar en razón al fantasma. Entró en la cocina y encendió las luces sobre la marcha. Había un horno negro gigante bajo una chimenea que no existía en la casa de Gordon. Valquiria abrió un armario y un insecto tan largo como su dedo índice se escabulló por el borde de la puerta y se le metió por la manga. Ella pegó un salto, se despojó del abrigo y lo arrojó al suelo, pero el bicho ya le subía por el brazo desnudo en dirección al hombro. Le dio un manotazo, pero el insecto siguió adelante y se le coló rápidamente en la blusa. Se la abrió de golpe, metió la mano dentro y lo agarró, notando cómo se debatía entre sus dedos. Valquiria lo lanzó al otro lado de la cocina y se puso a agitar los brazos de asco.

No bien terminó de hacer aspavientos, recogió el abrigo de Gordon, le sacudió el polvo y lo miró de arriba abajo para asegurarse de que no se hubiera colado nada más en él. Se lo volvió a poner, se abotonó la blusa y se alisó el pelo. «Ha sido asqueroso», se dijo.

Fue abriendo los armarios restantes a toda prisa, apartando la mano cada vez con mayor rapidez. Estaba segura de que, en cualquier momento, saldría aleteando de alguno de ellos una especie de murciélago, así que prefirió situarse a un lado antes de abrirlos. En los armarios no había gemas negras, ni más insectos ni, por fortuna, ningún otro bicho parecido a un murciélago.

Valquiria salió de la cocina, mirando furiosa el rincón donde había arrojado el insecto, y empezó a subir las escaleras. Los peldaños crujían a cada paso. Los dormitorios estaban más o menos en el mismo sitio que los de Gordon, pero todas las camas tenían dosel, y las figuras talladas en las cabeceras parecían obra de una mente enferma. El baño dejaba mucho que desear y la luz no funcionaba, de modo que no entró.

Donde sí entró fue en el estudio. En lugar de mesa, librerías y trofeos, había una simple mecedora en el centro de la habitación. La ventana daba a la caverna, por lo que el panorama no resultaba muy impresionante.

Valquiria pasó las manos por la pared que ocultaba el cuarto secreto. La golpeó y escuchó los ruidos, pero no sonaba a hueco. Salió del estudio decepcionada y bajó cautelosamente las escaleras. Cuando llegó de nuevo al salón, el fantasma estaba fuera del espejo, de pie al lado de Skulduggery.

Se le veía muchísimo más tranquilo.

–Las gemas no están en esta caverna –decía con voz temblorosa–. Esta parte del mapa la dibujé mal aposta, para evitar que los demás se aprovecharan de mi obra. Pero están muy cerca.

–¿Nos podría llevar hasta ellas? –preguntó Skulduggery.

–No me atrevo a salir de esta casa. El poder que habita estas cuevas, sea cual sea, me sostiene, incluso en mi forma de espíritu. Pero no me atrevo a abandonar este sitio.

–¿Pero nos dirá dónde están las gemas?

–¿Para qué? Con solo tocarlas quedaréis reducidos a ceniza.

–Sabemos un modo de evitarlo. ¿Nos ayudará?

Cuando entró Valquiria, Mire se volvió a ella.

–Está viva –dijo el fantasma, con una expresión rayana en el respeto reverencial.

–Ya se lo he dicho –repuso Skulduggery.

–Casi había olvidado el aspecto que tenían.

–¿Que tenían quiénes?

–Los vivos, claro. Estas cuevas han sido mi casa durante muchos años; llevo siglos muerto en ellas, completamente solo. No me acerco a los monstruos, naturalmente, pues algunos me pue-

197

den hacer daño aun en mi estado. Estas cuevas son una maldición para los magos.

Se acercó un poco más a Valquiria.

—Estás espléndida —murmuró.

Ella miró a Skulduggery arqueando una ceja, y él se interpuso entre los dos.

—¿Nos ayudará? —preguntó de nuevo.

El fantasma desvió la mirada de Valquiria a regañadientes, y la posó en Skulduggery. El movimiento hizo que su cabeza se desdibujara.

—Por supuesto —dijo; en la pared que había a sus espaldas se formó una puerta que se abrió de inmediato.

—Cuidado: las gemas son mortíferas.

Mire se quedó donde estaba, mientras Valquiria seguía a Skulduggery por un túnel con las paredes de piedra. Incrustados en ellas había filones delgados de gemas que emitían un resplandor negro.

Skulduggery se volvió a ella.

—¿Estás completamente segura de que no sufrirás ningún daño?

—Completamente.

—¿Cómo lo sabes?

Ella alargó la mano y tocó la gema más próxima.

—¿Lo ves?

Él se la quedó mirando.

—Acabas de hacer una cosa increíblemente estúpida.

—Bueno, increíblemente estúpida... en teoría —rectificó ella—. Me he basado en algunas ideas de Gordon que leí en sus notas.

—Podría haberse equivocado, ¿no crees?

—Tengo mucha fe en las ideas de Gordon —replicó ella encogiéndose de hombros—. Dame el cincel.

Él se sacó el cincel de la chaqueta y se lo entregó. Valquiria lo apoyó en una gema y empezó a golpearlo con la culata del revólver de Skulduggery. La gema ni siquiera se astilló.

–Sujétalo bien –le pidió Skulduggery. Flexionó los dedos, hizo un movimiento con la mano y una ráfaga de aire concentrado golpeó el cincel como un mazo. Saltó un trozo de gema, un poco más grande que la que estaba alojada en el Cetro. Valquiria lo envolvió en un trapo y lo metió en una cajita que le dio Skulduggery; él cerró la tapa y se la guardó en el bolsillo de la chaqueta. Valquiria le devolvió el revólver y el cincel.

–Qué fácil –dijo.

–No vuelvas a hacerlo nunca más. Podrías haber quedado carbonizada, y luego habría tenido que explicar a tus padres por qué debían enterrar a su querida hija en una caja de cerillas.

–Además, Kenspeckle te habría sermoneado eternamente.

Skulduggery se volvió a ella mientras se dirigía de nuevo hacia la puerta.

–Quería preguntarte... En fin, después de todo lo que ha estado diciendo Kenspeckle, ¿crees que tendría que tratarte de otro modo?

–No –respondió ella de inmediato.

–No contestes tan deprisa.

–Nooo... –repitió ella más despacio.

–Me divierto mucho contigo, pero la pregunta sigue en pie. A lo mejor tendría que dejarte en el coche, de vez en cuando.

–¿No sabes que nunca me quedaría en el coche? –le recordó Valquiria.

–Eso es porque nunca he insistido en ello.

–Daría lo mismo.

–Puedo ser muy autoritario, cuando me lo propongo.

–Sí, pero no lo bastante.

Skulduggery soltó un suspiro y los dos entraron de nuevo en el salón. El cadáver de Mire continuaba en el suelo, junto al sillón volcado, y su fantasma seguía de pie observándolos.

–No habéis muerto –dijo–. Qué sorpresa.

–Gracias por su colaboración –dijo Skulduggery–. ¿Podemos hacerle algún favor a cambio?

–Despertarme ya ha sido suficiente.

–¿Qué va a hacer ahora?

Mire sonrió.

–Creo que seré feliz. Sí, creo que lo seré.

–Espero que volvamos a vernos, Anathem –dijo Skulduggery–. Es usted un ser... muy interesante.

Mire hizo una reverencia, al tiempo que lanzaba una mirada a Valquiria. Ella le saludó cortésmente con una inclinación de cabeza y siguió a Skulduggery hasta la puerta principal.

–China es la dueña del Cetro –dijo él mientras salía de la casa–, de modo que es la única que puede utilizarlo. Eso, suponiendo que funcione cuando volvamos a colocarle la gema, claro.

–¿Y si no?

–Si no, estoy seguro de que ya se me ocurrirá alguna idea genial para...

La puerta principal se cerró de golpe justo cuando Valquiria estaba a punto de salir. Se dio la vuelta bruscamente y vio que Mire se acercaba flotando a ella; en el recuerdo de su cara trataba de formarse una sonrisa olvidada desde hacía siglos.

–Tú no te vas –dijo–. El esqueleto puede volver arriba, pero TÚ eres mía.

24

LA CASA QUE SE TRANSFORMABA

VALQUIRIA oyó a Skulduggery asestar un puñetazo a la puerta desde el otro lado.

–¿Valquiria? –llamó–. Abre.

–No soy suya –le dijo ella a Mire–. Ahora tengo que irme.

–Nunca me abandonarás –replicó el fantasma.

Ella pasó por su lado sin decir palabra y entró en el salón; cuando se disponía a abrir la primera ventana, esta se fundió con la pared. Las demás desaparecieron igualmente, hasta que solo la rodearon las paredes desnudas.

Se volvió enfurecida.

–¡No puede encerrarme aquí!

–Sí que puedo. Tienes vida, respiras. Esta casa no ha visto a un ser humano de carne y hueso desde hace siglos.

–¡Esta casa no existe! ¡Usted no existe! ¡Es un fantasma!

Valquiria chasqueó los dedos e hizo aparecer una llama.

–No me puedes hacer ningún daño –dijo el fantasma.

Ella se aproximó al cadáver de Mire y le acercó la llama.

–Si no me deja salir, quemaré su cadáver. Se lo aseguro.

–¿Te quedarás conmigo? –preguntó él–. ¿Me harás compañía? ¿Me hablarás del mundo exterior? ¿Serás la reina de estas tinieblas?

–Le voy a prender fuego.

Mire sonrió. Su cadáver extendió la mano y agarró la muñeca de Valquiria; ella soltó un grito de espanto y la llama de su mano se extinguió. El cuerpo se puso en pie y la empujó contra la pared. Ella le propinó un puñetazo en el lado izquierdo de la cara que le hundió el pómulo. Asqueada, Valquiria retiró la mano. Tenía trozos de cara pegados a los nudillos.

–Puedo sentir tu vida –dijo Mire sin hacer caso de sus actos–. A mí también me llena. Juntos reinaremos en los lugares helados y desiertos.

Valquiria encaró al fantasma e hizo un esfuerzo para que no le temblara la voz.

–No quiero quedarme –dijo–. Aún estoy viva y quiero volver.

El fantasma negó con la cabeza y el cadáver le imitó.

–La luz te hace daño, el sol te quema. Cuando seas mi reina, ya no tendrás que preocuparte por esas cosas.

Ella se soltó de un tirón y echó a correr pasando a través del fantasma, cuya sustancia se esparció para recomponerse enseguida. El cadáver se dio la vuelta y se lanzó a perseguirla.

Valquiria llegó al vestíbulo y subió las escaleras de dos en dos. Volvió la cabeza justo cuando el cadáver se aferraba a la baranda y empezaba a subir tras ella, pisando con torpeza los escalones angostos. Al alcanzar el rellano, el fantasma ya estaba allí observándola.

–No tienes escapatoria –dijo–. Soy el amo de esta casa y haré que no sufras ningún daño. Eres mi invitada.

Ella quiso entrar en el estudio de Gordon, pero la puerta estaba cerrada con llave. Le dio una patada, pero ni siquiera vibró. El fantasma la miró sonriendo.

Valquiria chasqueó los dedos y arrojó contra el cadáver de Mire una bola de fuego que lo golpeó en el pecho. El cadáver trastabilló y empezó a manotear las llamas hasta que perdió el equilibrio, chocó con la baranda y se precipitó por el hueco de la escalera. El fantasma siseó y desvió su atención de Valquiria. Aprovechando su distracción, ella embistió la puerta con el hombro, y esta vez consiguió abrirla. Se cayó del impulso, se puso en pie, empujó el aire y la ventana se hizo pedazos.

–No te conviene ser mi enemiga –le advirtió Mire.

Valquiria dio un salto, pero la ventana se deslizó pared arriba hasta llegar al techo y sobre ella empezaron a llover cristales rotos. El papel pintado se transformó, tomando la apariencia de miles de caras, todas con los rasgos de Mire. Sus ojos la miraban con odio, y sus bocas repetían sus palabras.

–Mis enemigos sufren –decían el fantasma y sus caras infinitas–. Mis enemigos sangran. Mis enemigos gritan, suplican y lloran.

La ventana descendió del techo y empezó a correr a lo largo de la pared, descubriendo fugazmente las habitaciones del otro lado, hasta que llegó al suelo y salió disparada hacia Valquiria. Se detuvo en seco bajo sus pies y ella cayó por el hueco, pero consiguió aferrarse al borde. El cadáver de Mire estaba debajo de ella, en la cocina, alargando las manos para tratar de agarrarle las botas.

Ella lanzó una patada a las manos y se alzó a pulso. La habitación se transformaba de modo demencial. Los colores se filtraban por las paredes, que se acercaban y se alejaban rítmicamente como los pulmones de una bestia descomunal. La ventana se redujo al tamaño de un ojo. Las alfombras saltaban entre las tablas del suelo y luego se marchitaban y morían. Anathem Mire estaba furioso y perdía por momentos el dominio de su casa.

En la pared desnuda, la que llevaba al cuarto secreto de la casa de Gordon, se materializó el hueco de una puerta. Valquiria lo cruzó a toda prisa y entró en un pasillo oscuro y larguísimo. Se imaginó el exterior del edificio, metamorfoseándose por entero para acomodarse a las necesidades de su dueño, que iban cambiando caóticamente.

–¡Eres mi enemiga! –gritó Mire a sus espaldas–. ¡No eres mi reina! ¡Eres mi enemiga!

Torció una esquina sin saber adónde iba y fue a parar a una habitación bien iluminada, con una mesa muy grande dispuesta para un banquete. Había velas encendidas y copas llenas de vino. La sala carecía de puertas y ventanas.

Un trozo del suelo se hundió y se transformó en varios escalones. Al ver que el cadáver subía por ellos, Valquiria retrocedió. El fantasma entró como una nube de humo y tomó cuerpo ante sus ojos.

–Trataba de ser amable –refunfuñó–. Me alegraba de verte; tu presencia me hacía feliz.

–No tiene por qué hacer esto, Anathem.

–Pero tú me has rechazado. ¡A MÍ!

El banquete se disolvió de repente, quedando reducido a un amasijo que empezó a gotear por los bordes de la mesa. Las velas también se derritieron, pero sin dejar de arder. La alfombra se ensanchó hasta cubrir la escalera y el suelo se cerró herméticamente.

Valquiria tenía que encontrar una salida. Necesitaba alguna puerta o ventana, y tenía que enfurecer a Mire lo bastante para que creara una.

–Voy a ser su reina –dijo de pronto.

Al fantasma se le crispó el rostro.

–No soy estúpido.

–Me quedaré con usted y seré su reina. Es lo que desea, ¿verdad?

–Quieres hacer un pacto porque tienes miedo –dijo el fantasma, mientras el cadáver daba un paso adelante–. Dices mentiras porque temes la muerte que te será infligida.

Valquiria extendió las manos y el aire se puso a vibrar. El cadáver cayó despatarrado, pero volvió a levantarse con dificultad.

–Tus últimos momentos serán memorables –dijo el fantasma, flotando de lado y desapareciendo en el interior de su cuerpo estropeado.

A diferencia de lo que había ocurrido la primera vez que le viera, cuando cuerpo y espíritu estaban unidos para crear el aspecto de un hombre normal, esa nueva forma carecía de cualquier tipo de vanidad. Su función, en este caso, era muy sencilla: el fantasma poseía el cuerpo y lo guiaba como una nave destinada a la destrucción. La cabeza se movió, se alzó y la miró con unos ojos que ya no existían.

–Hace mucho tiempo que no derramo la sangre de un ser vivo –dijo Mire con su nueva voz, que parecía hecha de chirridos y papel de lija.

El ser se movió súbita y velozmente, aferró a Valquiria y la aprisionó sobre la mesa. Ella hizo una contorsión y le dio un rodillazo en el costado, pero ya hacía tiempo que las terminaciones nerviosas del cadáver estaban embotadas. Valquiria lo agarró por la muñeca y le propinó una patada; cuando él la soltó para contraatacar, ella giró sobre sí misma y saltó de la mesa.

Apenas se puso en pie, la mesa se fundió entre ellos y el cadáver pasó a su través. Valquiria chasqueó los dedos y le lanzó una bola de fuego, que le dio en el brazo y estalló; luego, empujando el aire, lo hizo trastabillar.

Las paredes parecían disolverse. El suelo dio una sacudida y la habitación entera empezó a deslizarse lentamente a través de la casa.

–Soy Anathem Mire –dijo el cadáver–. Soy el amo y señor de la realidad.

–La realidad se le está escapando de las manos.

–Soy el amo y señor de la realidad –insistió, furioso–; eres una estúpida por enfrentarte a mí.

–Está loco.

–¡Cállate! –rugió golpeándola.

La alfombra se transmutó en un charco que rodeó los pies del cadáver y tomó la forma de unos zapatos lustrosos. El lustre ascendió por su cuerpo y le fue cubriendo los harapos con un traje nuevo, y la piel muerta con una capa flamante de aspecto vivo y lozano.

–Ya vuelvo a estar entero –dijo en cuanto se hubieron ajustado sus nuevas facciones.

La sala se desplomó de golpe y, por un segundo, los pies de Valquiria quedaron suspendidos en el aire. Volvió a caerse y dio una voltereta. La sala se había derrumbado en medio del salón, y las dos estancias se estaban fundiendo. Cada habitación trataba de imponer su propia forma y conservar su integridad, y las paredes empezaron a ondular hasta que apareció una ventana.

Skulduggery se asomó a ella y disparó el revólver; las balas rompieron el cristal y alcanzaron a Mire, que gritó de rabia. Valquiria corrió hacia la ventana y saltó por el hueco. Skulduggery la cogió al vuelo, y los dos atravesaron la caverna a toda velocidad.

Ella volvió la cabeza. La casa seguía transformándose; desaparecieron todas la ventanas salvo dos, y la puerta principal se ensanchó. Ambas ventanas formaron un par de ojos gigantescos que los miraban con odio, y a la puerta le salieron dientes y se puso a chillar de rabia. Mire estaba dentro de la boca, pero no se atrevía a rebasar sus límites.

–¡Te encontraré! –vociferaba–. ¡Te encontraré, niña!

Llegaron al túnel y corrieron hasta el final. Aunque Valquiria sabía muy bien que no podía perseguirla, no aminoró el paso en ningún momento.

25

EL ASALTO

POCO después de las nueve de la noche, una camioneta grande, de las utilizadas para repartir el pan, se detuvo detrás del cine Hibernian. No llamó la atención de nadie. Acto seguido, llegó un coche con los cristales oscuros y aparcó a su lado. Tampoco se fijó nadie en él.

* * *

Tanith estaba apoyada en la puerta de una habitación situada en la parte delantera del centro médico. Abominable había traído algunas de sus herramientas para poder trabajar mientras Kenspeckle llevaba a cabo los análisis que necesitaba. Tanith observaba a Abominable, que estaba sentado frente a una mesa confeccionando el traje nuevo de Valquiria. Entretanto, le hablaba a Tanith de su madre.

* * *

Se abrieron las puertas traseras de la camioneta, y varios hombres saltaron a la calle sin hacer el menor ruido. Vestían de gris y llevaban guadañas sujetas a la espalda.

* * *

—Mi madre era boxeadora —decía Abominable, comprobando las puntadas de una manga—. Le rompieron la nariz cuatro veces, pero, según mi padre, seguía siendo igual de guapa.

—Ya me has contado cosas de ella —dijo Tanith—. Debía de ser una mujer excepcional.

Abominable sonrió.

—Combatí a su lado en la batalla de la Roca Negra, y vi a varios de los mejores soldados de Mevolent dar media vuelta y echar a correr. Luchó contra Serpine y Vengeus y logró hacerles emprender la retirada. El adjetivo «excepcional» no le hace justicia. Fue magnífica hasta el último momento.

—¿Cómo murió?

—Cometió un error —dijo él—. Se enfrentó a Lord Vile.

* * *

Un viejo que se movía más bien como un joven salió del coche. Sus gestos denotaban que estaba acostumbrado a ejercer la autoridad. Sus ojos eran fríos. El hombre que bajó tras él tenía una barbilla casi inexistente y carecía de esa autoridad, pero su entusiasmo saltaba a la vista.

El viejo de los ojos fríos entró en el cine, y el entusiasta hizo una seña a los hombres de gris. Estos avanzaron como un líquido, penetrando en el edificio por las ventanas, las puertas laterales y las claraboyas, mientras el entusiasta corría tras ellos.

En lo alto de un tejado, junto al cine, una figura sumida en la oscuridad los observaba.

* * *

Abominable dejó a un lado el gabán y se puso a trabajar en la blusa.

–En aquella época teníamos una norma: no puedes enfrentarte tú solo a Vile. Debes esperar a que tu ejército se reúna detrás de ti, atacar en bloque y rogar que alguien tenga la fortuna de dar en el blanco.

–¿Tan peligroso era Vile?

–Puede que sí, puede que no. Es difícil separar al monstruo de su leyenda, ¿sabes? Salió de la nada, llegó a ser el general más temible de Mevolent, y luego desapareció... Y todo en el espacio de pocos años. Tenía su armadura y su poder de Nigromante, y sembraba la destrucción dondequiera que fuese. Mi madre se enfrentó a él y murió, y lo mismo me habría ocurrido a mí si no hubiera sido por...

Clarabelle entró en la estancia y Abominable interrumpió su relato.

–¿Habéis visto al profesor? –preguntó la ayudante.

–No, lo siento –respondió Tanith–. ¿Ocurre algo?

–Hay un hombre en el cine. Está empeñado en hablar con el profesor Grouse, y se niega a dar su nombre. Es bastante grosero.

–¿Por qué no vas a buscar al profesor? –le sugirió Abominable–. Mientras tanto, nosotros hablaremos con él, sea quien sea, y veremos qué es lo que quiere.

–Os lo agradecería mucho –repuso Clarabelle sonriendo de oreja a oreja. Luego se marchó tarareando una cancioncilla.

Tanith y Abominable se encaminaron al cine y bajaron las escaleras en penumbra. Luego cruzaron la puerta de la pantalla y salieron al escenario. En el pasillo central, entre las filas de butacas mohosas, había un hombre de pie.

–Señor Bespoke –dijo Thurid Guild con voz resonante–. Me alegro de que haya vuelto al mundo de los vivos.

–Hola, Guild. ¿Qué le trae por aquí?

–Prefiero que me llame Gran Mago –rectificó Guild–. Pero ha sido una estatua durante dos años, de modo que le perdono el desliz.

–No ha sido ningún desliz.

–¿En qué podemos servirle? –preguntó Tanith, procurando que su voz sonara lo más fría y antipática posible.

–No me pueden servir en nada –replicó Guild–. He venido a hablar con el dueño de este centro.

–¿De qué se trata?

–Lo siento, pero es un asunto del Santuario.

Tanith miró en derredor. El cine estaba sumido en las sombras.

–¿Ha venido solo?

–¿Por qué no? Estoy entre amigos, ¿verdad?

–Depende –dijo Abominable–. ¿Se cuenta Skulduggery Pleasant entre sus amigos?

Guild sonrió forzadamente.

–Pleasant es un traidor.

–Eso es lo que dijo él de usted –observó Tanith.

–Skulduggery Pleasant colabora con la Diablería. Él y la chica contribuyeron a robar los restos del Grotesco para fines ilícitos,

212

y cuando les hicimos frente, se resistieron a ser detenidos, agredieron a varios empleados del Santuario y se dieron a la fuga. Son enemigos del Santuario y de todas las personas honradas.

Kenspeckle salió por la puerta de la pantalla y se reunió con Tanith y Abominable.

–¿Qué desea, Gran Mago?

–Ah, profesor. Necesito que me dedique un momento.

–Mis momentos son preciosos. Diga lo que tenga que decir. Guild asintió cortésmente.

–Supongo que se da cuenta del peligro que comporta la Diablería, y que está enterado de lo que pretenden llevar a cabo mediante los restos del Grotesco y el último Teletransportador, un muchacho llamado Fletcher Renn.

–Lo sé.

–Tengo motivos para creer que el muchacho está oculto en este centro, y espero que tenga la amabilidad de entregármelo.

–Gran Mago, le aseguro que no...

Guild levantó la mano.

–Profesor, le tengo un gran respeto; admiro su trabajo y sus principios. Le ruego no cometa la injusticia de tratar de mentirme, sabiendo como sé que el muchacho se encuentra en este lugar. Prefiero que guarde silencio a que intente endilgarme torpemente una verdad a medias. Semejante cosa es indigna de usted.

Tanith miró de reojo a Kenspeckle y vio que se ruborizaba.

–Gran Mago –dijo el profesor–, no presuma que conoce a una persona por el mero hecho de haberse entrevistado con ella en contadas ocasiones. Tratar a alguien así puede provocarle, bien irritación, bien un deseo inmediato de negarle su ayuda. Asimismo, no recurra a los halagos con la esperanza de humillar a esa persona para que le preste su colaboración; ni tampoco, bajo ningún concepto, trate a esa persona con paternalismo. La verdad es que, si bien conozco a Fletcher Renn, en este momento ignoro su paradero. Lo siento, pero no puedo ayudarle.

Guild negó con la cabeza.

–Me decepciona usted, profesor.

Una alarma empezó a sonar con un pitido estridente al otro lado de la puerta de la pantalla. Tanith y Abominable se dieron la vuelta con brusquedad.

–Yo, de ustedes, no me movería –les aconsejó Guild.

–¿Qué ha hecho? –preguntó Kenspeckle, pero Tanith no tuvo más que verle los ojos para darse cuenta de que ya sabía la respuesta. Guild no había ido a pedirles que le entregaran a Fletcher Renn, sino a distraerles.

–Mis Hendedores han tomado su centro –respondió Guild casi con desidia–. Tienen orden de reducir al personal, no de hacerle daño. Pero no dudarán en emplear la fuerza en caso de necesidad.

–¡No tiene ningún derecho! –bramó Kenspeckle.

–Hemos venido a buscar al muchacho, y no nos iremos sin él.

Abominable ya corría hacia la puerta; Tanith se disponía a seguirle, cuando vio de pronto que en el cine había más personas. Caminaban en la penumbra entre las butacas hasta que llegaron silenciosamente a la altura de Guild, al pie del escenario.

Horrendo Krav. Sicaria Rose. Billy-Ray Sanguine. Y Jaron Patíbulo. Sicaria Rose llevaba consigo la espada de Tanith.

–Usted está con ellos –murmuró Tanith.

Guild le sonrió con frialdad.

–¿Con quiénes, señorita Low?

214

Guild reparó en que Tanith miraba a sus espaldas, y se dio la vuelta con el ceño fruncido. Patíbulo le golpeó, haciéndole caer a cuatro patas. Sicaria Rose soltó una risita y le tumbó de costado con una patada. El Gran Mago quedó tendido en el suelo, inmóvil.

–Matadlos –dijo Patíbulo.

Krav subió de un salto al escenario, se lanzó contra Abominable y lo derribó. Rose arremetió contra Tanith, que dio una voltereta hacia atrás; Sanguine le lanzó un navajazo al cuello, pero ella lo esquivó girando sobre sus talones y le propinó una patada en la barriga.

Sicaria Rose lanzó un mandoble y Tanith se apartó. La loca de labios rojos avanzó sonriendo. Tanith no tuvo tiempo de intentar ninguna filigrana: aquella mujer le daba cien vueltas.

Mientras, Abominable se había escabullido de las garras de Krav y le estaba aporreando el costado con los puños. Tanith estuvo a punto de gritarle que no iba a hacerle ni cosquillas, pero pronto Abominable lo descubrió por sí mismo. El hombre de la coleta blanca le sujetó de nuevo.

Tanith se colocó de espaldas a Sanguine, que no pudo resistirse a la tentación. Jadeando todavía, se abalanzó sobre ella, pero Tanith se dio la vuelta y le hizo una llave que lo arrojó contra Sicaria Rose, haciendo saltar la espada de las manos de esta. La inercia hizo que Tanith también chocara con la mujer.

Kenspeckle se acercó a Krav por detrás, rápidamente, y le tocó la espalda con las manos incandescentes. Krav pegó un respingo, soltó un chillido y giró sobre sí mismo derribando a Kenspeckle; Abominable aprovechó el momento para empujar el aire y tirar a Krav del escenario.

Sanguine cogió del suelo la espada de Tanith y esbozó una sonrisa burlona, con un arma en cada mano. Tanith apartó de un empellón a Sicaria Rose y esquivó a Sanguine, que acometía haciendo girar la espada en un relámpago de acero. Sin embargo, el asesino no estaba acostumbrado a manejar un arma de semejante tamaño, y su mandoble fue demasiado amplio. Tanith atacó antes de que pudiera rectificar su error: le agarró la mano mientras le lanzaba una patada a la rodilla, y le hizo soltar la navaja. Luego le golpeó el antebrazo con el puño; la mano de Sanguine se abrió bruscamente y Tanith pudo arrebatarle la espada.

−¡Basta! −gritó Patíbulo, y Sanguine se retiró de inmediato.

Sicaria Rose fulminó a Tanith con la mirada, pero se fue por donde había venido sin protestar. Horrendo Krav se puso en pie rezongando y los siguió. Al pasar por su lado, se agachó para coger a Thurid Guild.

−Está claro que el muchacho se ha teletransportado a un lugar seguro −les gritó Patíbulo desde la penumbra−. Lo habrá hecho en cuanto intuyó el peligro, tal y como nos imaginábamos.

−No le atraparéis jamás −declaró Abominable.

−Ni falta que nos hace. Lo que queremos es que nos lo traigan. Entregadnos al muchacho y os devolveremos al Gran Mago −señaló el cuerpo inconsciente de Thurid Guild, que Krav llevaba en brazos con indiferencia−. En un sitio bonito y público, para que no arméis escándalo. El puente de Liffey, mañana a mediodía. Si llegáis tarde, nos lo cargamos.

Dicho lo cual, se marcharon.

26

EL CETRO

LGUIEN vigilaba el edificio de China desde un coche. Estaba aparcado en la calle, lo bastante lejos para no infundir sospechas pero lo bastante cerca para distinguir la puerta. Llevaba un gabán grueso, puesto que la noche era fría. Era un Elemental, y de cuando en cuando brillaban en el coche las llamitas que encendía para calentarse.

–¿Será de la Diablería? –preguntó Valquiria. Estaban al otro lado de la calle, un poco más abajo, en la esquina. El viento nocturno arrastró la lluvia y las gotas de lluvia le resbalaron por la espalda, haciéndola tiritar.

Skulduggery no parecía notar el mal tiempo. Negó con el cráneo. Por un momento, Valquiria deseó tener un sombrero como el suyo, o una de sus bufandas.

–Es un agente del Santuario –dijo–. Guild debe de haberles ordenado que vigilen a todos nuestros amigos. Intenta aislarnos.

–Pues es muy probable que también tengan vigilado el centro de Kenspeckle –supuso ella con tristeza. Se moría por meterse en algún sitio cálido y seco.

Un coche pasó casi rozando el bordillo y los salpicó. Un año atrás, la ropa habría protegido a Valquiria, pero en ese momento el agua se le coló por media docena de sitios. Se puso tensa, conteniendo a duras penas un chillido, y lanzó una mirada de furia al conductor, que se alejaba feliz y ajeno a todo.

–No tienes más que llamar a China. Pídele que nos traiga el Cetro; nos reunimos con ella, reponemos la gema y me voy a alguna parte a cambiarme de ropa. Estoy mojada y muerta de frío.

–China tendrá el teléfono pinchado.

–¿Pues cómo vamos a llamarla?

En aquel momento, el agente del Santuario arrancó el coche y se marchó de pronto. Vieron cómo se alejaba a toda velocidad.

–Qué inquietante –dijo Skulduggery pensativo.

–¿Crees que es una trampa?

–O eso, o es que se ha producido una situación crítica en algún punto de la ciudad. Ahora bien –añadió, infundiendo cierta alegría a su voz–, a caballo regalado, no le mires el dentado. A menos que sea un caballo de madera, claro. Venga, vamos.

Cruzaron la calle a toda prisa, mirando alrededor por si les habían tendido una emboscada. Llegaron al bloque de pisos sin ningún incidente y subieron las escaleras. Los pies de Valquiria chapoteaban dentro de sus botas.

Una vez en el tercer piso, Skulduggery llamó a la puerta de la biblioteca. El hombre delgado les abrió y les indicó que pasaran con un movimiento de ojos. Se internaron en el laberinto de estanterías. La biblioteca estaba casi desierta.

China Sorrows los aguardaba. Llevaba un vestido rojo de seda. A su lado, en la mesa, reposaba una caja de roble. En la madera había grabado un símbolo que parecía un colmillo de tiburón perforando una estrella.

–La gente tiene miedo –dijo, en un tono que demostraba a las claras que aquello no le gustaba nada–. Habéis conseguido que todos los magos del país se dispongan a luchar o a huir. Y eso perjudica el negocio.

Skulduggery asintió.

–El fin del mundo suele ser perjudicial.

–Ese comentario no es digno de respuesta –opinó China con un suspiro–, por muy sarcástico que sea. ¿Tenéis una gema?

–En efecto.

Ella pasó la mano por encima de la caja de roble, y el símbolo de la tapa brilló por un instante. La caja se abrió con un chasquido, poniendo al descubierto una vara dorada sujeta por cierres de plata. Los cierres se separaron lentamente y China sacó de su caja el Cetro de los Antiguos.

–Ya le has quitado la gema de antes –observó Skulduggery.

–Quería examinarla. De haber sabido que era posible que me redujera a cenizas con solo tocarla, habría dejado que lo hiciera otro.

Tendió el Cetro a Valquiria, que se sacó la gema negra del bolsillo y la introdujo en la ranura vacía. Esta piedra era algo más grande que la anterior, por lo que no resultaba fácil encajarla.

Entretanto, Skulduggery se volvió a China.

–Te das cuenta de lo que significa esto, ¿verdad? Tienes que darnos tu palabra de que, si la puerta se abre, estarás de nuestro lado.

–Teniendo en cuenta que, como dueña del Cetro, soy la única que puede utilizarlo como es debido, vale más que confíes en ello.

–Necesito alguna garantía, China.

–No doy garantías. Tendrás que fiarte de mí, sin más. Es lo único que vas a lograr.

Valquiria trató de colocar la gema de otra forma, y por fin entró en la ranura. El Cetro se cerró y la piedra empezó a brillar.

–Ya está –dijo Valquiria, sorprendida de haberlo conseguido. China lo cogió de sus manos.

–Échate para atrás –le ordenó. Apuntó con el Cetro a la caja de roble, pero no ocurrió nada. Ella se quedó mirando el arma, desconcertada–. No funciona.

–A lo mejor no es la gema adecuada –sugirió Valquiria–. Puede que sea demasiado grande.

–Soy el último que utilizó el Cetro –apuntó Skulduggery–. Quizá sea yo el propietario.

Apuntó con él a la caja, pero no surgió rayo alguno.

Valquiria se quedó descorazonada.

–O sea, que ha sido una pérdida de tiempo. Y ahora no tenemos nada con lo que enfrentarnos a los Sin Rostro.

–No –dijo China–. Fíjate: la gema resplandece. El Cetro tiene poder, solo que no identifica a su dueño legítimo.

Skulduggery se lo entregó a Valquiria.

–Pruébalo.

Ella frunció el ceño.

–No es mío. Tú lo empleaste contra Serpine y luego se lo diste a China. El dueño tiene que ser uno de vosotros dos; yo no tengo nada que ver.

–Cuando se lo regalé a China, estaba estropeado. Tú acabas de reponer su fuente de energía, y has sido la primera persona que lo ha empuñado desde que ha vuelto a la vida.

Valquiria, sin comprender aún la lógica del asunto, cogió el Cetro y lo sostuvo en alto, apuntando a la caja.

–¿Cómo se dispara? –preguntó.

–Desea que dispare, y lo hará.

–Ya, pero ¿hay que pensar alguna orden concreta, como por ejemplo «fuego», o solo tienes que...?

La gema emitió un rayo negro que redujo la mesa a un montón de polvo, y la caja de roble cayó al suelo con gran estrépito.

Valquiria se quedó mirando la escena.

–No he dado a la caja.

–No, pero mira el lado bueno: te has cargado la mesa.

La gema fulguró de nuevo, soltó un rayo, y una librería desapareció entre un remolino de polvo. China pegó un grito de consternación, y Valquiria, otro de sorpresa.

–¡Ha sido sin querer! –exclamó–. He pensado en ello, y entonces...

Skulduggery apartó a China de un tirón, justo cuando otro rayo fulminaba la estantería que había a su espalda.

Valquiria se dio la vuelta bruscamente y arrojó el Cetro a las manos de Skulduggery.

–¡Quítalo de mi vista!

–¡Mis libros! –gritó China.

–¡No puedo utilizarlo, Skulduggery! ¡No puedo! He intentado no pensar que el Cetro disparaba, pero era incapaz de lograrlo. ¡Me venía a la cabeza una y otra vez!

–No pasa nada –dijo Skulduggery con voz tranquilizadora–. Nadie ha sufrido ningún daño.

–¡Mis libros! –repitió China furibunda.

–China, lo siento muchísimo... –empezó a decir Valquiria, pero se quedó sin habla.

China lanzó una mirada iracunda a los dos.

–Algunos de esos libros eran únicos.

–Lo comprendo.

–No tenían precio, Skulduggery. Más que eso... Contenían tantos secretos, tantas historias...

–Estoy dispuesto a pagar lo que sea para compensar el daño que te hemos causado

–¡No se pueden pagar unos libros que no tienen precio! ¡Por eso se dice que no tienen precio!

–Pues, al menos, déjame pagarte las estanterías.

–¿Las estanterías? –China soltó un chillido y se dio la vuelta con las manos en la cara. Valquiria oyó cómo contaba, lentamente, hasta diez.

Cuando acabó de contar, se volvió a ellos con un intento de sonrisa que, al cabo de un momento, resultó casi convincente.

–Valquiria, parece ser que eres la dueña del Cetro. Es una noticia estupenda. Quiere decir, entre otras cosas, que no tienes por qué dejar esa arma excepcional en las manos de una persona en quien no confías.

–China... –comenzó a decir Skulduggery; pero ella levantó la mano para atajarle.

–No hace falta decir que no puedes utilizarlo –continuó diciendo–. En fin, al menos por el momento. Tienes que esconderlo en alguna parte.

Valquiria frunció el ceño.

–¿Por qué?

–Si la Diablería se entera de que funciona, te pondrán en el punto de mira. Tratarán de capturarte con vida y de someterte, pero sin llegar a matarte, a fin de que la propiedad del Cetro no pase a la próxima persona que se haga con él.

–También hay otro motivo –añadió Skulduggery–. Si consiguen hacerse con él, ya no tendremos ningún arma con la que detener a los Sin Rostro. Debemos conservar el Cetro como último recurso, esconderlo bien hasta que se abra la puerta.

–Suponiendo que se abra –apuntó Valquiria.

–Optimista hasta la muerte... –dijo China ásperamente.

–Aun así, China, nos sería útil tu ayuda –intervino Skulduggery.

–Tonterías –replicó China–. No me necesitáis para nada. Además, el portal da a una granja. Una GRANJA, Skulduggery. ¿Tengo pinta de poseer unos zapatos apropiados para una granja?

El hombre delgado se acercó corriendo y susurró algo al oído de China, quien asintió y volvió a encararlos.

–Creo que tendríais que volver al Hibernian. Han tenido lugar ciertos acontecimientos.

27

UN PARPADEO

TODAVÍA no habían llegado al cine Hibernian cuando el señor Bliss los abordó. Les puso al corriente de lo ocurrido, y luego les contó que Remus Crux se había marchado en compañía de los Hendedores, con la ridícula intención de capturar a los miembros de la Diablería mientras huían con Guild a cuestas. Los principales inconvenientes de semejante plan eran, en primer lugar, que el enemigo les llevaba demasiada ventaja; y, en segundo lugar, que nadie sabía en qué vehículo iban, suponiendo que fueran en alguno. Si Bliss había dejado que Crux se marchara, era simplemente porque quería perderle de vista.

Recorrieron a toda prisa el pasillo central del cine, mientras Abominable y Tanith salían al escenario por la puerta de la pantalla. Valquiria los miró para ver si estaban heridos, y al darse cuenta, Tanith le hizo un guiño. Un gesto mínimo pero tranquilizador, que redujo la violencia con que latía el corazón de Valquiria.

–Lo siento –le dijo Abominable a Skulduggery–. Hemos hecho lo que hemos podido, pero...

–Tu misión no era proteger a Guild, sino a Fletcher –le recordó el detective–. ¿Dónde está?

–Aquí –dijo Fletcher justo a espaldas de Valquiria. Ella dio un salto y le fulminó con la mirada; Fletcher se esfumó y reapareció en el escenario, al lado de Tanith–. No vais a entregarme a esos chiflados, ¿verdad? Ya sé que han tomado a un rehén, y tal, pero se trata de un vejestorio que ya tiene un pie en la tumba. Yo soy más importante, por lo que no debo correr ningún peligro, ¿sí o no?

–No vamos a canjearte por él –dijo Tanith.

–La verdad es que sí vamos a hacerlo –replicó Bliss.

Todo el mundo se le quedó mirando. Él permaneció impasible, como una roca en un mar revuelto.

–Esto es una locura –protestó Abominable–. ¿Nos está diciendo que debemos entregarles al último de los Teletransportadores, solo porque nos lo pide usted? ¿Y para canjearlo por Guild, precisamente?

–Si no lo hacemos, no vacilarán en matar al Gran Mago.

–Bliss –dijo Skulduggery–. Si les entregamos a Fletcher, será el fin de este mundo.

–Y si dejamos que maten a Thurid Guild –replicó Bliss sin alterarse–, el mundo se hundirá en el caos.

–Prefiero el caos a la muerte –declaró Abominable.

Bliss negó con la cabeza.

–Irlanda es la cuna de la magia. Los primeros Antiguos eran paisanos nuestros, y lucharon contra los Sin Rostro en nuestras mismas costas. Esta tierra contiene secretos magníficos y espantosos al mismo tiempo, secretos que codician todos los Consejos del mundo. Si perdemos a otro Gran Mago cuando apenas han pasado dos años de la muerte de Meritorius, ¿cuánto crees que van a esperar nuestros amigos y vecinos para tomar cartas en el asunto?

–Todos sabéis que no soy ninguna admiradora del Santuario inglés –intervino Tanith–, pero ni siquiera ellos estarían dispuestos a cometer una estupidez tan grande como la de intentar hacerse con el poder.

–Si pudieran afirmar que lo hacen por nuestro bien, es posible que les mereciera la pena arriesgarse. No se trata de política, sino de poder. Tenemos el deber de proteger lo que nos pertenece, no por egoísmo, sino por necesidad. Si cae en malas manos, la magia de esta tierra podría transformar la faz del mundo.

Skulduggery se quitó el sombrero y sacudió una brizna imaginaria del ala.

–Sin embargo, si les entregamos a Renn y la Diablería se sale con la suya, la faz del mundo se transformará igualmente.

–Es por eso, detective, por lo que tendrás la misión de evitar que ocurra semejante cosa. Tendrás dos misiones: rescatar a Thurid con vida y relativamente ileso, y procurar que la Diablería no ponga las manos sobre Fletcher Renn.

–Me estás diciendo que debemos engañarlos con un doble juego.

–En efecto.

Skulduggery se encogió de hombros.

–La verdad es que es exactamente lo que tenía intención de hacer.

–¿Seguimos siendo fugitivos? –pregunto Valquiria.

–Por desgracia, sí –respondió Bliss–. En ausencia de Guild, tengo yo el mando, pero mientras haya un espía en el Santuario, será demasiado peligroso que volváis a formar parte del equipo.

Haré lo posible por impedir que Remus Crux se acerque mucho a vosotros, pero no le destituiré como jefe de la investigación; así nuestro espía tendrá algo de lo que ocuparse.

–Fuera –ordenó Kenspeckle.

Todos se volvieron a mirarle en el momento en que cruzaba la puerta de la pantalla.

–Fuera –repitió–. Largaos todos. Este es un centro de magia científica, un lugar de conocimiento y curación. No es en absoluto un lugar de violencia.

–Profesor... –empezó a decir Skulduggery, pero Kenspeckle levantó la mano para atajarle.

–Traes la muerte y la destrucción a mi casa, detective Pleasant. Siempre lo has hecho. Y, aunque no me importa remendaros a ti y a tus amigos, no estoy dispuesto a quedarme mirando mientras convertís este sitio en vuestro cuartel general.

»Esta tarde han asaltado mi centro los Hendedores. ¡Los Hendedores! Y por si esto fuera poco, un grupo de fanáticos adoradores de los Sin Rostro se han dedicado a atacar personas justo en el sitio donde estáis. Hice un juramento comprometiéndome a curar a los demás, pero hoy me he visto obligado a emplear mi poder para causar daño. ¡Es imperdonable! ¡Imperdonable!

Valquiria se encogió, esperando con temor el momento en que sacaría a relucir sus heridas para atacar de nuevo a Skulduggery. Kenspeckle la miró a ella y luego a Skulduggery, pero el momento no llegó.

–Estoy dispuesto a curar vuestras heridas –dijo–, pero no pienso facilitar vuestras batallas. ¡Fuera de aquí todos!

Se dio la vuelta y cruzó el hueco de la pantalla. Al cabo de un instante, se desvaneció la imagen de la puerta, empezó a cerrarse el telón y se encendieron las luces de la sala.

Bliss fue el primero en marcharse. Los demás se quedaron mirando cómo Skulduggery se calaba de nuevo el sombrero, y luego se pusieron los abrigos a regañadientes. Abominable cogió dos bolsas grandes y todos salieron del cine.

Había dejado de llover. Skulduggery abrió el Horror Morado.

—Tendremos que volver a mi casa, supongo —comentó Abominable cargando las bolsas en su camioneta.

—Vale —asintió Fletcher cogiendo del brazo a Valquiria—. Nos veremos allí.

Y se teletransportaron los dos.

Valquiria sintió como si parpadeara, y en lo que duró ese parpadeo, notó una ráfaga de aire, se sintió ligera y el estómago le dio un salto. Vio que no había nada en derredor ni debajo de sus pies, salvo la mano de Fletcher en su brazo. Sus manos eran lo único palpable, y le parecieron agradables, cálidas y reconfortantes.

Y de pronto se encontraron en la azotea de la tienda de Abominable. A Valquiria le entró un mareo súbito, y estuvo a punto de caerse de rodillas. Fletcher la miraba sonriendo.

—¿Estás bien? —le preguntó amablemente.

Ella le dio un puñetazo en la mandíbula que le hizo tambalearse.

—¿POR QUÉ LO HAS HECHO? —bramó él.

Valquiria le lanzó una mirada iracunda, aliviada porque ya se le estaba pasando el mareo.

—Por el susto, más que nada —le espetó furiosa—. ¡No puedes teletransportar a la gente sin advertírselo! ¿Y si llega a pasar algo? ¿Y si solo hubieras teletransportado la mitad de mi cuerpo?

—Eso no sucede nunca.

—¿O si me hubieras soltado el brazo en mitad del camino?

–Es imposible.

–¿O si hubiéramos reaparecido dentro de una pared, o algo así?

Él titubeó.

–Vale, eso sí que es un peligro... Pero lo único que necesito es haber estado en un sitio y ser capaz de imaginármelo. Creía que te gustaría, sinceramente.

Sonó el teléfono de Valquiria. Era Skulduggery. Le aseguró que estaba bien y que le esperaba en la sastrería de Abominable. Colgó.

–Jura que va a matarte –le dijo a Fletcher, que se encogió de hombros.

–Lo dice siempre.

–Pero esta vez va en serio.

–¿Y a mí qué? Si me entrega a ese hatajo de locos, moriré igualmente, ¿no?

Valquiria no respondió. Fletcher contempló la ciudad que se extendía a su alrededor.

–Es bonita la vista, desde aquí arriba –siguió diciendo–. Con tantas farolas... La lluvia le da una especie de brillo a todo, ¿verdad? En Londres ocurre lo mismo. A veces te olvidas de lo sucia que está la ciudad –la miró a los ojos–. ¿Qué le ocurrirá al tal Guild? ¿Crees que van a matarle?

Valquiria titubeó.

–No lo sé.

–¿Te importa?

–¿Qué? Claro.

–No te cae bien.

–Pero no quiero que le maten.

Fletcher estuvo un rato en silencio.

–¿Tiene novio Tanith?

Ella le miró con incredulidad, asombrada por aquel cambio radical de tema.

–No tienes la más mínima posibilidad.

–¿Y tú qué sabes?

–Lo sé muy bien.

–Dame tres razones de peso.

–Me basta con dos. La primera es que es demasiado mayor para ti, y la segunda es que eres un pelma de mucho cuidado.

–Oye, que seas demasiado joven para apreciar mis encantos no significa que carezca de ellos. Soy un buen partido.

–¿Es eso lo que dice tu madre? –dijo Valquiria sonriendo burlona.

–Pues no. Mi madre murió.

La sonrisa se le desvaneció de los labios.

–Vaya.

–¿Y tu familia, qué? ¿Qué opinan de tus peripecias como aventurera y detective de crímenes mágicos?

–No saben nada de ellas. En casa tengo un espejo; solo he de tocarlo para que salga mi reflejo y se ocupe de todas las cosas aburridas, como ir a la escuela, hacer los deberes y ser amable con los demás.

–¿Que tu reflejo cobra vida? –dijo Fletcher con los ojos muy abiertos.

–Exacto.

–¿En serio? ¡Qué pasada! Entonces, ¿todo el mundo cree que eres una chica normal?

–Creen que soy un poco rarita, pero, fundamentalmente, sí.

–Es asombroso. O sea, que sois dos.

–Más o menos.

Él se quedó callado. Valquiria, al cabo de un momento, empezó a preguntarse en qué estaría pensando.

–¡Qué fuerte! –exclamó por fin–. ¿Podría tener yo uno de esos espejos? A lo mejor podríamos canjear mi reflejo por el tal Guild. A menos que el reflejo en cuestión tenga las mismas habilidades que yo, lo que en cierto modo iría en contra de lo que pretendemos lograr.

–No, los reflejos no pueden hacer magia, pero no daría resultado. Por regla general, los magos reconocen un reflejo a la legua.

Fletcher se encogió de hombros.

–Valía la pena intentarlo. Te aseguro que me alegraré mucho cuando termine todo esto y pueda volver a mi vida normal.

–¿Cómo era tu vida? ¿Cómo pasabas el día?

–Hacía lo que me daba la gana. Mi poder no apareció con la práctica, ni me hablaron de él; me vino así, sin más. Lo tengo de nacimiento. Eso significa que puedo ir a donde quiera y hacer cualquier cosa. Así que me pasaba todo el día haciendo exactamente lo que me daba la gana.

–Tendrías que buscarte un instructor.

–¿Quién? Han muerto todos los Teletransportadores.

–Como me dice siempre Skulduggery, la magia es la magia. Sus principios fundamentales son los mismos, sea cual sea tu poder.

Fletcher hizo un mohín.

–Me recuerda mucho a la escuela.

–Por lo general es más divertido –dijo ella sonriendo–. Puede que tus dotes sean de nacimiento, pero nunca llegarás a dominarlas la perfección si no te ejercitas.

Él desapareció y luego dijo desde detrás de Valquiria:

–Ya las domino bastante.

Ella suspiró y volvió la cabeza.

–Vale –dijo–, es una actitud muy madura.

Fletcher le dio un golpecito en el hombro; Valquiria se rió y trató de agarrarle, pero entonces él apareció delante de ella con su sonrisa de chulito.

Aguardaron diez minutos más en la azotea. Valquiria hacía lo posible por no sonreírse al oír sus comentarios impertinentes; pero, por mucho que se esforzara en estar seria, se dio cuenta de que Fletcher la divertía. Cuando vieron acercarse los faros del Horror Morado y de la camioneta de Abominable, Fletcher le tendió el brazo y Valquiria se sujetó a él. De nuevo fue como un parpadeo; se sintió como si la arrastraran y al instante estuvieron en la acera. Valquiria se agarró a él hasta que se le pasó el mareo.

Se separaron cuando Skulduggery se dirigió hacia ellos dando grandes zancadas. Se plantó con toda su mole delante de Fletcher, que parecía bastante nervioso, y Abominable y Tanith corrieron tras él.

–No vuelvas a hacerlo jamás –le advirtió Skulduggery.

Fletcher asintió con la cabeza.

–Hay alguien en la tienda –dijo Abominable por lo bajo. Siguieron su mirada hasta la puerta, que estaba entreabierta. En el interior reinaba la oscuridad.

Skulduggery sacó el revólver y miró a Fletcher de reojo.

–Olvídate de lo que te acabo de decir y teletranspórtate a otro sitio. Valquiria, acompáñale.

Ella se cogió a su brazo y señaló hacia arriba. Fletcher asintió y reaparecieron en la azotea. Esta vez, el mareo fue pasajero. Acto seguido, Valquiria avanzó sigilosamente en dirección a la claraboya. Los dos se pusieron en cuclillas y atisbaron por el cristal.

La luz de las farolas desgarró la oscuridad cuando la puerta del local se abrió del todo. Valquiria no alcanzaba a ver con claridad, pero se imaginó que Skulduggery y los demás irrumpían en la tienda y registraban todos los rincones, moviéndose con silenciosa determinación. Al cabo de unos momentos oyó voces; no eran gritos de alarma, sino una conversación.

Alguien encendió la luz.

Skulduggery se guardaba el revólver y Tanith envainaba la espada. Abominable se alejó del interruptor y se reunió con ellos, que estaban delante de Solomon Wreath y dos Nigromantes más.

—No hay peligro —le dijo Valquiria a Fletcher—. Vamos.

Se pusieron en pie y él le cogió la mano. Valquiria parpadeó y al instante se hallaron en la tienda, haciendo que se volvieran todos ante su llegada repentina. Wreath la saludó con un movimiento de cabeza y luego continuó hablando.

—Nosotros tres somos el destacamento completo de Nigromantes que ha acudido en vuestra ayuda. Los demás opinan que tendríamos que dejaros librar a solas vuestras batallas.

—¿Pero tú no estás de acuerdo?

—Creo que es una forma insensata de abordar este asunto, y mis colegas coinciden conmigo.

Sus colegas vestían de negro. Una era una mujer con una capa que le cubría los hombros, cuyos extremos parecían retorcerse entre las sombras. El otro, un hombre, llevaba un antiguo trabuco en una funda sujeta a la pierna. Ninguno de ellos tenía un aspecto cordial en lo más mínimo.

—Tres Nigromantes no constituyen un destacamento —dijo Abominable, que no parecía impresionado en absoluto.

—Cuatro en total —dijo Wreath golpeando el suelo con el bastón.

Entró una figura procedente de la trastienda. En un santiamén, Skulduggery empuñaba el revólver, Tanith esgrimía la espada y Abominable tenía fuego en las manos.

El Hendedor Blanco se colocó junto a Wreath.

Skulduggery bajó el percutor del arma.

–Explícate, Wreath. Este hombre lleva dos años en la lista de los más buscados del Santuario.

Wreath sonrió con cara de inocencia.

–Te aseguro, Skulduggery, que mi colega no era capaz de responder de sus actos.

–¡Estuvo a punto de matarme! –rezongó Tanith.

–Bajo las órdenes de Nefarian Serpine –señaló Wreath–. Es evidente que no estaba en posesión de su voluntad.

El Hendedor Blanco se limitó a permanecer completamente inmóvil. La guadaña que hiriese a Tanith estaba sujeta a su espalda.

–¿A qué se debe que haya terminado uniéndose a vosotros? –preguntó Skulduggery.

Wreath se encogió de hombros.

–Serpine empleó una técnica de nuestra cosecha para devolverle la vida. En cuanto lo averiguamos, conseguimos acabar con el control que ejercía sobre el Hendedor, y este se convirtió en uno de los nuestros.

–¿De modo que fue por vuestra causa por lo que hizo caso omiso de las órdenes de Serpine en el Santuario?

–Fuimos nosotros, en efecto. Ojalá hubiéramos podido acabar antes con la influencia de Serpine. La señorita Low no habría resultado herida, y el señor Abominable no habría tenido que transformarse en adorno de jardín.

Abominable se abalanzó sobre él, pero Skulduggery le sujetó.

Tanith se acercó al Hendedor Blanco y este bajó la mirada para observarla. La cara de Tanith se reflejaba en la visera.

–¿Tiene poderes nigrománticos? –preguntó dirigiéndose a Wreath, pero sin quitarle los ojos de encima al Hendedor.

–No. Es un simple Hendedor, aunque de los mejores. Además, está muerto, se repara solo y, hasta cierto punto, es invencible. Es el fruto de una de nuestras técnicas, por lo que, siendo como es un soldado, su instinto le mueve a obedecer nuestras órdenes y estar de nuestro lado. En esta ocasión, afortunadamente, nuestro lado también es el vuestro.

Tanith se dio la vuelta y se alejó despacio.

–Estará de mi lado, pero no pienso dejar que esté a mi lado.

–Lo mismo digo –gruñó Abominable.

–A pesar de todo –dijo Wreath–, forma parte del destacamento de Nigromantes que habéis solicitado. Nosotros tres y el Hendedor Blanco. A menos, claro está, que penséis que sois capaces de detener a la Diablería sin nuestra ayuda.

Skulduggery volvió a guardar el revólver.

–Si alguno de nosotros sale con vida, Wreath, tú y yo vamos a charlar un ratito.

28

LA DESPEDIDA

VALQUIRIA entró por la ventana de su cuarto la mañana del sábado, justo cuando su reflejo se despertaba.

–Tienes muy mala cara –observó mientras se incorporaba en la cama para mirarla.

–Gracias –respondió Valquiria, lanzando el abrigo al armario. Había dormido un par de horas en el sofá de Abominable, y estaba exhausta. Se sentó y se quitó las botas.

–Tus padres se marchan a París dentro de media hora –dijo el reflejo–. ¿Has venido a despedirte?

–De eso se trata.

–¿Quieres que vuelva al espejo?

Valquiria se desvistió, arrinconó con el pie su ropa negra y se puso el albornoz.

–No me quedaré mucho rato –respondió–. Voy a darme una ducha; luego les daré un beso y me volveré a ir.

–¿Así que me quedo aquí?

–Escóndete debajo de la cama, por si entra mamá.

El reflejo hizo lo que le mandaba; Valquiria vio cómo retiraba un pie desnudo para que no sobresaliera.

–¿Estás bien ahí abajo?

–Estoy bien –contestó el reflejo–. Además, he encontrado la ropa interior que perdiste.

–Excelente noticia. No hagas ruido, ¿de acuerdo?

Valquiria entró en el baño silenciosamente, cerró la puerta con pestillo y abrió el grifo de la ducha. Se metió en ella y dio un suspiro al notar el chorro de agua caliente. Apoyó la barbilla en el pecho, cerró los ojos y, al cabo de unos segundos, notó que el pelo se le pegaba a la cabeza. Sentía la suciedad, la mugre y el sudor escurrirse por su piel, y le gustaba mucho. Se volvió a pasar la lengua por los dientes, para probar la pieza nueva. Aún le parecía excesivamente grande, pero no quería empujarla demasiado fuerte por miedo a que se le soltara.

Se lavó el pelo. Los músculos se le estaban aflojando; empezaba a relajarse. No se había dado cuenta de lo tensa que estaba, pero se imaginó que un masaje le vendría de perlas en ese momento. China, sin lugar a dudas, sabría a quién recurrir.

Valquiria trató de pensar en lo que iba a decirles a sus padres, y sintió un hormigueo en el estómago. En los últimos dos años había tenido que despedirse de ellos muchas veces, pensando siempre que era posible que no los volviera a ver, y el tiempo no parecía facilitarle las cosas.

En cuanto hubo terminado, salió de la ducha y se secó con la toalla. Entonces oyó pasos al otro lado de la puerta.

–Buenos días, cariño –dijo su madre.

–¡Buenos días!

Valquiria limpió el vaho del espejo y se miró. No tenía una sola marca en la cara: ni un corte, ni un moretón. La ducha la había reanimado y ya no parecía tan cansada. Estaba segura de que en su aspecto no había nada que pudiera preocupar a sus padres. Se podrían marchar sin la más mínima ansiedad.

Siempre, claro está, que fuera capaz de despedirse de ellos sin comportarse como si fuera la última vez que los viera.

Respiró hondo, se puso la bata y volvió a su cuarto. Se vistió con unos tejanos, una camiseta y una chaqueta cerrada con cremallera. Luego se calzó unas zapatillas. Ensayó varias sonrisas, y, cuando le pareció que eran convincentes, bajó las escaleras pisando fuerte y con el ceño fruncido.

–Alguien está de mal humor –canturreó su padre al verla entrar en la cocina.

–¿Por qué no puedo ir con vosotros? –protestó quejumbrosa–. ¿Por qué tengo que quedarme con Beryl?

–Porque es un fin de semana romántico –respondió él–. No sería muy romántico si nos acompañaras, ¿verdad?

Valquiria se dejó caer en una silla.

–¿Para qué necesitáis el amor, si ya estáis casados? El amor tendría que reservarse para las personas como yo.

Su padre frunció el ceño.

–No buscas el amor, ¿verdad? No tienes más que catorce años. Tendrías que pensar en otras cosas... En muñecas, por ejemplo.

–¿Cuándo fue la última vez que me viste con una muñeca, papá?

–Sé que tenías una cuando eras una cría, pero me parece que te reías de ella y la pegabas.

–Es que era una cría muy legal.

En ese momento entró su madre.

–Des, ¿dónde tienes el pasaporte?

–¿Lo necesito?

–Vamos en avión. Sí que lo necesitas. ¿Dónde está?

–Hummm, ¿en el sitio de siempre?

–Dijiste que lo tenías. Anoche te lo pregunté y me aseguraste que lo tenías.

El padre de Valquiria asintió con expresión meditabunda.

–Ya lo recuerdo. Pero es posible que mintiera.

–Por el amor de Dios, Edgley.

Su madre solo le llamaba por el apellido cuando se enojaba con él.

–Está por aquí, en alguna parte –dijo él riendo–. Tú sigue haciendo las maletas, que cuando tengamos que irnos ya lo habré encontrado.

–Nos vamos dentro de siete minutos.

Él trago saliva.

–No pasa nada.

La madre de Valquiria exhaló un suspiro y salió.

–Mamá –la llamó ella–, ¿a qué edad saliste con tu primer novio?

–¿Mi primer novio como es debido?

–Sí.

Su padre frunció el ceño.

–Define eso de «como es debido».

–A los trece años –oyó Valquiria que respondía su madre–. Des, encuentra el pasaporte.

–¿A qué te refieres con lo de «como es debido»? –le preguntó él de lejos, pero no obtuvo respuesta; se volvió a Valquiria–. Las cosas eran diferentes cuando tu madre y yo éramos pequeños. Era una época más inocente. Teníamos que esperar dieciocho meses solo para cogernos de la mano. Eran las normas, y nos parecía bien así.

—Creo que eso te lo inventas, papá.

—Los chicos son un desastre —repuso él—. Si lo sabré yo, que fui uno.

Llamaron al timbre. Mientras su padre buscaba el pasaporte y su madre terminaba de hacer el equipaje, Valquiria fue a abrir la puerta.

—Hola, Stephanie —dijo Remus Crux.

Ella se quedó de piedra. Crux llevaba sus pantalones holgados y su cazadora de siempre, pero ese día complementaba su atuendo con una sonrisita repulsiva.

A Valquiria se le secó la boca.

—¿Qué hace aquí? —inquirió bajando la voz—. No puede venir a mi casa.

—Traigo una orden de detención —dijo Crux con dulzura—. ¿Acaso creías que no sería capaz de averiguar quién eras y dónde vivías? Por si tu relación evidente con el difunto Gordon Edgley no te delatara bastante, el verano pasado te persiguieron una docena de vampiros por las calles de este pueblecito encantador. Soy detective, señorita Caín. Me dedico a averiguar cosas, y este misterio en particular no ha sido demasiado difícil.

—Mis padres están en casa. No puede detenerme.

—Una de dos: o te detengo ahora mismo, o me dices el paradero del esqueleto y el sitio donde tiene secuestrado al Gran Mago.

—A Guild le ha secuestrado la Diablería. Guild está en manos de Batu.

—Por lo que he oído durante mis pesquisas, no existe ningún Batu. Nadie te culpa de nada, Valquiria. Me comprendes, ¿verdad? Skulduggery te ha llevado por el mal camino, es el pan nuestro de cada día. Nada de lo ocurrido es culpa tuya. Ahora, sin embargo, tienes que cumplir con tu obligación.

Ella le lanzó una mirada iracunda.

–No puede presentarse en mi casa y amenazarme.

–¿Me vas a decir dónde está Skulduggery?

–No, de ningún modo.

–Pues estás detenida.

Valquiria trató de cerrar la puerta, pero Crux la sujetó para impedírselo.

–Lárguese de aquí –dijo ella, con la voz quebrada de rabia–. Existen ciertas normas. No se puede demostrar un poder mágico ante civiles. Mis padres son civiles. Si me detiene, nos descubrirá a todos.

Crux pegó la cara a la rendija de la puerta.

–Estás detenida.

Valquiria miró en derredor al oír que se acercaba su madre arrastrando la maleta, y cuando volvió de nuevo la cabeza, Crux ya no estaba.

–¿Quién era? –preguntó su madre.

–Nadie –respondió ella rápidamente–. Se equivocaba de casa.

Su madre asintió con la cabeza, y luego vio un pasaporte en la mesa que tenía al lado. Miró hacia lo alto de las escaleras y gritó:

–¡Desmond! ¡Ya he encontrado tu pasaporte! ¡Es hora de irnos!

Valquiria abrió la puerta de par en par, como si dejara espacio para la maleta de su madre. Salió a la calle y miró en todas direcciones para asegurarse de que Crux no estaba a la vista.

Su padre bajó las escaleras, cogió el pasaporte y lo abrió.

–Esto no es mío –dijo–. Es de un tipo feísimo con cara de bobo.

La madre de Valquiria exhaló un suspiro.

–Sube al coche.

–Es mi regalo de aniversario –protestó él–. Lo cual significa que ahora mando yo.

–Sube al coche.

–Sí, cariño –murmuró él cogiendo su bolsa y saliendo a la calle con paso cansino. Se detuvo para dar un abrazo a Valquiria y hacerle un guiño–. Sé buena, ¿vale? Y trata bien a tus primas. Bien sabe Dios que alguien tiene que hacerlo...

Siguió caminando y tras él salió su madre.

–Beryl te espera a la hora de comer –dijo–. No será tan espantoso como te imaginas.

Por un instante, Valquiria consiguió quitarse a Crux de la cabeza. Se quedó mirando a su madre, con el deseo de poderla prevenir de lo que se avecinaba.

–Espero que lo paséis en grande –fue lo único que logró decir. Después miró cómo cargaban el equipaje en el maletero del coche y daban marcha atrás por la entrada. Conducía su padre, y su madre le decía adiós con la mano. Valquiria sonrió forzadamente y le devolvió el saludo, hasta que el coche se perdió de vista.

Entonces echó a correr.

No tuvieron que pasar más que unos segundos para que viera a Crux a sus espaldas. Valquiria se desvió bruscamente a un lado y se escabulló entre la estaca de una cerca y la pared; luego atravesó a toda prisa el terraplén cubierto de hierba que bordeaba un huerto de coliflores. Oyó traquetear la cerca y volvió la cabeza justo cuando Crux trataba de franquearla.

Valquiria dejó el terraplén y atravesó el huerto a todo correr. Le pesaban mucho los pies, ya que el estiércol se le pegaba en montones a las zapatillas. No era fácil mantenerse en equilibrio, pero de niña lo había hecho continuamente con sus amigas:

echaban una carrera al salir de la escuela, pasando por todos los atajos imaginables. Cruzar los surcos profundos donde estaban plantadas las coliflores exigía mantener cierto ritmo, un ritmo del que Crux carecía. Apenas había pasado diez surcos, se le enganchó el pie en un tallo grueso y se cayó de bruces.

–¡Estás detenida! –chilló.

Para cuando se hubo levantado, Valquiria ya estaba en mitad del huerto. Correr de ese modo, con los pies tan pesados y teniendo que levantar mucho las rodillas, la estaba dejando agotada por momentos. Se dio la vuelta y subió por uno de los surcos, en dirección a un punto donde se interrumpía la cerca. Volvió la cabeza: Crux estaba de nuevo despatarrado sobre los terrones.

Llegó al extremo del huerto y corrió derecha hacia la abertura de la cerca. Cuando tenía ocho años, había intentado salir por allí y había terminado metida en la cuneta, con el agua hasta la cintura y un montón de rasguños causados por espinos y brezos. Pero había llovido mucho desde entonces.

Empujó el aire que había a sus espaldas para aumentar la distancia del salto, y fue a caer al otro lado. Las piernas cansadas le fallaron un poco.

El huerto en el que aterrizó, por fortuna, no tenía plantadas coliflores, por lo que Valquiria pudo atravesarlo en diagonal. Cuando hubo trepado a la cerca y saltado a la carretera estrecha que había más allá, estaba completamente agotada. Volvió la cabeza y vio que Crux saltaba la acequia, se detenía tambaleándose y se agachaba con las manos en las rodillas. Parecía estar a punto de desplomarse.

Valquiria restregó los pies contra el suelo para sacudir los terrones de estiércol que quedaban, y reanudó la marcha en dirección opuesta al pueblo. Era cuestión de encontrar un escondrijo en algún lugar tranquilo y aislado. Luego llamaría a Skulduggery para que fuera a recogerla. Tenía muchas ganas de estar presente cuando le ajustara las cuentas a Crux.

Al llegar al punto en que la carretera se dividía en dos, el ruido de un motor le hizo volver la cabeza. Junto a la cerca, exactamente en el punto por el que Remus Crux trataba de trepar para salir del huerto, se había detenido una camioneta negra. A pesar de la distancia, Valquiria veía claramente el estado en que se encontraba: iba cubierto de estiércol de pies a cabeza. Estaba diciendo algo, probablemente con la respiración entrecortada, a quienquiera que estuviese en la camioneta. Acto seguido se abrió la puerta y salió un Hendedor.

–Mierda –rezongó Valquiria.

Crux señaló en su dirección, y el casco gris del Hendedor se volvió hacia ella.

Valquiria echó a correr.

Sabía que los Hendedores eran muy veloces, pero nunca la había perseguido ninguno. Parecía un atleta de los juegos olímpicos, de aquellos que corrían los cien metros lisos, y su velocidad aumentaba por momentos. Nunca lograría dejarle atrás y, si trataba de enfrentarse a él, era de temer que echara mano de la guadaña que llevaba a la espalda.

Un tractor con un motocultor a remolque salió ruidosamente de un campo cercano. Valquiria corrió hacia él, sintiendo un gran alivio. Los Hendedores eran la policía y el ejército del Santuario, todo en uno, por lo que estaba convencida de que serían mucho más precavidos que Crux en presencia de civiles.

El tractor se detuvo y el granjero salió. Valquiria lo conocía: era un amigo de su padre. Se acercó al motocultor para tensar la cadena con que estaba enganchado al tractor. Ella volvió la cabeza para sondear el terreno, pero el Hendedor se había esfumado.

–Hola, Steph –saludó el granjero al verla; al observar lo sucios que llevaba los tejanos y las zapatillas, esbozó una media sonrisa y frunció el ceño–. ¿Qué estabas haciendo?

–Hola, Alan –respondió ella, esforzándose por respirar con normalidad–. Nada, he salido a correr un poco.

–Ah, ya comprendo. Bueno, esto ya está listo –dijo él, comprobando que las cadenas estaban lo bastante tensas para que el motocultor no diera bandazos; luego se limpió las manos en los pantalones–. El caso es que no vas vestida exactamente para ir a correr, ¿verdad?

–Se me ha ocurrido de pronto. No lo he meditado mucho.

–Eso es justo lo que yo dije después de casarme con Annie –bromeó él, asintiendo–. Todo va bien, ¿verdad?

–Creo que sí –replicó ella.

–¿Han ido a pasar fuera el fin de semana, tus padres?

–Acaban de salir de viaje.

–¿Y tú ya andas metida en líos?

–No sería la primera vez, ¿verdad?

–Sí, ahora que lo dices... En fin, ¿estás segura de que todo marcha bien?

–Dejando aparte que pasaré el fin de semana en casa de Beryl, todo va perfectamente –respondió Valquiria–. ¿Te vas para casa? ¿Te importaría llevarme a la calle Mayor?

–¿Ya no quieres correr más?

–Correr tiene mejor fama de la que merece.

–Anda, sube –accedió Alan. Valquiria comenzaba a esbozar una sonrisa de alivio cuando oyó el ruido de un motor a su espalda.

Se dio la vuelta, con la sonrisa helada en el rostro, y vio cómo Crux salía de la furgoneta negra.

Alan se quedó mirando su ropa cubierta de estiércol y sus ojos llenos de furia, y luego se puso delante de Valquiria.

–¿Qué desea? –preguntó.

–Que se quite de ahí.

–Puede adelantarme con su camioneta. La carretera no es tan estrecha.

–No es tu tractor lo que me estorba, paleto. Lo que me estorba eres tú.

Valquiria no daba crédito a sus ojos. Esa situación infringía todas las reglas que le habían inculcado.

Alan se volvió a Valquiria.

–¿Este tipo es lo que te ha inducido a correr, Steph?

–No le conozco –mintió ella–. No le he visto en mi vida.

–¿Quieres hacerme un favor, Steph? ¿Quieres llamar a la policía?

–Soy detective –le espetó Crux dando un paso adelante, y entonces Alan le propinó un certero directo en la mandíbula.

–No te acerques a esta chica –dijo Alan sin alterarse, mientras Crux retrocedía echando fuego por los ojos.

Valquiria lo cogió del brazo para contenerle.

–No pasa nada –dijo rápidamente–. Vámonos, y basta. ¿Nos podemos ir? Por favor, solo quiero irme de aquí.

–Yo, de ti –le dijo Alan a Crux–, me largaría ahora mismo del pueblo. No quiero volver a verte por aquí, ¿entendido?

Crux lo fulminó con la mirada. Cuando el granjero se daba la vuelta, el detective dio un manotazo en el aire. Alan se estrelló contra el costado del tractor y se desplomó en la carretera. Valquiria soltó un grito y corrió hacia él, pero a sus espaldas apare-

247

ció un relámpago gris que le torció el brazo. Cayó de rodillas mientras las esposas se cerraban alrededor de sus muñecas, y antes de que pudiera mover un dedo, estaba maniatada.

El Hendedor la levantó del suelo.

–¡No puede hacer una cosa así! –gritó Valquiria mientras otro Hendedor se arrodillaba junto a Alan. Le buscó el pulso y miró a Crux asintiendo con la cabeza.

–Volverá en sí dentro de unos minutos –dijo Crux–. Y confío en que haya aprendido una pequeña lección.

–¡Ha atacado a un civil!

–Él me atacó primero. Tengo testigos.

–Ha empleado la magia contra él –exclamó ella furiosa–, y además por la espalda. Es un cobarde.

Crux exhaló un suspiro.

–Cumplía con mi deber. Si un civil resulta herido o bien, Dios no quiera, muere durante la persecución de un fugitivo, la culpa siempre es del fugitivo.

–Ya verá cuando se entere Bliss.

Crux agarró las esposas y las retorció brutalmente. Valquiria gritó de dolor. El detective se inclinó hacia ella.

–Puede que creas que el señor Bliss vendrá a socorrerte, pero es un hombre ocupadísimo, y a veces mis informes se pierden antes de llegar a su mesa. Es muy posible que no llegue a saber siquiera que te han detenido.

–Se arrepentirá –dijo Valquiria–. Le juro que se arrepentirá.

–Lo dudo –repuso Crux mientras la llevaba a la camioneta y la hacía entrar de un empellón–. En realidad, si tu captura me permite llegar a Skulduggery Pleasant, creo que incluso voy a ganarme un ascenso.

Cerró la puerta de golpe, dejando fuera la luz del sol.

29

COMPAÑEROS DE CELDA

POR desgracia –comentó Crux mientras llevaba a Valquiria hacia las celdas temporales–, estamos un poco saturados en estos momentos. Supongo que será debido a que el Santuario, por primera vez, dispone de un detective en jefe que saber hacer su trabajo.

–¿Lo conozco? –preguntó Valquiria; Crux, por toda respuesta, se limitó a tirarle con rabia de las esposas.

–Esto quiere decir que tendrás que compartir una celda –continuó diciendo Crux.

Valquiria palideció.

–¿Qué? No puede ser.

–No es la situación ideal, pero no nos queda otro remedio –replicó Crux, sin conseguir disimular la alegría de su voz.

Valquiria se debatió, pero él la arrastró brutalmente para obligarla a caminar.

–¡No puede hacer eso! –gritó ella, esperando que alguien la oyera–. Déjeme hablar con el señor Bliss.

–El señor Bliss está muy atareado con los asuntos del Santuario –se excusó Crux–. Te aseguro que vamos a solucionar esta situación. Por ahora, sin embargo, tendrás que ser buena y compartir tu cuarto.

Abrió la puerta de una celda y la hizo entrar de un empujón. Luego la encerró dando un portazo. En la litera había un hombre tumbado que se volvió hacia ella.

–Caín –gruñó Scapegrace.

Se abrió una ranura en la puerta.

–Las manos –dijo Crux.

–¡Sáqueme de aquí! –gritó Valquiria.

–Saca las manos por la ranura, si no quieres continuar esposada.

Scapegrace tenía el ojo derecho a la funerala, la nariz magullada y el labio partido. Se movía despacio, como si le doliera todo el cuerpo.

Valquiria metió las manos en la ranura y Crux le quitó las esposas.

–No hace falta decir que esta celda está vigilada, de modo que procura comportarte.

Ella se agachó para que él pudiera verle los ojos por la ranura.

–Detective Crux, no puede hacerme esto.

Crux le dirigió una sonrisa y cerró la ranura. Ella se volvió justo cuando Scapegrace se levantaba.

–Me rompieron los dedos –dijo enseñándole la mano vendada–. Esos Hendedores me rompieron los dedos y me molieron a palos. Os mondasteis de risa, tú y el esqueleto, ¿verdad? ¿Os mirabais sonriendo cuando me mandasteis que fuera a distraerlos?

Valquiria tenía la boca seca. No había dónde huir ni dónde esconderse. No podía emplear sus poderes ni llevaba su ropa protectora. Era una chica de tantas, atrapada en un cuartucho con un adulto que quería asesinarla.

–Te voy a matar de una paliza –dijo Scapegrace asintiendo–. Quería que mi primer asesinato fuera artístico, bello, pero supongo que podría conformarme con algo brutal. Sería un modo de empezar para luego ir mejorando.

–No saldrás jamás de la cárcel –dijo Valquiria con dificultad–. Si me matas, te pasarás el resto de tus días en una celda como esta.

–No, conseguiré salir. Ocurrirá algo que me permitirá escapar. Siempre me escapo.

–Serás un asesino. A los asesinos los encierran en celdas más seguras.

–¿Y cómo es eso? Porque la gente les tiene miedo. La gente me tendrá miedo.

Dio un paso adelante y ella retrocedió, notando la frialdad del acero de la puerta a través de la ropa.

–¿Y qué me dices de Skulduggery? –preguntó rápidamente.

–No le veo por aquí –repuso Scapegrace sonriendo.

–No te conviene que se convierta en enemigo tuyo, Vaurien. Lo sabes muy bien. En cuanto se entere de que me han detenido, vendrá a por mí. Entrará por esa puerta en cualquier momento, igual que hace dos días, y verá lo que has hecho. ¿De veras quieres estar presente en ese momento?

Scapegrace se mostró indeciso.

–Me pondrán en una celda de protección temporal –razonó–. De un tiempo a esta parte, no le tienen mucho aprecio a tu amigo, por si lo has olvidado. Me pondrán en una celda especial para que no pueda encontrarme.

–Te encontrará. Te dará caza.

–Que lo intente –replicó él con desdén.

Valquiria conocía las normas: Tanith se las había inculcado repetidamente. Si no podías elegir, cuando la violencia era casi inevitable y la huida imposible, la norma consistía en atacar primero y sin previo aviso.

Scapegrace era un adulto. Medía más de un metro ochenta y tenía la fuerza normal de un hombre de su talla. Valquiria era una chica de catorce años, alta para su edad, y llevaba un par de años entrenándose con dos de los mejores profesores de artes marciales que existían. Scapegrace no dejaba de ser más fuerte que ella, pero estaba herido. Se apoyaba en la pierna derecha y ladeaba un poco el cuerpo. Valquiria sospechó que tendría alguna costilla rota.

«Golpea primero y sin previo aviso».

Valquiria le lanzó un patada a la pierna izquierda que le arrancó un grito a Scapegrace; luego trató de darle un codazo en la cara, pero él levantó los brazos y se puso a agitarlos. Ella le pegó un empujón para tener más espacio, y él contraatacó con un gancho de derecha que le dio a Valquiria en plena mandíbula y la estampó contra la puerta, donde estuvo en un tris de caerse.

Cuando Scapegrace iba a pegarle otro puñetazo, Valquiria se dio la vuelta bruscamente y lo paró con el hombro. De haber llevado el gabán negro, la tela habría amortiguado el golpe, pero en ese momento la hizo tambalearse.

De nuevo Scapegrace trató de cogerla, pero Valquiria le agarró la mano vendada y se la retorció con todas sus fuerzas. Él soltó un chillido y se olvidó por completo de atacarla. Valquiria se alejó de la puerta sin soltarle los dedos rotos, y le hizo describir un círculo a su alrededor. Luego le bajó la mano y le obligó a arrodillarse.

–¡Suéltame! –suplicó Scapegrace, con lágrimas en los ojos–. ¡No quería matarte, te lo juro! ¡Lo decía en broma!

Le soltó la mano y él se la sujetó contra el pecho; en ese momento, Valquiria le agarró la cabeza y le pegó un rodillazo en la articulación de las mandíbulas. Scapegrace cayó de espaldas y no se levantó más.

Valquiria chocó contra la cama con la parte posterior de las piernas y se dejó caer sentada. Respiraba a bocanadas y no podía despegar los ojos del cuerpo inconsciente de Scapegrace.

Empezó a dolerle el hombro. El puñetazo le había dado de lleno en la sien derecha, y le ardía la oreja. Dio gracias al cielo porque no la hubiera alcanzado en la boca. Estaba segura de que no habría podido soportar la pérdida de otro diente.

Se preguntó qué iba a hacer cuando Scapegrace volviera en sí. En la celda no había nada con qué atarlo, y nadie había ido a ver qué ocurría al oír el ruido de la lucha.

Le había vencido. Le había derrotado sin recurrir a la magia. Es verdad que ya estaba herido y que le había pillado por sorpresa, pero la cosa no tenía vuelta de hoja: había luchado con un adulto y le había vencido.

Empezó a sonreír, pero su sonrisa se desvaneció al pensar en lo que habría ocurrido de no haberlo dejado fuera de combate. Lo más probable es que en ese momento yaciera muerta en el suelo de la celda.

Saltó de la cama y quitó el vendaje de la mano herida de Scapegrace. Tenía los dedos muy hinchados, con la piel azul, amarilla, morada y negra. Ni siquiera dejó escapar un murmullo cuando le ató un extremo del vendaje a los dedos y el otro a la pata de hierro de la cama. Al menos ahora no podría atacarla cuando volviera en sí.

Volvió a sentarse en la cama, lejos de él, con la espalda apoyada en la pared. Se hizo una cola de caballo y se preguntó si Skulduggery se habría dado cuenta de que algo andaba mal. Trató de imaginarse lo que iba a hacer.

Primero la llamaría sin obtener respuesta. Al cabo de un rato iría a su casa, o mandaría a alguien de aspecto más normal: a Tanith, por ejemplo. Sin duda hablaría con el reflejo, y era de esperar que atara cabos. Y, por fin, iría a buscarla.

Valquiria se recostó en la cama y aguardó.

30

BERYL

BERYL Edgley era una mujer muy atareada.

A decir verdad, no tenía tiempo para acoger y alimentar a niñas abandonadas. A pesar de todo, cuando Melissa Edgley le preguntó si querría cuidar de Stephanie mientras se iba en avión a París a pasar el fin de semana, Beryl había aceptado la responsabilidad con suma cortesía.

Su sobrina había sido siempre una niña testaruda y obstinada, con una lengua muy larga y una actitud que a Beryl le resultaba harto desagradable, aunque tenía que admitir que en los últimos dos años parecía haberse calmado bastante. A Beryl le complacía pensar que esa Stephanie nueva y más callada era el fruto de los consejos y sugerencias que diera a Melissa y a Desmond acerca de cómo criar a niños bien educados. Sus mellizas, Carol y Crystal, no eran perfectas en absoluto, y de un tiempo a esta parte habían adelgazado en exceso, pero por lo menos no bebían, ni fumaban, ni salían con gamberros como muchas de sus amigas.

La familia, con Stephanie incluida, estaba comiendo en la cocina sin decir palabra. Fergus tenía los ojos pegados al televisor y las mellizas picoteaban la comida sin mucho entusiasmo. En realidad, Stephanie parecía ser la única dispuesta a comerse lo que Beryl le había puesto en el plato, lo cual resultaba sorprendente teniendo en cuenta lo que le había ocurrido pocas horas antes.

Sonó el timbre y Beryl fue a ver quién era. En la entrada había una joven que sonreía. Era rubia, con el pelo alborotado, y llevaba una cazadora de cuero muy ajustada con un escote a todas luces excesivo.

–Tú debes de ser Beryl –dijo con acento inglés–. He oído muchas cosas de ti.

Beryl no se fiaba de los desconocidos. Desde que vendieran el barco gigantesco que les había legado el hermano de Fergus, tenía la constante sospecha de que todo el mundo iba tras su dinero.

–¿Y tú quién eres? –preguntó, con la espalda bien erguida para poderla mirar desde arriba.

–Me llamo Tanith –contestó la joven–. Quería saber si Stephanie está en casa.

–Está comiendo.

–¿Podría hablar con ella un momentito?

Beryl frunció el ceño.

–He dicho que está comiendo. No puede venir mientras está comiendo.

La joven, Tanith, se quedó mirando a Beryl unos instantes y volvió a sonreír.

–¿No podría dejar de comer y venir un momento? Tengo que darle un recado, pero no tardaré nada. Luego puede seguir comiendo. ¿Te parece bien, Beryl?

–Prefiero que me llames señora Edgley.

256

Tanith respiró hondo, tanto que puso en peligro la integridad de su cazadora.

–Señora Edgley, sea buena y tráigame a Stephanie, ¿de acuerdo?

–No me gusta ese tono.

–A mí no me gustan sus zapatos.

Beryl bajó la vista, preguntándose qué tendrían de malo sus zapatos, y Tanith pasó por su lado y se coló en el interior de la casa. Antes de que se diera cuenta, ya estaba en la cocina.

–Qué barbaridad... –se admiró Fergus por lo bajo.

–Stephanie –dijo Tanith–, ¿podríamos hablar un momento?

Beryl entró detrás de ella hecha una furia, mientras Stephanie se levantaba de la mesa. Las mellizas observaban a la joven con curiosidad; en cuanto a Fergus, la contemplaba con los ojos fuera de las órbitas, maravillado.

–¡Stephanie, tú no te mueves de esta habitación!

–Es un asunto privado –dijo Tanith.

–¡Y esto es propiedad privada! ¡Fergus, llama a la policía!

Fergus siguió contemplando a la intrusa.

–Si esto tiene algo que ver con lo que ha ocurrido hoy –dijo Beryl–, la policía estará encantada de hablar contigo.

Tanith frunció el ceño.

–¿Qué ha ocurrido hoy?

Stephanie abrió la boca para contarlo, pero Beryl tomó las riendas de la conversación.

–Hace tres horas se presentó Alan Brennan y me dijo que le había atacado un hombre que perseguía a Stephanie. ¡Que le había atacado! ¡En Haggard!

–¿Quién era ese hombre?

–No lo sé –respondió Stephanie–. Apenas recuerdo nada. Creo que aún me dura la impresión. Lo más probable es que me tomara por otra. Después de atacar al señor Brennan, el hombre se marchó y yo me volví a casa.

–La encontramos escondida debajo de la cama –dijo Beryl.

Carol y Crystal soltaron un bufido.

–¿Has visto a Val? –preguntó Tanith a Stephanie, haciendo caso omiso de Beryl.

–Tenía que volver –repuso Stephanie encogiéndose de hombros–. Pero al final no lo ha hecho.

–¿Quién es esa Val? –preguntó Beryl desconcertada–. ¿Qué pinta en este asunto? ¡Hay un loco peligroso que anda suelto y se hace pasar por policía!

Tanith entrecerró los ojos.

–¿Dijo que era policía?

–El señor Brennan asegura que le dijo que era detective.

–Crux...

–¿Perdón?

–Conozco a ese hombre –afirmó Tanith–. Y tiene usted toda la razón, es un loco. ¿Han llamado a la policía?

Fergus intervino por fin.

–Han dicho que nos llamarían esta tarde...

–Díganles que no se preocupen: este individuo tiene un largo historial de trastornos psiquiátricos y esta mañana olvidó tomarse la medicación, eso es todo. Soy su doctora.

–¿Qué clase de doctora se viste de cuero negro? –preguntó Beryl con suspicacia.

La joven le dirigió una sonrisa fugaz.

–Cualquiera, con tal de que le siente bien –respondió–. Gracias por todo. Que pasen un buen día. Hasta luego, Stephanie.

–Hasta luego –dijo ella, y se sentó para terminar de comer.

Beryl siguió a Tanith hasta la puerta, con la mente sobrecargada de preguntas, pero la chica salió sin mirar atrás. Al llegar a la calle, un coche horrible de color morado se detuvo y la recogió. Beryl intentó ver mejor al conductor, pero lo único que vislumbró fue un hombre con sombrero. Luego se perdieron de vista.

Beryl frunció el ceño. Aquel hombre del sombrero le sonaba muchísimo...

31

VIEJOS AMIGOS

REMUS Crux irrumpió en el piso. China se volvió y le observó fríamente.

–Tenemos a la chica –dijo él con voz triunfal–. Le seguí la pista y la detuve. Luego la encerré yo mismo en la celda.

–Tiene catorce años –dijo China–. Qué valiente.

–Se puede ahorrar sus comentarios maliciosos. La Diablería ha secuestrado al Gran Mago.

–Todo el mundo habla de lo mismo, pero, por lo visto, aún te gusta más perseguir a Skulduggery que al verdadero enemigo.

–El verdadero enemigo es ÉL. Estuve atando cabos y lo vi clarísimo. Todas las piezas encajan

–¿Qué piezas encajan, Remus?

Él se puso en jarras.

–Skulduggery Pleasant es Batu.

–Madre mía... –China le observó–. Eres más estúpido de lo que aparentas.

Crux se le acercó.

–¿Dónde está? ¿Dónde tienen escondido al Gran Mago?

–Traté de ayudarte, Remus. Te dije dónde tenía el cuartel general Skulduggery, y fuiste y lo tomaste al asalto. ¿Y qué pasó? Que no viste ni a Skulduggery ni a Valquiria, y conseguiste que secuestraran al Gran Mago. He hecho cuanto he podido; no es mía la culpa si no sabes hacer bien tu trabajo.

–Lo sé hacer perfectamente. De hecho, señora Sorrows, lo hice lo bastante bien como para descubrir su turbio secreto, ¿verdad?

–Tú no descubriste nada. Te lo contó un moribundo, porque en ese momento eras la única persona que estaba presente.

–¿Dónde está el esqueleto?

–No lo sé.

–Entonces, ¿dónde va a estar?

–Hombre, esto sí que lo sé. En cuanto se entere de que has secuestrado a Valquiria, ya no tendrás que buscarle más. Él irá a por ti.

–No tengo miedo de Skulduggery Pleasant.

–Sí que lo tienes, Remus. Todo el mundo tiene miedo de él.

–Se ha negado usted a colaborar en una investigación del Santuario y, por si fuera poco, pone trabas a dicha investigación. Está detenida.

Crux sacó las esposas con un ademán teatral. China exhaló un suspiro y dejó que la esposara con las manos a la espalda.

–Te vuelves a fijar en la persona que no es. Primero fue Skulduggery y ahora me toca a mí, cuando en realidad tendrías que ir detrás de los que forman parte de la Diablería. ¿Por qué lo haces, Remus? ¿Tienes miedo de desafiarlos? ¿Es por eso por lo que persigues a todo el mundo menos a ellos?

–Usted me llevará hasta el enemigo. Usted colabora con Pleasant...

–Si Skulduggery fuera Batu, no tendría por qué haberse molestado en hacer intervenir a Fletcher Renn, ¿no crees? Le habría bastado con encerrarle hasta que tuviera que recurrir a él.

–Sus intentos de razonar con lógica son tan lamentables como sus intentos de seducción.

China se echó a reír.

–Te doy mi palabra, Remus: jamás he intentado seducirte.

Crux se ruborizó.

–Cometió un gran error al menospreciarme, señora Sorrows. Prefirió pensar que no soy un hombre de palabra. Ya le dije lo que ocurriría, se lo dejé muy claro. Pero no me ha ayudado en absoluto, así que debo hacer público su secreto.

–No conozco el paradero de Skulduggery –insistió ella.

–Demasiado tarde –Crux la cogió del brazo y la llevó hacia la puerta.

–Remus, escúchame. A pesar de lo que creas que ocurrió, a pesar de lo que te contaran, no estás enterado de todo el asunto.

–Eso se lo cuenta usted a su amigo cuando la venga a buscar –replicó Crux–. Seguro que tendrá muchas ganas de escucharla.

–No sabes las consecuencias que podría traer –dijo ella con desdén.

Crux le sonrió.

–Tengo una vaga idea.

El detective abrió la puerta. Había un hombre en el rellano.

–Hola, China –saludó Jaron Patíbulo avanzando hacia el interior del piso. Crux reculó apresuradamente y arrastró consigo a China. Ella torció el brazo y se soltó de su presa.

–Eres una de ellos –le dijo Crux, mientras Patíbulo cerraba la puerta con suavidad–. Todos vosotros lo sois. Colaboráis unos con otros.

—Tienes toda la razón, detective —dijo Patíbulo, esbozando una leve sonrisa—. Todo el mundo está en el ajo. Se trata de una conspiración nunca vista. China, Skulduggery Pleasant, incluso el Gran Mago. Íbamos a invitaros a todos a Aranmore Farm para que presenciaseis el último acto, pero hicimos una votación y nadie quiso ir contigo. Te ruego que no te lo tomes a mal.

Crux dio un manotazo en el aire, pero Patíbulo se apartó, enganchó la mesa de centro con el pie y la lanzó contra el pecho del detective. Este retrocedió tambaleándose y echó mano a la pistola, pero antes de que pudiera apuntar, Patíbulo le torció la muñeca y se la arrebató.

—No vales mucho como luchador, ¿verdad? —le preguntó Patíbulo, y de un empellón lo lanzó al otro lado de la sala.

Crux se cayó y rodó sobre sí mismo. Empezaba a estar asustado de veras. Patíbulo le bloqueaba la única salida; comprendiendo que no tenía ninguna posibilidad de ganar si se enfrentaba a él, Crux se dio la vuelta, corrió hacia la ventana, atravesó el cristal de un salto y desapareció de la vista.

Patíbulo se acercó tranquilamente a la ventana, enarcando una ceja con una ligera expresión de asombro. Se asomó por ella y esbozó una sonrisa.

—Está vivo —dijo—. No se arrastra muy rápido que digamos, pero está vivo. Diría que tiene la pierna rota, y puede que también el brazo. ¿Oyes cómo grita? Con una voz singularmente aguda.

—¿A qué has venido, Jaron? —le preguntó China.

Patíbulo se volvió hacia ella.

—No nos podéis detener; espero que lo comprendas. Dentro de una hora tendremos a Fletcher Renn; luego iremos a la granja; la puerta se abrirá y habremos ganado. Tal y como estaba escrito desde el principio.

–Vais a invitar a volver a una raza de dioses airados que nos odian a muerte. Espero que comprendas eso.

–Ten fe, China. Puede que gobiernen el mundo, puede que lo abrasen, puede que lo destruyan por completo, o puede que se limiten a existir. No nos corresponde a nosotros juzgarlos, eso es lo que me dijiste hace mucho tiempo. Me dijiste que este mundo era suyo. Llevamos milenios siendo sus guardianes, y ha llegado la hora de devolvérselo. Fuiste una profesora excelente.

–Y tú, un excelente alumno –admitió ella–. Pero si pretendes que vuelva al redil, creo que no podré complacerte.

–¿Es lo que le dijiste al barón Vengeus cuando te lo pidió?

–Algo por el estilo, sí.

–Pero él estaba solo y no sabía que Batu organizaba todo el asunto. Ahora han cambiado las cosas, y es una buena oportunidad para volver a unirte a la Diablería. Batu es un buen jefe; tiene sus planes, pero no puede competir contigo. Nunca podría ocupar tu lugar.

–¿Quieres que me haga con el poder justo cuando Batu está culminando su plan? –China sonrió–. Hombre, Jaron, eres un traidor de lo más exquisito.

–La Diablería es tuya, China, lo ha sido siempre. Tu familia es devota de los Dioses Oscuros desde hace siglos. Lo llevas muy dentro, en tu propia sangre, en tu corazón. No es algo de lo que puedas desprenderte sin más.

–Mi hermano lo consiguió.

–El señor Bliss es... único.

–¿Y Batu?

–Morirá si tú lo ordenas.

China caminó tranquilamente hasta el centro de la sala, considerando la propuesta. Finalmente se detuvo y se volvió hacia Patíbulo.

–Admito que es una oferta bastante tentadora, pero el fondo de la cuestión no deja lugar a dudas: he traicionado a una raza de dioses sádicos que odia a la humanidad. ¿Por qué tendría que desear que volvieran?

Patíbulo exhaló un suspiro.

–Qué lástima. Te aseguro que no quería verme obligado a matarte.

–Pues yo tampoco quería verme obligada a morir. No creo que hayas aprendido a jugar limpio desde nuestro último encuentro, ¿verdad?

–¿Te refieres a si estaría dispuesto a quitarte las esposas? Lo siento, pero no –cogió del suelo la pistola de Crux–. De todas formas lo haré rápido, te lo prometo.

China dio una patada en el suelo.

–Eres muy gentil –retrocedió un paso y dio otra patada en el suelo.

Patíbulo frunció el ceño.

–No va a oírte nadie, China.

Ella dio otro paso y una tercera patada. Patíbulo posó la mirada en la alfombra, y entrecerró los ojos al reconocer los tres símbolos que acababa de marcar en ella. China se despojó de sus hermosos zapatos, se colocó en el centro del triángulo y desapareció con una sonrisa cuando una trampilla se abrió bajo sus pies. Cayó torpemente en el pasillo del segundo piso, y el techo se cerró sobre su cabeza justo cuando Patíbulo se disponía a saltar tras ella. China giró sobre sí misma hasta ponerse de rodillas, se levantó y echó a correr hacia las escaleras.

Sabía que en la entrada habría alguna persona esperando a que saliera Patíbulo. Si era Horrendo Krav o Sicaria Rose, estaría montado en un coche; no así Sanguine, que tenía sus propios medios de locomoción. En cualquier caso, China no tenía el menor deseo de averiguar quién estaba apostado en la puerta.

Al llegar al primer piso, oyó encima de ella el ruido sordo que hacían los pasos de Patíbulo en las escaleras. Corrió hasta el final del pasillo, notando lo pegajoso del suelo en los pies descalzos. Había instalado numerosas salidas secretas en el edificio, y se dirigía hacia la más próxima.

Una vez más, una serie de sucesos que escapaban a su control la habían metido de lleno en el asunto. China estaba muy, pero que muy disgustada.

32

EL CANJE

TODO puente tiene un nombre. Pero el puente de Liffey tiene tres.

Se trata de un puente peatonal de algo más de cuarenta metros de longitud, que cruza el río Liffey desde el muelle de Ormon al de Aston. Se llega a él por unas escaleras situadas a los lados, y tienes tres farolas, una en el centro y dos laterales, sujetas en lo alto mediante unos arcos de hierro que parten de las verjas.

Aunque oficialmente se llama puente de Wellington, su verdadero nombre es puente de Liffey. Pero es más conocido por su tercer nombre, su nombre adoptado.

Los padres de Tanith la habían llevado a Dublín de pequeña. La primera vez que lo cruzó, ese puente aún tenía torniquetes, y el precio del peaje era de un penique y medio. Los torniquetes desaparecieron pocos años más tarde, en 1919 más o menos, pero por entonces todo el mundo lo llamaba el «puente del penique y medio», nombre que, con el tiempo, se redujo a «puente del penique».

269

Y era en el puente del penique, el de los tres nombres, donde tenían que entregar a Fletcher Renn al enemigo, dándoles lo que necesitaban para llevar el mundo a su fin.

—Es una pésima idea —dijo Tanith.

—Estoy completamente de acuerdo —murmuró Fletcher Renn a su lado.

Habían acordonado el puente por los dos lados y puesto señales que avisaban a los viandantes de que se estaban realizando obras de conservación muy delicadas. A cada lado habían colocado una tienda de rayas rojas y blancas de las que se usaban para que los trabajadores se resguardaran de la lluvia y el viento. Aquel día no hacía mucho viento, y aunque el cielo estaba cubierto de nubarrones amenazadores, aún no había caído ni una gota.

Tanith y Fletcher esperaban en la tienda del extremo norte. Se oyó un roce brusco, y Abominable se reunió con ellos. La entrada se cerró a sus espaldas, amortiguando el rumor del tráfico.

—Nadie nos espía —les informó Abominable, y luego sacudió la cabeza para quitarse la capucha de su elegante impermeable. Sus cicatrices quedaron a la vista.

Dirigieron la mirada hacia el centro del puente, donde Skulduggery se sacaba del abrigo una esfera de camuflaje en aquel mismo momento. Hizo girar los dos hemisferios en direcciones opuestas y de la esfera salió una burbuja de neblina que los rodeó a él, al puente y a las tiendas. Luego dejó la esfera a sus pies.

—¿Qué ha sido eso? —preguntó Fletcher estupefacto.

—Nos vuelve invisibles para todos los que están fuera de la burbuja —respondió Abominable—. No verán ni oirán nada de lo que ocurra.

—O sea, que si muero gritando de dolor no molestaré a nadie. Vaya, qué alivio.

Skulduggery regresó a la tienda.

–¿Alguna noticia de Valquiria? –preguntó Abominable.

–Todavía no –dijo Skulduggery con voz tétrica–. Cuando tengamos a Guild, le obligaremos a ponerla en libertad, y luego me dejaréis con Crux en un cuarto, a solas, durante cinco minutos largos y dolorosos. Hasta entonces no podemos sino ocuparnos de nuestra misión.

–¿Qué plan tenéis pensado? –preguntó Fletcher–. ¿En qué consiste lo del canje?

–En teoría –dijo Abominable–, los dos echaréis a andar por el puente al mismo tiempo, os cruzaréis en el centro y seguiréis hasta el lado contrario. En la práctica, sin embargo, las cosas serán completamente distintas.

–El verdadero plan es el siguiente –le explicó Tanith–: las dos partes empiezan jugando limpio. Luego, una parte traiciona a la otra. Después, la otra parte le devuelve la pelota. Y, por fin, la primera parte obra en consecuencia.

–Exacto. Y la parte que traiciona más veces es la que gana.

–¿De cuántas traiciones hablamos?

Abominable se volvió a Skulduggery.

–De dos –respondió él.

–No son... no son demasiadas, que digamos.

–En ocasiones, la sencillez es lo mejor.

–¿Es esta una de tales ocasiones?

–Lo más probable es que no –admitió Abominable.

–Tenemos ciertos límites –dijo Tanith–. Estamos en un lugar público, en pleno día. No podemos apostar aquí a cien Hendedores listos para lanzarse al ataque.

–¿Podríamos disponer de cien Hendedores si quisiéramos?

–Pues no.

–Se trata de una operación extraoficial –dijo Skulduggery–. En el Santuario hay un espía, y hasta que no averigüemos quién es, no podemos fiarnos de nadie.

–Pero si nosotros tenemos ciertos límites, ellos también –dijo Abominable.

–Entendido –dijo Fletcher–. De acuerdo. Vale. Y ellos respetan tanto como vosotros esta norma de «no hacer nada en público», ¿verdad?

Abominable se mostró indeciso.

–Sí, claro, cómo no –dijo al cabo, en un tono que distaba mucho de ser convincente.

–Ya han llegado –dijo Tanith por lo bajo.

Se asomaron todos. Junto al otro extremo del puente acababa de detenerse una camioneta negra, provocando un coro de bocinazos airados. Salió Horrendo Krav y el jaleo cesó de golpe. Los coches que iban detrás pusieron el intermitente con gran cortesía y pasaron al otro carril.

A continuación salió Sicaria Rose, seguida de Sanguine y Patíbulo, que llevaba a rastras a Thurid Guild. Este iba esposado y tenía la cara llena de cardenales. La siniestra cuadrilla atraía todas las miradas, pero sus miembros enseguida desaparecieron en la tienda a rayas.

–¿En qué consisten nuestras traiciones? –preguntó Fletcher.

–Si lo supieras, te irías de la lengua –repuso Skulduggery.

Fletcher palidecía por momentos.

–No lo veo muy claro.

–No quieren hacerte daño –le dijo Tanith.

–No, solo quieren utilizarme para destruir el mundo y, teniendo en cuenta que yo estoy en él, creo que saldré perjudicado de todos modos. Ya sé que todos creéis que estoy muy seguro de mí mismo y que no me altero por nada...

–Ninguno de nosotros lo cree –replicó Abominable.

–... la cuestión es que no pienso salir al puente y exponerme a que me capturen. Y tampoco estoy muy seguro de que vosotros queráis que lo haga.

–El señor Bliss quiere salvar a Guild –dijo Skulduggery–. Y tiene razones de peso: la muerte de Guild podría producir consecuencias catastróficas.

–«Podría producir» –observó Fletcher–. Pero si me obligan a hacer volver a los Sin Rostro, ¡eso sí que producirá consecuencias catastróficas! ¡Lo primero es una simple posibilidad; lo segundo, una certeza! ¿Por qué soy el único que ve este asunto de manera lógica?

Skulduggery se volvió a él.

–Cuando has vivido tanto como nosotros, empiezas a pensar con los ojos puestos en el futuro y actúas en consecuencia.

Sanguine salió de la otra tienda y echó a andar por el puente alegremente.

–Ya empieza todo –dijo Tanith–. Fletcher, lo siento muchísimo, pero no tienes más remedio que confiar en nosotros.

–Mierda...

Sanguine estaba a pocos pasos.

–Vale más que no dejéis que me capturen –susurró Fletcher.

Entonces oyeron la voz lenta y arrastrada de Sanguine.

–Toc, toc –dijo. Entró sonriendo y enseñándoles las manos vacías–. ¿Qué tal va todo hoy? Vaya, hombre, qué caras más largas. Un tipo más sensible que yo podría pensar que la cosa no os hace mucha ilusión. ¡Venga, hombre, venga, que es un canje! ¡Tendría que ser divertido!

–Hablas demasiado –dijo Tanith–, y apenas dices nada.

–Pero si es la «espadachina» –Sanguine sonrió–. Te echaba de menos, ¿lo sabías? He pasado muchas noches en vela pensando en mil maneras de matarte. La que más me gusta es una tontería de nada, verás: voy y te corto el cuello, y tu cabeza cae para atrás con los ojos abiertos aún, con mirada, ¿cómo lo diría?, suplicante, y entonces te agarro por el pelo y hago... –Sanguine se interrumpió y se echó a reír–. Fijaos en mí: me da por ponerme sentimental, con la de trabajo que tenemos. Me han mandado venir para que organice este asunto. De modo que... de modo que más vale que nos pongamos a organizar, ¿no?

–Tráenos a Guild –dijo Skulduggery.

–Las cosas no irán así, y lo sabes muy bien. Las reglas del juego son bastante sencillas, pero hablaré despacio por consideración al que tiene pinta de tonto... A ver si adivináis a quién de vosotros me refiero.

Con movimientos pausados, se sacó unas esposas del bolsillo.

–Voy a atar las manos al nene Fletcher –siguió diciendo– para que no haga ninguna tontería, como teletransportarse. Luego cruzará el puente para reunirse con mis amigos, mientras ellos os mandan a vuestro capitoste. Bien mirado, creo que es muy sencillo. Hasta un crío lo entendería –miró a su alrededor–. Hablando de críos, ¿dónde está la niña? Echo de menos su cara de malas pulgas.

Skulduggery hizo caso omiso de la pregunta.

–Te vas a quedar a este lado del puente hasta que el canje haya terminado.

Sanguine negó con la cabeza.

–Tengo orden de volver.

274

–No vamos a exponernos a que cojas a Fletcher y te esfumes con él.

–Estamos en un puente, Huesos. Yo me desplazo a través de la tierra, atravieso las paredes, viajo por sitios en los que puedo meterme... ¿Cómo quieres que me meta dentro de esta miserable pasarela?

–Sea como sea, te vas a quedar.

–Sea como sea, ni lo sueñes.

Tanith desenvainó la espada y posó la hoja en el cuello de Sanguine, quien titubeó un momento

–¿Sabes qué? –dijo al cabo de un momento–. He cambiado de idea. Me quedaré en ese rincón sin decir ni pío.

Abominable se le acercó por detrás, le torció el brazo y le hizo una llave. Si se movía, sufriría un dolor atroz y se le romperían varios ligamentos.

–No entiendo por qué no os limitáis a esposarme –refunfuñó Sanguine.

–Porque el año pasado dijiste que las esposas no te afectan –le recordó Tanith.

–¿Dije eso?

–En efecto.

–Pues mentía. Las esposas me dejan completamente inmovilizado, lo juro.

–Procura no charlar tanto –le advirtió Abominable–. Me molesta.

–Tanith –llamó Skulduggery saliendo de la tienda. Tanith le siguió y los dos echaron a andar sin prisa por el puente. Patíbulo y Sicaria Rose salieron a recibirlos.

El Liffey corría bajo sus pies, oscuro y sucio.

–Hombre, Skulduggery –exclamó Patíbulo no bien llegaron al centro–. ¿Acaso has venido a suplicar? ¿A llorar? ¿Es que quieres cambiar de bando? Llegas tarde, pero sería muy divertido ver cómo lo intentas.

–¿Dónde está tu amo, Patíbulo?

Él sonrió.

–Yo no tengo amo. La Diablería es una familia de personas con ideas afines...

–Batu es tu amo –le atajó Skulduggery–. Es el que te da órdenes, te encarga las misiones y te da palmaditas en la cabeza cuando lo necesitas. ¿Dónde está, pues? Nos está observando, ¿verdad?

–Por ahí andará –Patíbulo sonrió mientras Sicaria Rose le susurraba algo al oído–. Ah, sí, excelente observación, Rose. ¿Dónde está nuestro socio tejano?

–De momento se quedará con nosotros, hasta que hayamos terminado el canje.

–Supongo que es una medida prudente. Al fin y al cabo, no debes de querer que te engañemos. Haz que salga el muchacho, bien esposado.

Patíbulo se dio la vuelta y se encaminó de nuevo a la tienda, seguido de Sicaria Rose.

Tanith y Skulduggery volvieron a la suya.

–¿Estás listo? –le preguntó a Fletcher el detective.

Fletcher se volvió a Tanith, quien advirtió de inmediato que el chico ya no se molestaba en ocultar su temor. Luego encaró de nuevo a Skulduggery, extendió las manos y dejó que le esposara.

–Tienes un plan, ¿verdad?

–Eso es.

–¿Me lo puedes contar?

–Salvaremos el mundo y volveremos a casa.

–Es un plan excelente.

–A veces estoy inspirado.

Las gotas empezaron a repiquetear suavemente en la lona de la tienda.

–No voy a permitir que te ocurra nada –añadió.

–¿Crees que Valquiria está bien?

–Crux debe de haberla encerrado en una de las celdas temporales. Creo que posiblemente esté mucho más segura que cualquiera de nosotros.

–Vale, vale.

–No van a hacerte daño –dijo Tanith–. Les haces falta.

Fletcher asintió con la cabeza.

–Cuando esto haya pasado, ¿me dejarás invitarte a un café, o algo así? Creo que te caería muy bien si llegaras a conocerme. De hecho, hace años que me conozco a mí mismo y me quiero mucho.

Ella sonrió.

–Tal vez.

–¿En serio?

–No.

Fletcher le dirigió una sonrisa temblorosa y salió. Tanith apartó la lona de la entrada para observarle mientras se alejaba; Skulduggery se colocó a su lado, y Abominable levantó a Sanguine para que contemplara la escena.

Fletcher entró en el puente. Al otro lado se abrió la tienda y de ella salió Thurid Guild. Los dos se acercaron bajo la lluvia.

Skulduggery se volvió a Sanguine.

–¿Qué tienen planeado?

–¿De quién hablas?

Abominable le torció el brazo y Sanguine habló rápidamente.

–¡No tienen planeado nada! ¡Es un canje completamente limpio!

–Abominable, rómpele el brazo.

–¡Abominable, no me rompas el brazo!

–Hazlo, te digo.

–¡Hay una bomba!

Skulduggery se inclinó hacia él.

–¿Dónde?

–En la chaqueta de Guild –respondió Sanguine apretando los dientes–. Él ni siquiera lo sabe. Patíbulo tiene el detonador. Es una bomba pequeña, pero suficiente para matarnos a todos, a mí incluido. O sea, que sería fantástico si pudierais hacerme el favor de impedir que se acerque.

Tanith volvió a mirar hacia el puente. Fletcher y Guild se habían encontrado en el centro y se cruzaban sin decir palabra. Skulduggery se colocó en la entrada de la tienda y apuntó a Guild con el revólver.

–¿Qué haces? –preguntó Tanith asustada.

–Quiero evitar que se acerque –dijo él, y abrió fuego.

La bala alcanzó a Guild en la pierna, y él se desplomó con un grito. Fletcher dio un salto hacia atrás.

Horrorizada, Tanith agarró del brazo a Skulduggery.

–¿Te has vuelto loco?

–¡No te muevas! –le gritó Skulduggery a Fletcher–. ¡Quédate a su lado! –luego se volvió hacia Tanith y sacudió el brazo para librarse de su agarrón–. Patíbulo no hará detonar la bomba si a Fletcher puede alcanzarle la onda expansiva.

Hubo un movimiento en la tienda del otro lado, y Horrendo Krav salió junto a Sicaria Rose; pero antes de que pudieran correr hacia Fletcher, Skulduggery chasqueó los dedos y lanzó al aire una bola de fuego. Esta dispersó la burbuja de camuflaje y se extinguió con un fogonazo. El fenómeno atrajo miradas de curiosidad de algunos transeúntes; en ese momento, Tanith vio tres figuras de negro, dos hombres y una mujer, que confluían en la tienda del enemigo procedentes del otro extremo del puente.

Los Nigromantes.

Una ráfaga de oscuridad cayó de pronto sobre la tienda, y Patíbulo salió despedido contra Sicaria Rose. Ambos se desplomaron. Los Nigromantes avanzaron hacia ellos por el puente, rápidamente, rodeados de sombras que culebreaban. Patíbulo se recuperó de inmediato, se sacó una pistola de la chaqueta y disparó.

La Nigromante que abría la marcha utilizó su capa para absorber las balas. Después giró sobre los talones y su capa empezó a formar remolinos y a estirarse vibrando como un látigo en dirección a Patíbulo, quien tuvo que arrojarse al suelo para que no lo partiera en dos.

Sicaria Rose se abalanzó sobre Solomon Wreath, que acumuló una masa de oscuridad en su bastón y la lanzó contra ella. Las sombras salieron volando como lanzas, dieron en la pierna de Rose y la atravesaron limpiamente. Ella soltó un grito y se desplomó.

Tanith vio al tercer Nigromante apuntar a Krav con su trabuco y abrir fuego una y otra vez, sin necesidad de cargarlo. La balas alcanzaron su objetivo y Krav cayó sobre una rodilla, tratando frenéticamente de sacudirse las tinieblas que se extendían sobre su pecho.

–Creo que ha llegado el momento –dijo Sanguine.

Tanith se volvió. Todo el tiempo, sin que nadie se diera cuenta, Sanguine había llevado un objeto en la mano, y en ese momento lo dejó caer...

El objeto produjo un destello blanco. Tanith se tambaleó, cegada, y oyó que los demás maldecían a su alrededor mientras Sanguine se reía, pues no tenía ojos que pudieran quedar ciegos.

Pero Skulduggery tampoco.

La risa de Sanguine cesó de golpe con un ruido gutural de estrangulamiento, y Tanith oyó que se desplomaba con un golpe sordo y un estertor. Alguien pasó junto a ella como un rayo y salió de la tienda; de inmediato se oyó una barahúnda de gritos y tiros.

Tanith parpadeó con fuerza y empezó a percibir imágenes borrosas e imprecisas, pero que iban cobrando forma por momentos. Vio una forma marrón encogida en el suelo y distinguió que era Sanguine; a su lado se veía la característica silueta de Abominable.

–¿Skulduggery? –llamó este.

–Ha ido tras ellos –le dijo Tanith. Abominable tenía tan borrosas las facciones que apenas las distinguía, pero ya empezaba a verle las cicatrices prominentes.

–Muy propio de él. ¿Ves algo?

–Claro –mintió ella; luego agarró la espada y salió disparada de la tienda. La lluvia y la neblina apenas le permitían entrever las oleadas de oscuridad que iban y venían al final del puente, donde los Nigromantes libraban su batalla.

Skulduggery estaba frente a ella, alto, delgado e inconfundible; su brazo se movió y una figura que solo podía ser Krav salió despedida.

Tanith tropezó con un escalón y estuvo a punto de caer, pero la visión se le aclaraba con rapidez. Delante de ella, la silueta borrosa de Fletcher estaba arrodillada junto a Guild. Aún con los ojos turbios, alcanzaba a ver que el Gran Mago estaba pálido y sangraba.

Corrió hacia ellos, oyendo que Abominable le seguía los pasos. La lucha con la Diablería había llegado a un punto muerto, y los buenos se disponían a llevar a Fletcher y a Guild a un lugar seguro. La batalla había terminado. Habían vencido.

Fue entonces cuando se enteraron de la última parte del plan de Batu.

Algo salió del río y se irguió imponente por encima de la verja del puente, salpicándolos de agua. La Bruja de Mar se abatió sobre Fletcher, lo agarró de la cintura con sus dedos huesudos y lo alzó en vilo sin proferir un solo gruñido. Guild trató de sujetarle, pero fue en vano. Tanith vio fugazmente la cara de terror del muchacho, justo cuando desaparecía por el borde del puente; luego oyó un fuerte chapoteo y comprendió que se lo habían llevado.

Patíbulo gritó una orden y emprendió la retirada atravesando la tienda de su lado del puente. Subió de un salto a la camioneta, con Sicaria Rose en los talones, y el vehículo salió disparado con chirrido de neumáticos, llevándose por delante a varios coches. Skulduggery se lanzó hacia Krav, pero este se encaramó a la verja del puente y se arrojó al Liffey antes de que el detective pudiera alcanzarlo.

Tanith comprendió que aquel era el verdadero final de la batalla.

Los Nigromantes se quedaron mirando a Skulduggery, hasta que Solomon Wreath se dio la vuelta y se marchó. El abrigo le ondeaba, sacudido por el viento y la lluvia.

Abominable se acercó a Tanith.

–Sanguine se ha fugado –dijo, confirmando las sospechas de Tanith. Guild yacía inconsciente, y su sangre se mezclaba con la lluvia. Posaron los ojos en Skulduggery, que permanecía inmóvil, con el traje empapado y los puños cerrados. Tenía agachada la calavera reluciente, en una posición a la que Tanith no estaba acostumbrada. Era algo parecido a un aire de derrota. Al cabo de un momento se irguió.

–Vale –dijo–. Creo que tenemos faena.

33

LA FUGA

VALQUIRIA se limpió el estiércol seco de los bajos de los tejanos. La porquería, al caer, levantó una nubecilla de polvo; al terminar, Valquiria sacudió bien la cama.

Oyó que Scapegrace emitía un gemido y enderezó la espalda, atenta. Al cabo de un minuto, Scapegrace gimió de nuevo y se rebulló. Valquiria observó cómo volvía en sí, preparada para lanzarse al ataque.

Scapegrace levantó la cabeza, se quedó mirando el vendaje que ataba sus dedos rotos a la cabecera de la cama y profirió un sonido parecido al maullido de un gato particularmente bobo y desgraciado. Dirigió la vista hacia la puerta de la celda, y luego volvió la cabeza y vio a Valquiria.

–¡Ay, no! –lloriqueó.

–Si te mueves... –dijo ella en tono amenazador, pero él la interrumpió.

–No voy a moverme –afirmó–. Pienso quedarme aquí tendido sin hacer nada.

–Eso espero, porque si te mueves...

283

–¡No voy a moverme! –recalcó él–. Si no tuviera la mano rota, entonces sí, es muy probable que me moviera e intentara matarte.

–Cállate. Está prohibido hablar.

Scapegrace la fulminó con la mirada.

–¿Sabes qué? Cada vez que te veo te pareces más a él.

–¿A quién?

–Al detective. Te crees tan lista, tan superior a todos.

–Me lo voy a tomar como un piropo.

–Pues no deberías. He oído contar cosas de él, ¿sabes? He oído historias acerca de lo que ha hecho. No es en absoluto el gran héroe bondadoso por el que lo tienes tú.

–Tú no sabes lo que pienso de él.

Scapegrace se echó a reír.

–Lo veo en tus ojos, lo ve todo el mundo. La verdad es que es muy bonito que le sigas por todas partes y te creas cada palabra que dice.

Valquiria se inclinó ligeramente y el somier del catre crujió y se sacudió. El vendaje de Scapegrace se tensó en torno a sus dedos, y él bramó de dolor.

–Lo siento –dijo ella en un tono muy poco convincente.

–¡Lo has hecho adrede! –exclamó Scapegrace furioso.

La ranura de la puerta se abrió y unos ojos atisbaron por ella.

–¿Qué ocurre aquí? –preguntó una voz. Valquiria se levantó bruscamente dando una buena sacudida a la cama, lo que arrancó otro grito de dolor a Scapegrace.

–¡No podéis tenerme encerrada! –protestó.

–¿Quién eres? ¿Hay... hay dos personas en la celda?

De pronto reconoció la voz: era el guardia con quien habían tropezado el día anterior.

–¿Weeper? –dijo.

Los ojos del guardia se posaron en ella y se abrieron desmesuradamente del susto.

–¿Valquiria Caín?

–Remus Crux me ha encerrado con un hombre que quiere matarme. Sácame de aquí, por favor.

A sus pies, Scapegrace soltó un bufido desdeñoso. Valquiria empujó la cama con el pie y oyó cómo él gimoteaba de dolor.

–¿Por qué os ha hecho compartir celda? –preguntó Weeper–. Tenemos cuatro vacías. ¿Estás bien? ¿No estás herida?

–Déjame salir, por favor.

–No puedo trasladar a los prisioneros sin el permiso de mis superiores.

–¡Pero esto ni siquiera será un traslado! ¡Solo tienes que cambiarme de celda! Por favor, Weeper. Si me dejas aquí un minuto más, me matará.

Lanzó una mirada iracunda a Scapegrace, quien suspiró.

–Tiene razón –dijo a regañadientes–. La mataré.

Al otro lado de la puerta, Weeper meneaba la cabeza.

–Lo siento, pero hay que cumplir ciertos trámites. Aguarda diez minutos y lo arreglaré.

–¡No te vayas! –gritó Valquiria. Se había llevado las manos a la espalda, esperando que Weeper no hubiera advertido que anteriormente las tenía a los costados–. Por favor, trasládame a una celda vacía y luego habla con tus jefes. Aquí dentro estoy indefensa. Por favor, Weeper.

Le miró con los ojos muy abiertos, hasta que el guardia dio un suspiro.

–Muy bien –dijo con brusquedad–. Saca las manos por la ranura de abajo, para que pueda esposarte.

–Ya estoy esposada. Crux no se molestó en quitarme las esposas cuando me metió en la celda.

–Pues es un incumplimiento muy grave de las normas –murmuró Weeper con desaprobación; Valquiria vio cómo abría la celda que estaba justo enfrente de la suya–. Vale, pues –agregó–. Tienes que entrar directamente en la celda vacía. No me des conversación ni te demores para nada, ¿está claro?

–Está claro.

–Y tú, Scapegrace, no te muevas del suelo o mandaré que se te echen encima los Hendedores…

–No voy a moverme –aseguró Scapegrace.

–De acuerdo. Allá vamos.

La puerta se abrió de par en par y Valquiria suspiró aliviada.

–Gracias –dijo.

–Entra en la celda vacía.

Ella salió al pasillo.

–Muchísimas gracias.

–A la celda. Adentro. Ahora mismo.

–No sabes cuánto lo lamento –repuso ella, levantando las manos y empujando un poco el aire.

El espacio que los separaba onduló; Weeper salió disparado y cayó de espaldas en la celda vacía, tropezando con sus propias piernas. Valquiria cerró la puerta de golpe, sin darle tiempo a reaccionar.

Sus ojos aparecieron de inmediato en la ranura.

–Ay, no. No puede ser que esto se repita.

–Lo siento, lo siento muchísimo.

Scapegrace se incorporó y se desató el vendaje de los dedos con mucho cuidado.

–¡Si serás estúpido! –dijo riéndose–. ¡Mira que dejarte encerrar en tus propias celdas dos días consecutivos! ¿Qué pasa, que ahora les dan medallas a los imbéciles?

Se dispuso a salir con una sonrisa de oreja a oreja, pero Valquiria se plantó delante de él, chasqueó los dedos e hizo aparecer una llama en la mano.

–¿Adónde te crees que vas? –gruñó.

Él la miró parpadeando.

–Nos fugamos.

–¿Nos?

–Sí, nos evadimos de la cárcel.

–Tú no vas a ninguna parte.

–¡Pero si te he ayudado!

–Te tumbaste en el suelo lloriqueando.

–Pero lo he hecho con espíritu cooperador –insistió él–. Vas a necesitar que te ayude en cuanto salgas de aquí. ¿Crees que te dejarán largarte tranquilamente? Necesitarás apoyo, dos ojos suplementarios, y hasta puede que alguna que otra maniobra de distracción. Creo que ya he demostrado lo bien que se me da distraer.

A Valquiria le hubiera encantado cerrarle la puerta en las narices, pero Scapegrace tenía razón. Si los sorprendían, podrían separarse y los Hendedores correrían automáticamente tras el adulto.

–Dame una buena razón por la que tenga que ayudarte a escapar. Te recuerdo que tu máxima ambición en la vida es matar gente.

–Sí, pero... –Scapegrace titubeó y agachó la cabeza; su labio inferior empezó a temblar–. Pero, como no dejas de recordarme, soy un fracaso como asesino, ¿no es verdad?

–Me temo que sí.

Valquiria suspiró y dejó que se apagara la llama de su mano.

–De acuerdo –dijo–. Ven conmigo y estate calladito.

Corrió hacia la mesa y se puso a abrir y cerrar cajones, buscando su teléfono. Cuando lo encontró, vio las cinco llamadas perdidas en la pantalla. Marcó el número de Skulduggery, mientras veía por el rabillo del ojo cómo Scapegrace, con una sonrisa en los labios, hurtaba un puñado de calderilla de un cajón abierto; Valquiria lo cerró de una patada y le pilló los dedos. Él dio un chillido y se echó para atrás, cogiéndose la mano derecha con la izquierda por puro instinto, y dio otro chillido cuando entrechocaron los dedos magullados de ambas manos.

–Valquiria –dijo por el auricular la voz de Skulduggery; su tono era de alivio, pero también de apremio–. ¿Dónde estás?

Scapegrace daba saltitos y gritaba en silencio a su lado; ella hacía lo posible por no verle.

–Estoy en el Santuario –respondió–. ¿Habéis hecho el canje?

Skulduggery titubeó.

–Sí. Ellos tienen a Fletcher y nosotros tenemos a Guild, pero está inconsciente. Seguiremos siendo fugitivos hasta que vuelva en sí. Tendrás que huir por tus propios medios. ¿Serás capaz?

–Por supuesto. Iré por el pasadizo secreto.

–No podrás. Guild lo habrá desactivado después de lo del otro día. Vas a tener que salir por la puerta principal. Si no has llegado dentro de diez minutos, iré a por ti.

–Viene alguien, tengo que colgar.

Valquiria se guardó el teléfono en los tejanos e indicó a Scapegrace que se escondiera. Los dos se arrimaron a la pared y ella atisbó. Un mago cruzó por el pasadizo siguiente, sin mirar en ningún momento hacia la zona de detención. Valquiria aguardó hasta que sus pasos dejaron de oírse.

No disponían de mucho tiempo. Cada segundo que pasaban inadvertidos era un segundo de regalo.

Entonces se apagaron las luces.

Valquiria se dio la vuelta, dispuesta para entrar en combate. A su alrededor reinaba el silencio. Extendió la mano, haciendo lo posible por leer el aire, pero no percibió más que la presencia de Scapegrace a sus espaldas.

–¿Qué ocurre? –susurró él.

–¿Cómo quieres que lo sepa?

–¿No lo has hecho tú? ¿O el esqueleto? ¿O tus amigos?

–No es obra nuestra. Quizás haya habido un apagón.

–¿En el Santuario? En los Santuarios no hay apagones. Se trata de un asalto. A lo mejor son mis amigos, que vienen a rescatarme.

–Tú no tienes amigos.

–Bueno, sí, es bastante improbable, pero no imposible.

Ella chasqueó los dedos, atrapó una chispa en la palma y la avivó con magia; la llama se fue haciendo más grande y brillante. La luz empezó a proyectar sombras en las paredes.

Se oyó gritar a alguien, y aunque era un grito imperioso, no parecía expresar peligro alguno. Si Scapegrace tenía razón y se trataba de un asalto, era posible que aún no hubiera comenzado. A lo mejor podía aprovechar la ocasión de un modo u otro.

Echaron a correr, envueltos por la oscuridad. De vez en cuando veían otra llama en algún punto del pasillo y cambiaban de dirección para alejarse de ella. Valquiria se esforzaba por no desorientarse, siguiendo un mapa mental que esperaba fuera lo más exacto posible.

Algo se movió delante de ella y Valquiria retrocedió bruscamente, conteniendo un grito. Era un Hendedor, que se cruzó con ellos y desapareció de inmediato en la penumbra. O no le había visto la cara, o consideraba su fuga un asunto secundario. Valquiria se preguntó si verían en la oscuridad.

En el pasillo siguiente se oían voces, así que doblaron a la derecha con la idea de esquivar cualquier aglomeración. De momento, Scapegrace no le había sido de gran ayuda, por lo que Valquiria ya empezaba a pensar en la mejor manera de darle esquinazo.

De pronto oyó una voz que le sonaba y se detuvo en seco. Scapegrace chocó contra ella, con las manos por delante. Giró sobre sus talones y se desplomó de rodillas, gimiendo por lo bajo de dolor.

–Cállate –susurró ella apagando la llama. Se acercaba el señor Bliss, hablando con una mujer esbelta que llevaba una linterna. Valquiria reconoció el tono sereno de la administradora.

–Con el respeto debido a su posición –decía la administradora–, son los Hendedores, y no el Consejo de Mayores, quienes se ocupan de los asuntos relativos a la seguridad. Aparte de eso, mientras el Gran Mago esté herido, usted debe mantenerse apartado de todo peligro.

–Cuando por fin venga alguien a informarme de lo ocurrido –replicó Bliss–, puede que ya no tengamos tiempo de hacer nada al respecto.

Valquiria se irguió. Bliss la ayudaría a salir y la administradora obedecería sus órdenes. Además, sería la ocasión perfecta para volver a mandar a Scapegrace a su celda.

–Señor Bliss –dijo bruscamente la administradora, y los dos se detuvieron. La luz de su linterna iluminaba algo que había en la pared. Valquiria vio que se trataba un símbolo grabado. La administradora se acercó a mirarlo, llena de curiosidad–. Esto lo he visto antes –dijo–, solo que no recuerdo dónde.

–Aléjese de él –le ordenó Bliss–. Los símbolos son el fuerte de mi hermana, no el mío, pero aun así...

–¿Perdón?

–Es un signo de advertencia, una alarma silenciosa. Si pasamos, alertará a cualquiera que esté esperando en el pasillo.

Valquiria frunció el ceño. Si había enemigos al acecho para tenderles una emboscada, ella no los había visto.

La administradora dio un paso atrás.

–Tendríamos que ir por el otro lado y avisar a los Hendedores.

Bliss se arrodilló delante del símbolo.

–Alumbre aquí.

–Corremos peligro, señor.

–Alumbre, le digo.

Bliss extendió la mano hacia el símbolo, lentamente, y este empezó a brillar. Él negó con la cabeza.

–Estaba equivocado. No es un signo de advertencia.

–No –admitió la administradora–. No lo es.

Dio un paso atrás, y en ese momento se iluminaron una docena de símbolos que atraparon a Bliss en un círculo de luz azul.

Él trató de levantarse; pero se produjo una crepitación de energía y una cascada de luz abrasadora le atravesó el cuerpo, uniendo los símbolos entre sí, con Bliss en su centro. La administradora, que ya no necesitaba la linterna para iluminar el camino, la apagó.

Valquiria contempló la escena con los ojos muy abiertos. La administradora era la traidora, la que le había contado a Sanguine el modo de abrir la jaula del Grotesco, la que un año atrás

291

le había revelado el paradero de la prisión donde estaba encarcelado el barón Vengeus. La administradora, que había sido designada por Guild pero colaboraba con la Diablería.

Bliss se arrodilló lanzando un gruñido. Sus hombros musculosos se hundieron y su cabeza se venció.

—No es usted un hombre fácil de matar —dijo la administradora—. Batu estuvo mucho tiempo investigando hasta que dio con este método. Dentro de unos minutos habrá terminado todo. Me aseguró que sería bastante doloroso.

Valquiria se volvió a Scapegrace para intentar urdir un plan de rescate, pero apenas tuvo tiempo de ver cómo se escabullía por la esquina del fondo del pasillo. Furiosa, giró de nuevo la cabeza. Aunque consiguiera llevar a cabo la proeza fabulosa de dejar fuera de combate a la administradora, no conocía el método para desactivar la trampa. Era preciso, por tanto, que la administradora estuviera consciente, lo que hacía aún más difícil encontrar un buen plan.

No se le ocurría ninguna maniobra ingeniosa, de modo que echó a andar a gatas tratando de camuflarse lo más posible entre las sombras. Cuando ya no le quedó penumbra en la que ocultarse, respiró hondo y se lanzó al ataque. Extendió las manos y lanzó una ráfaga de aire a la administradora, que se dio la vuelta bruscamente y contraatacó con otra ráfaga. El espacio que mediaba entre ellas ondulaba encrespado, y la agitación deformaba la sonrisa de la administradora.

Esta, finalmente, hizo un aspaviento que lanzó a Valquiria contra la pared; luego levantó el brazo e hizo que se deslizara pared arriba hasta el techo.

—Eres una principiante —dijo la administradora con amabilidad—. Deberías haber supuesto que no podrías conmigo. Pero ha sido un esfuerzo muy loable.

El aire que rodeaba a Valquiria era muy espeso, tanto que no podía hacer el menor movimiento. Trató de sacudir los brazos, pero estaba completamente atrapada. Giró la cabeza para respirar, pero no había nada que pudiera introducir en los pulmones.

–Lo siento –dijo la administradora–. No puedo dejarte respirar. Debes morir, igual que el señor Bliss. Todo forma parte del plan de Batu, ¿entiendes?

Valquiria daba boqueadas infructuosas. Trató de chasquear los dedos, pero, con un simple ademán, la administradora le arrebató el poco oxígeno que quedaba y, con él, la posibilidad de encender una llama.

Los pulmones, sin embargo, le ardían como el fuego más abrasador.

Entonces oyó algo más que el palpitar de la sangre en sus oídos. Era alguien que gritaba, y el grito sonaba cada vez más próximo. Volvió los ojos a la izquierda, justo a tiempo para ver cómo Scapegrace salía disparado de la oscuridad. Dos Hendedores iban pisándole los talones. Al ver a Bliss dentro de un círculo azul, a Valquiria pegada al techo y a la administradora en medio de los dos con un gesto de espanto en sus hermosas facciones, los Hendedores se detuvieron grácil y repentinamente.

Desenvainaron las guadañas.

La administradora soltó su presa y dio un paso atrás. Valquiria cayó al suelo, jadeante.

–No. Un momento... Escuchadme... Un momento... no...

Los Hendedores se abalanzaron sobre la administradora; ella se dio la vuelta y trató de correr, pero Valquiria alargó el pie y le puso la zancadilla. La administradora se desplomó en el interior del círculo azul, y la cascada de energía se desvió de Bliss y la

293

alcanzó. Dio un grito y su cuerpo se contorsionó. Se oyó un estallido, un olor a ozono llenó el aire y la luz azul se extinguió.

Se hizo de nuevo la oscuridad. Valquiria solo veía unas imágenes azules que flotaban borrosas. Luego se encendió una linterna: la administradora estaba en el suelo, inmóvil, y uno de los Hendedores examinaba a Bliss. Su compañero estaba junto a Valquiria, y cuando esta empezó a alejarse a gatas, hizo ademán de detenerla.

–Déjala –susurró Bliss.

El Hendedor le obedeció. Valquiria se puso en pie con dificultad y echó a correr.

Corrió y corrió a ciegas, sumida en la oscuridad, hasta que vislumbró unas luces. Se escondió rápidamente en un cuarto. Era un grupo encabezado por Crux; Valquiria esperó a que pasaran para salir. Llegó por fin al vestíbulo, donde alguien había colocado unas luces provisionales, y, con la cabeza gacha, se unió a la fila de personas que salían. Subió las escaleras que conducían al exterior del Santuario y atravesó el museo de cera abandonado. Los magos que había a su alrededor hablaban de un asalto e intercambiaban teorías; a la primera oportunidad, Valquiria se separó del grupo.

Salió del museo de cera bajo un cielo plomizo que prometía lluvia y corrió por el callejón trasero hasta llegar a la calle principal. El Horror Morado frenó en seco y ella subió rápidamente.

–¿Dónde están los demás? –preguntó a bocajarro.

–Ya van camino de Aranmore.

–Vámonos.

Skulduggery le puso en el regazo la bolsa negra que contenía el Cetro y, con un chirrido de neumáticos, la fuga de Valquiria concluyó definitivamente.

34

LA BATALLA DE ARANMORE

RECORRIERON en silencio el resto del camino, y lo único que impidió que se salieran de la resbaladiza carretera fue la pericia de Skulduggery. Al llegar a Aranmore había dejado de llover; el Horror Morado tomó el desvío y enfiló por el camino serpenteante y bordeado de arbustos que llevaba a la granja. Al otro lado de la colina se vislumbraba una humareda; pronto se hizo evidente que salía de la camioneta de Abominable. Estaba volcada y envuelta en llamas, y tenía las puertas abiertas.

A lo lejos se produjo una explosión, y vieron cómo Tanith se alejaba de ella dando volteretas. Cayó de pie, corrió hacia la esquina de la casa y llegó a su destino justo cuando una lluvia de balas acribillaba el suelo alrededor de sus pies.

–Tienen ametralladoras –dijo Valquiria a media voz.

–Y granadas.

El Horror Morado frenó en seco y Skulduggery abrió la puerta de una patada. Valquiria agarró la bolsa negra.

–Agáchate –le dijo él, y echaron a correr.

Valquiria vio fugazmente a la Diablería en el patio trasero de la granja. También vislumbró a Fletcher, con las manos esposadas al frente, que caminaba tambaleándose detrás de Patíbulo.

Sicaria Rose la vio pasar, levantó la pistola y le disparó. Valquiria dio un traspié, pero siguió corriendo hasta que llegó a la granja y pudo ponerse a cubierto.

Skulduggery desenfundó su revólver.

—¿Y Abominable? —le preguntó a Tanith.

—Está por ahí —respondió ella escabulléndose cuando otra ráfaga dio en la esquina, a pocos pasos de su posición.

La puerta de la granja se abrió de golpe y Paddy salió resueltamente, lanzando un grito de guerra. Iba armado con su escopeta. Skulduggery lanzó una ráfaga de aire que desplazó el cañón del arma justo cuando Paddy apretaba el gatillo; luego agitó la mano y la escopeta fue volando hasta él.

Paddy se dio cuenta de que había estado a punto de disparar a sus amigos e hizo una mueca de pesar.

—¡Perdón! ¡Perdón!

—¿Qué hace aquí? ¿Por qué no se ha ido? —le preguntó Skulduggery—. Le llamé pare decirle que se marchara.

—La verdad es que me importa un bledo lo que me digas. Devuélveme la escopeta.

—Paddy, esto es muy peligroso.

—¿No crees que tengo derecho a quedarme? Vivo en este lugar desde hace cuarenta y dos años. No voy a abandonarlo por el simple hecho de que un grupito de magos agiten sus varitas mágicas y disparen unos cuantos tiros.

—Es muy peligroso —repitió Valquiria.

–Sé cuidarme muy bien solo, jovencita. Tengo un montón de cartuchos para la escopeta y estos pantalones son nuevos. Estoy preparado.

–En fin, si se ofrece voluntario, quédese con Valquiria –le dijo Skulduggery devolviéndole el arma.

–Puede contar conmigo, señor Esqueleto.

El suelo estalló a sus espaldas y de la nube de tierra salieron volando dos figuras: eran Abominable y Billy-Ray Sanguine, y el brazo del primero estaba enroscado en torno al cuello del segundo. Cayeron al suelo, rodaron sobre sí mismos y Abominable perdió su presa. Sanguine se puso a dar boqueadas hasta que pudo respirar otra vez; entonces abrió la navaja y arremetió contra Abominable con un gruñido de furia.

Abominable esquivó el ataque y le lanzó un puñetazo que le dobló hacia atrás la cabeza. Luego le atizó un directo a las costillas que lo derribó. Sanguine se quedó tan atontado que no pudo más que agitar la navaja sin ton ni son, momento que aprovechó Abominable para lanzarle un certero gancho de derecha.

A Sanguine le fallaron las piernas y se vino abajo.

–Vamos a la granja –ordenó Skulduggery.

Tanith entró primero, seguida de Paddy. Skulduggery hizo pasar a Valquiria delante de él. Abominable llegó en último lugar y cerró la puerta. Permanecieron agachados mientras las balas y los cristales volaban a su alrededor.

Skulduggery se arrastró hacia la ventana que daba al patio y devolvió el fuego. Los cobertizos y la maquinaria agrícola proporcionaban una excelente protección a Sicaria Rose, que bailaba y daba vueltas mientras cargaba su ametralladora riéndose sin parar.

–¿Dónde están los Nigromantes? –le gritó Skulduggery a Abominable.

–Wreath tenía que acercarse por detrás, desde el oeste. No sé qué puede haberlos retenido.

–Nunca te fíes de un Nigromante –rezongó Tanith.

Valquiria se arriesgó a echar un vistazo y distinguió al fondo del patio a Horrendo Krav: estaba depositando el torso del Grotesco en un círculo de tiza que dibujaba en el suelo Jaron Patíbulo. Fletcher trató de echar a correr, pero Krav lo cogió por la espalda y lo arrojó al lado del torso. Patíbulo empezó a trazar una ristra de símbolos alrededor del círculo.

Antes de que Valquiria pudiera preguntar qué ocurría, los símbolos empezaron a brillar y a despedir un humo rojo, mientras el círculo desprendía humo negro. Las columnas de humo se arremolinaban formando una nube que rugía como un huracán.

–Maldita sea –dijo Skulduggery, cambiando de objetivo y disparando a Patíbulo en vez de a Rose. Sin embargo, sus balas no alcanzaban el blanco: eran atraídas por el humo y quedaban atrapadas en el torbellino de su interior.

Valquiria vio fugazmente a Fletcher. Estaba de rodillas, y sus esposas reposaban en el suelo junto a él. Patíbulo estaba de pie a su lado, sujetándole los hombros. Aunque tenía las manos libres, si Fletcher intentaba teletransportarse se llevaría consigo a Patíbulo. Valquiria sabía muy bien que este le castigaría de inmediato por su desobediencia.

Patíbulo obligó a Fletcher a poner las manos sobre el Grotesco. Iba a salirse con la suya; finalmente iba a abrir la puerta. El humo hizo un remolino y le ocultó. Valquiria dirigió la mirada hacia Sicaria Rose, que seguía riéndose como una demente mientras arrojaba algo hacia la granja.

Valquiria giró en redondo e inmediatamente oyó una explosión a sus espaldas que la derribó entre una lluvia de astillas, cascotes y cristales. Se dio un buen batacazo, y notó que le zumbaban los oídos; tenía la boca llena de polvo y el hombro dolorido.

–¡Valquiria! –gritó Skulduggery.

–¡Estoy bien! –respondió ella con voz ronca. Miró en derredor, buscando la bolsa del Cetro, y vio que estaba en un rincón.

Una ráfaga de ametralladora acribilló la pared por encima de su cabeza, y Abominable se la llevó a rastras de la zona de peligro.

–No te muevas –dijo. Cogió algo que Valquiria tenía en la espalda y tiró con fuerza. Ella dio un grito y se apartó de él: Abominable tenía en la mano un fragmento de cristal cuya punta goteaba sangre–. ¿Tienes más heridas?

–Estoy bien –mintió ella.

–Tengo varias prendas para ti. Nada podrá atravesarlas. Están en una bolsa, dentro de la camioneta. ¿Crees que podrás conseguirlo?

Ella asintió con la cabeza y Abominable la ayudó a levantarse. Se esforzó para no hacer una mueca de dolor. Se oyeron más disparos y un cuadro muy feo que colgaba de la pared quedó reducido a un amasijo de papel en un marco destrozado. Abominable abrió la puerta bruscamente.

–¡Venga! –dijo. Valquiria salió de la granja a todo correr en dirección a la camioneta en llamas, se dejó caer y se deslizó por el suelo hasta que estuvo detrás de ella.

Empujó el aire para despejar el humo y vio la bolsa en el asiento posterior. Metió la mano en la camioneta hasta alcanzar la correa de la bolsa y la sacó de un tirón. El humo la envolvió por completo, y tuvo que cerrar los ojos para que no le escocieran. Se arrastró hacia atrás, tosiendo, hasta que sintió la hierba debajo de ella. Los ojos empezaron a lagrimearle nada más abrirlos.

Se quitó las zapatillas con los pies, al tiempo que tiraba la chaqueta hecha jirones; luego se abrochó la blusa sin mangas encima de la camiseta. Sus tejanos estaban mugrientos y salpicados de barro. Los dejó abandonados entre la hierba y se puso los pantalones negros sin apenas reparar en lo bien que le entraban, en cómo se le ajustaban a la perfección de inmediato. Cuando se puso las botas nuevas, le dio la impresión de que las tenía desde hacía años.

Valquiria revolvió los bolsillos de su ropa vieja, se guardó todo lo que contenían y se puso el gabán. Era más corto que el anterior, ya que le llegaba a la mitad del muslo. Todas las prendas nuevas eran negras excepto las mangas del gabán, que eran de un rojo tan oscuro que recordaba al de la sangre seca.

Se estaba recogiendo el pelo cuando a sus espaldas se oyó algo parecido a un susurro. Valquiria volvió la cabeza justo a tiempo para ver un puño que salía disparado hacia su cara. Dio un paso atrás y estuvo a punto de tropezar con la ropa que se había quitado. Su atacante seguía avanzando hacia ella: era un ser cuya piel parecía hecha de papel cosido, y caminaba arrastrando pesadamente los pies. Valquiria chasqueó los dedos y lanzó contra su pecho una bola de fuego que abrió un agujero e inflamó los gases del interior; pero detrás de él venía otro, y otro más. Valquiria corrió hacia la granja para ganarles terreno, y luego se volvió de nuevo.

Un ejército de Hombres Huecos avanzaba hacia ella con paso lento y cansino.

Valquiria entró a toda prisa en la granja y cerró de un portazo. Los disparos habían cesado, pero aun así se agachó por si acaso.

–Hombres Huecos –dijo; Tanith se lanzó de inmediato hacia la puerta y apoyó la mano en la madera.

–Resiste –musitó, y de la palma de su mano empezó a emanar una película reluciente que recubrió la puerta.

–¿Cuántos son? –preguntó Skulduggery.

–No lo sé. Doscientos o trescientos.

–Mierda –gruñó Abominable.

–No sé cómo la Diablería los habrá traído hasta aquí –dijo Skulduggery–, pero ya hemos luchado en otras ocasiones con Hombres Huecos, y nunca nos han causado demasiadas dificultades. Solo constituyen una amenaza si dejas que te rodeen.

–Hay trescientos en total –señaló Tanith–. No hace falta que nos preocupemos, es imposible que nos rodeen...

–Nos están atacando con todos los medios de que disponen porque quieren mantenernos ocupados. Hemos de impedir que Fletcher abra esa...

Le interrumpió otra ráfaga de disparos que los obligó a echarse al suelo.

Los Hombres Huecos empezaron a aporrear la puerta, pero la película que le había aplicado Tanith resistía. Con las ventanas no podía hacer nada, sin embargo, por lo que los Hombres Huecos no tardaron en destrozar los cristales que quedaban. Estos les perforaron los brazos, que al deshincharse dejaban escapar un gas verde. De todos modos, detrás de ellos iban llegando más.

Sicaria Rose corría de un lado a otro del patio empuñando la ametralladora, que no dejaba de escupir balas. Skulduggery enfundó el revólver.

–Voy a salir –dijo–. Creo que esto nos supera.

–No soporto que me superen –murmuró Abominable.

Paddy se levantó bruscamente, devolviendo aún los disparos gracias a su interminable provisión de cartuchos, pero Skulduggery esperó a que Sicaria Rose tuviera que volver a cargar su arma.

–Venga –dijo entonces, saltando por la ventana. Abominable y Tanith salieron tras él.

Valquiria vio por la ventana cómo Skulduggery corría derecho hacia la masa de humo rojo y negro, dejando que Abominable y Tanith se ocuparan de los demás. Abominable empujó el aire; Rose se tambaleó y Tanith aprovechó para asestarle un puñetazo. La ametralladora salió volando, pero en las manos de Rose aparecieron súbitamente dos cuchillos.

Krav arremetió contra Abominable mientras los Hombres Huecos irrumpían en el patio. Paddy hizo agacharse a Valquiria.

–Si nos quedamos callados –susurró–, igual se olvidan de nosotros.

–No pienso limitarme a mirar –replicó ella irritada, soltándose de su mano. Avanzó en cuclillas hasta apartarse de la ventana, y luego corrió hacia la bolsa negra.

Paddy fue tras ella con expresión desafiante.

–Tu amigo esqueleto lo ha dejado muy claro, Valquiria. Solo vas a salir de esta casa si fracasa todo lo demás.

–Nunca hago lo que me dice. Y lo sabe muy bien.

–Skulduggery ha dicho que eras su última esperanza –insistió Paddy–. Creo que tienes el deber de aguardar aquí hasta que te necesiten, por consideración a todas las personas que están luchando en este momento. Si sales ahora y te ocurre algo, ¿de qué les vas a servir?

Valquiria metió la mano en la bolsa y agarró el Cetro.

–Ya sé que quieres ayudarles –siguió diciendo Paddy–. Sé muy bien que lo que estás viendo te destroza el corazón, pero si no sigues el plan, todo habrá sido en vano.

Valquiria apretó los dientes y se volvió hacia Paddy, quien dejó caer los hombros con aire compasivo.

–Lo siento.

A Valquiria le constaba que Paddy tenía razón. Por primera vez, contaban con un plan; lo mínimo que podía hacer era ceñirse a él.

Fuera resonaba el fragor de la batalla.

–¿De qué eres capaz? –le preguntó Paddy–. ¿Por qué dicen que eres su única esperanza? ¿Posees algún poder especial que no tiene nadie más?

Valquiria meneó la cabeza.

–No, pero poseo un arma que no tiene nadie más –sacó de la bolsa el Cetro de los Antiguos–. No existe otro objeto que pueda matar a un dios, y yo soy la única que puede utilizarlo.

Paddy arqueó las cejas.

–Eso es mucha responsabilidad.

–Sí, eso mismo creo yo –dijo Valquiria a media voz–. Hicieron una predicción que hablaba de mí, ¿sabe? Dice que me moriré y entonces se acabará el mundo.

–¿Y la predicción debe cumplirse hoy?

–Parece lo más lógico, ¿no cree? Si me matan y no queda nadie a quien entregar el Cetro, todo habrá terminado. Así pues, es muy posible que hoy sea mi último día de vida.

–Y tus padres no están al corriente de nada, ¿verdad?

–No.

–Si lo supieran, se enorgullecerían de ti. No he tenido hijos, pero si los tuviera querría que llegaran a ser como tú.

Se acercó a una fotografía antigua que estaba en la mesilla de noche y cogió un anillo de oro que había detrás.

–Era de mi madre –dijo–. Tenía la intención de regalárselo algún día a la mujer con quien me casara. Qué pena. Los años que me quedan pasarán en un abrir y cerrar de ojos, de los ojos de un viejo. No dejaré herencia alguna, no importaré a nadie.

Valquiria se entretuvo volviendo a guardar el Cetro en la bolsa y cerrando la cremallera. No sabía qué decirle.

Paddy fue hacia ella con el anillo de oro en la mano.

–¿Querrías ponértelo?

–Verás, Paddy. No podría...

–Nunca llegué a casarme.

–Aún tienes tiempo.

–Eres una chica muy amable, pero no sabes mentir. De todos modos, si existe la magia, también pueden ocurrir milagros, ¿no crees? ¿Me harías un favor, pues? Guárdame este anillo hasta que lo necesite.

–¿Seguro que no prefiere guardarlo usted?

–Representaría mucho para mí saber que se lo entrego a una persona digna de él.

Valquiria se mostró indecisa; luego cogió el anillo y se lo puso en el índice derecho.

–Te queda muy bien –dijo Paddy con una sonrisa.

Ella no pudo evitar sonreírle a su vez.

–Lo cuidaré mucho –le prometió–. Durante el tiempo que nos quede.

Oyeron pasos rápidos que venían de arriba. Se asomaron a la ventana y vieron que una docena o más de Hendedores saltaban del tejado al patio, empuñando sus guadañas, y empezaban a lanzar mandobles a los Hombres Huecos sin darles tiempo a reaccionar.

–¿Son de los vuestros? –preguntó Paddy, desconcertado.

–Sí que lo son, sí –respondió Valquiria sonriendo.

Valquiria se asomó de nuevo: Abominable lanzaba bolas de fuego hacia los Hombres Huecos, que giraban sobre sí mismos y quedaban envueltos en llamas al inflamarse sus gases internos. Entonces apareció China, vestida completamente de negro. Sin apenas detenerse, se tocó los símbolos de los antebrazos y proyectó una ola de energía azul hacia Krav justo cuando este arremetía contra ella.

Skulduggery estaba frente a la masa de humo y trataba de penetrar en ella. Valquiria vio fugazmente a Fletcher, que tenía las manos sobre el Grotesco; a pesar de la distancia, apreció claramente la expresión de dolor de su rostro. Intentaba moverse, pero Patíbulo le obligaba a permanecer de rodillas. De repente, Fletcher dobló la espalda hacia atrás y dio un grito que el rugido de la humareda no consiguió silenciar.

A diez metros de él apareció de la nada una luz amarilla que se fue haciendo más grande y brillante. Crecía rápidamente. Al cabo de diez segundos, era del tamaño de una cabeza humana. Valquiria ya alcanzaba a distinguir su interior. En el centro, la luz estaba en calma y era menos brillante, pero los bordes parecían llamaradas rabiosas que tiraran de la puerta para ensancharla cada vez más.

Los Nigromantes acababan de entrar en el patio. A juzgar por su aspecto, habían tenido que luchar encarnizadamente para llegar hasta allí. Solomon Wreath se puso a dar órdenes a gritos y la Nigromante hizo girar su capa, cortando con los bordes a los

Hombres Huecos que la rodeaban. El tercero de ellos disparaba sin cesar su trabuco, y cada bala oscura atravesaba a varios Hombres Huecos a la vez.

Wreath se servía de su bastón como si dirigiera una orquesta, lanzando olas de oscuridad que rompían contra sus enemigos.

Valquiria dirigió la mirada nuevamente hacia la puerta. A medida que la luz crecía, sus posibilidades de salvarse menguaban.

Tanith hacía frente a Sicaria Rose, pero su rostro reflejaba una expresión que Valquiria raramente le había visto: miedo.

Hubo un relámpago de acero y Tanith perdió terreno. Los puñales de Rose rechazaban y bloqueaban sus mandobles, cada vez más desesperados. En las facciones de Rose se dibujaba una sonrisa: estaba jugando con Tanith, saboreando la certeza de que podía terminar el combate en cualquier momento.

Y entonces, decidió terminarlo.

35

LO IMPOSIBLE

TANITH trató de dar una voltereta hacia atrás, pero Sicaria Rose arremetió contra ella y le desgarró el hombro de una cuchillada.

Valquiria se levantó bruscamente y gritó su nombre.

Tanith retrocedió con una estocada frenética; Rose se agachó para esquivarla y le clavó un cuchillo en la pierna derecha.

Tanith cayó sobre una rodilla, pero agarró a Rose por la muñeca justo cuando esta le lanzaba una puñalada al cuello. Rose se limitó a apoyar tranquilamente la punta del otro cuchillo en el dorso de la mano de Tanith, y a hundirlo en la carne con un solo movimiento preciso.

Tanith pegó un chillido y Rose le dio una patada que la tumbó; luego se dispuso a darle el golpe de gracia.

Valquiria vislumbró una forma clara que pasaba como un rayo, y Sicaria Rose tuvo que agacharse para esquivar la guadaña del Hendedor Blanco.

El Hendedor se agachó a su vez y giró sobre sus talones; Rose dio una voltereta y después arremetió contra él a una velocidad sobrehumana. El Hendedor Blanco desvió uno de sus cuchillos y bloqueó el otro mientras le daba una patada en la pierna. Rose dio un traspié y la hoja de la guadaña pasó rozándole el cuello.

Rose intentó parar un amago de golpe bajo que le lanzó bruscamente el Hendedor, momento que este aprovechó para derribarla de un certero golpe en la mandíbula con la empuñadura de la guadaña.

Valquiria estaba a punto de salir corriendo para ayudar a Tanith, cuando la pared que tenía delante estalló. Paddy se puso a toser a su lado; entre el polvo y los cascotes, Valquiria vio que Horrendo Krav trataba de ponerse en pie, profiriendo maldiciones.

El señor Bliss salió por el boquete gigante que había hecho en la pared.

–¿A mi hermana, Krav? –gruñó–. ¿Tratabas de matar a mi hermana?

Krav le lanzó un puñetazo, pero Bliss le agarró la mano y la apretó triturándole todos los huesos. Krav rugió de dolor. Bliss le asestó un puñetazo que le estampó contra la pared del otro lado, llenándola de grietas.

–Mi hermana es la única pariente que me queda.

Le dio otro puñetazo, y los dos atravesaron la pared y siguieron luchando fuera.

Abominable salió por el primer boquete, pasando el brazo por el cuello de Tanith para sostenerla. Ella sangraba copiosamente, pero aún empuñaba la espada. Valquiria corrió hacia los dos mientras Abominable sentaba a Tanith en una silla, junto a la mesa.

–Todavía puedo luchar –murmuró Tanith.

–¡Ocúpate de ella! –exclamó Abominable, saliendo de nuevo a toda prisa.

–Tanith –dijo Valquiria, agachándose para mirarla–. Tanith, ¿me oyes?

–Me ha vencido, Val...

–Por pura suerte –Valquiria se volvió a Paddy–. ¿Tiene vendas o material médico?

Él asintió y echó a andar.

–Por aquí tengo un botiquín –dijo.

Se puso a revolver cajones y Valquiria fue a ayudarle. Cuando volvió la cabeza para asegurarse de que Tanith no se hubiera desmayado, advirtió que la pared empezaba a agrietarse. Sin apenas darle tiempo para lanzar un grito de advertencia, Billy-Ray Sanguine la atravesó de un salto. Agarró del pelo a Tanith y estrelló su cabeza contra la mesa.

Paddy se dio la vuelta y le apuntó con la escopeta, pero Sanguine lanzó contra él a Tanith. Valquiria chasqueó los dedos, pero no consiguió hacer saltar ninguna chispa. Sanguine se hundió en el suelo; Valquiria oyó que emergía de la pared, a sus espaldas, y le lanzó una patada a ciegas. Le dio en toda la pierna, arrancándole un gruñido; luego trató de continuar el ataque con un golpe cruzado, pero él lo rechazó y le lanzó un directo al esternón. Valquiria salió despedida hacia atrás, tropezó con una silla y cayó cuan larga era.

Sonaron dos disparos de escopeta. Cuando levantó la vista, vio que Paddy contemplaba la pared desnuda, con los ojos desorbitados por el asombro. Sanguine surgió del suelo a sus espaldas y lo lanzó contra la pared de un empellón.

–Estáis todos tan ansiosos de morir, que casi no tiene gracia mataros –dijo.

Arremetió contra Valquiria, que se encaramó a la mesa de un salto y dio una voltereta. Él se echó a reír y se abalanzó sobre ella, pero Valquiria echó mano de la espada de Tanith y le lanzó un amplio mandoble semicircular. La hoja desgarró el vientre de Sanguine, que se detuvo en seco, boquiabierto, mirándose la herida al tiempo que daba un paso atrás.

–¿Qué has hecho? –preguntó anonadado.

El corte empezó a sangrar, calándole rápidamente la camisa y oscureciéndole el traje.

–¿Se puede saber qué demonios me has hecho? –chilló, y la furia de su voz la golpeó con más fuerza que el puñetazo más brutal.

Entonces, la tierra se lo tragó.

Paddy gemía tendido en el suelo, pero parecía ileso. Valquiria ayudó a Tanith a sentarse de nuevo y dejó la espada en la mesa; luego se asomó a la ventana.

De la puerta de luz salió volando algo, una cosa que se quedó grabada en su mente. Una onda expansiva sacudió la granja y Valquiria cayó de espaldas.

Sus pensamientos enmudecieron de golpe.

Notó los cristales bajo las manos. La brisa, que de pronto se había transformado en viento. El mundo gris y apagado.

Otra onda expansiva sacudió la granja.

Y otra más.

Tenía la boca seca y le palpitaba la cabeza. Avanzó entre los cascotes a gatas, lentamente, hasta el boquete de la pared.

Fuera había una muchedumbre de cuerpos dispersos en el suelo. Una infinidad de hombres de papel. Otras figuras, vestidas de negro. Remolinos de humo rojo y oscuro. Un esqueleto, había un esqueleto que se dirigía hacia ella dando traspiés.

Oyó una voz que la llamaba

–Valquiria.

El esqueleto llevaba guantes. Notó sus dedos finos y duros en el brazo. Y esa palabra de nuevo: «Valquiria». Pero esta vez oyó más palabras: «Mírame, Valquiria, mírame». Salían de la boca del esqueleto. De la boca de Skulduggery.

–Skulduggery –murmuró.

–... tienes que concentrarte. ¿Los has mirado? Me refiero a los seres que salieron de la puerta. ¿Los has mirado?

Su propia voz sonaba lejana.

–Los he visto fugazmente –respondió. Ya oía mejor, y veía que los demás se levantaban con dificultad. China por un lado, Abominable por otro. Vio a los Nigromantes atacar a los últimos Hombres Huecos, que trataban de ponerse en pie torpemente.

Vio a un muchacho, Fletcher Renn, que salía a gatas de la humareda. Un hombre, que parecía haber salido volando del círculo a causa de la onda expansiva, vio a Fletcher y extendió la mano para cogerle.

El muchacho se esfumó y reapareció de inmediato a poca distancia. El hombre, Patíbulo, se abalanzó sobre él, pero Fletcher se desvaneció de nuevo y volvió a aparecer a pocos pasos. Patíbulo estaba furioso. Fletcher cerró los ojos y se concentró, y esta vez, al teletransportarse, ya no volvió.

Ahora que Fletcher ya no lo mantenía abierto, el círculo de color amarillo brillante que estaba suspendido en el aire empezó a encogerse. Valquiria se lo quedó mirando hasta que desapareció.

–¡Valquiria! –gritó Skulduggery–. Tienes que despabilarte, ¿entiendes? Valquiria Caín, necesito que me ayudes.

311

Ella se volvió a Skulduggery, notando que se le aclaraba la mente, y asintió con la cabeza.

—Sí.

—¿Me comprendes?

La mente se le despejó aún más.

—Sí, sí, te comprendo. Se ha cerrado la puerta.

—Algunos han conseguido salir. He contado tres. Necesitamos el Cetro ahora mismo.

Ella asintió de nuevo, y cuando se disponía a ir a por él, Krav dobló la esquina trastabillando. Sin hacerles el menor caso, siguió caminando con paso inestable. Bliss le pisaba los talones.

—¡Déjame en paz! —gritó Krav. Tenía magulladuras por todo el cuerpo y sangraba; el tatuaje que llevaba en la parte interior del antebrazo latía con un brillo rojizo.

Valquiria notó que una fuerte presión le tapaba los oídos, e hizo una mueca de dolor. La carne se le puso repentinamente de gallina y el corazón empezó a golpearle el pecho. Tenía miedo. De pronto le había entrado un miedo atroz e indescriptible.

Skulduggery la cogió del brazo y la obligó a agacharse.

—No lo mires —oyó que decía.

Por un momento no ocurrió nada.

Entonces lo vio con el rabillo del ojo. Pasaba por detrás de los árboles, cinco veces más alto que ellos: era un ser imponente que se transformaba sin parar, una ilusión óptica, una criatura abstracta de ángulos increíbles. Apartó los ojos, pero la imagen no desapareció. Se había grabado en su cerebro. Era una idea, o el simple esbozo de una idea, o el recuerdo de algo que no había conocido jamás, o la sombra de todas esas cosas: su reflejo invertido en las aguas tranquilas de un lago, en plena noche.

No podía ser verdadera, pues carecía de sustancia y de peso. Tenía masa, pero tras ella no había profundidad alguna. ¿Cómo podía llegar a existir? Era absurdo. No podía ser verdadera, y su misma existencia era absurda.

Trató de mirar de nuevo a esa criatura insensata de ángulos quebrados, pero su cabeza se negaba a volverse. Era lo imposible hecho carne, lo informe hecho forma, y no avanzaba por esos parajes acompañado de pisadas estruendosas, sino del bisbiseo de mil lenguas muertas y del grito sordo de las aves carroñeras.

Se oyó soplar el viento y luego un chillido: era Krav. La presión volvió a taparle los oídos y Valquiria parpadeó. Sus ojos enfocaron gradualmente.

Aquel ser de locura se había ido. Horrendo Krav estaba de pie, con los hombros hundidos y la cabeza gacha. No movía ni un músculo, aunque su pelo ondeaba movido por el viento. Ondeaba y se desprendía.

El pelo se le fue cayendo con suavidad, mechón a mechón, y su cabeza se levantó el tiempo justo para que Valquiria viera cómo se le derretían las facciones. La nariz y las orejas desaparecieron en primer lugar, hundiéndose en la carne. Los labios se solidificaron ocluyendo la boca para siempre, y los ojos se disolvieron y cayeron de las órbitas, resbalando por las mejillas como si fueran lágrimas. Los párpados se cerraron y se fundieron. Los Sin Rostro se habían apoderado de su primer cuerpo.

Bliss corrió hacia él, pero Krav, o el Sin Rostro que fuera Krav, se limitó a extender la mano.

A Bliss le fallaron las piernas y se dobló en dos. Valquiria alcanzó a ver su expresión de dolor, así como algo más: sorpresa. Bliss no estaba acostumbrado a experimentar dolor.

El Sin Rostro levantó el brazo y Bliss se elevó en el aire.

El Sin Rostro dobló los dedos y el cuerpo de Bliss quedó reducido a un amasijo de huesos pulverizados y carne desgarrada.

Valquiria le vio morir sintiendo unas arcadas incontenibles.

Skulduggery la agarró y la obligó a entrar en la granja.

–El Cetro –dijo, mientras echaba a correr hacia el Sin Rostro.

36

ENEMIGOS

VALQUIRIA entró a toda prisa en la granja. Paddy se volvió hacia ella y Valquiria le miró sin comprender. El señor Bliss estaba muerto.

La bilis le subió por la garganta. Corrió hasta un rincón y vomitó.

–Han llegado, ¿verdad? –preguntó Paddy.

Ella vomitó de nuevo, escupió y se limpió la boca.

–Tres en total –dijo.

Él asintió con la cabeza.

–Voy a traer tu bastón mágico.

Fue rápidamente a buscar la bolsa. A Valquiria le flaqueaban las rodillas y tenía la cara helada.

–Si muero pero ganamos nosotros –dijo–, ¿irá a ver a mis padres y les dirá que lamento haberles hecho pasar por esto y que los quiero mucho?

–No te preocupes –repuso Paddy, mientras se acercaba a ella y le tendía el Cetro. Su mirada se dirigió a un punto situado a sus espaldas; ella frunció el ceño y volvió la cabeza, pero no vio nada. Al volverse otra vez, Paddy la golpeó en la cara con el Cetro.

Valquiria fue a dar en la pared y se tambaleó. Paddy volvió a atacarla con el Cetro; ella consiguió levantar el brazo y detener el golpe, pero Paddy le asestó un puñetazo que le dobló hacia atrás la cabeza y la derribó.

Oyó maldecir a Tanith y miró hacia arriba. Los ojos le hacían chiribitas. Tanith alargo la mano para empuñar la espada, pero Paddy se la golpeó con el Cetro.

La guerrera pegó un grito. Paddy se colocó tras ella, le pasó el brazo por el cuello y la levantó de la silla. Ella forcejeó, pero estaba demasiado débil. Al cabo de unos segundos, Paddy dejó que se desplomara.

La conciencia de Valquiria se debatía entre la oscuridad y la luz, y notaba húmeda la mejilla. Chasqueó los dedos, pero no sirvió de nada.

–Ya no recordaba cómo era –dijo Paddy, casi para sí. Colocó el Cetro en la mesa–. Me refiero a luchar. Cuando lo hacía, no solía ser tan ruidoso. Hubiera preferido ocuparme de ti con menos ruido, pero llevas puesta esa ropa embrujada. Mi cuchillo no la habría atravesado –un puñal relucía en su mano–. De todas formas, te lo clavaré en el cuello. O en los ojos.

Valquiria se lamió los labios y notó el sabor de la sangre.

–Usted mató a los Teletransportadores –dijo, levantándose con dificultad.

–En efecto.

–Usted es Batu.

Él se subió la manga mientras avanzaba hacia ella, y le enseñó la marca que tenía en el interior del antebrazo.

–El mismo.

Valquiria se quedó donde estaba, esperando a que se acercara, y luego flexionó los dedos y extendió la mano. Pero no lograba sentir el aire, no percibía sus conexiones, y Paddy, o Batu, le dio una cuchillada en la mano. Ella pegó un grito.

–Estúpida –masculló él, tratando de herirla en el cuello. Ella dio un paso atrás, tropezó y cayó dando una voltereta. Volvió a chasquear los dedos, de nuevo en vano. Batu se abalanzó sobre ella, y Valquiria logró pasar bajo sus piernas por muy poco.

–Usted es uno de ellos –dijo, tratando de ponerse fuera de su alcance.

–¿Uno de quiénes? ¿De la Diablería? –Batu arremetió y Valquiria reculó rápidamente; con una sonrisa, Batu comenzó a trazar círculos alrededor de ella, mientras Valquiria giraba sobre sí misma para no perderle de vista–. No soy un esclavo descerebrado, Valquiria. Mira a tu alrededor: ¿ves toda la muerte, la locura y el caos? ¿El fin del mundo, que se avecina? Todo eso es obra mía.

»Cuando era joven, Trope Kessel me contó todo lo referente a la puerta, y comprendí que había llegado mi oportunidad. Reconstruí la Diablería de la nada y todos estuvieron encantados de nombrarme cabecilla, puesto que tenía amplitud de miras y podía obtener información inaccesible para los demás.

»Los magos me confesaban sus mayores secretos, ¿y sabes por qué? Porque soy un simple mortal, y ellos son tan arrogantes que se niegan a creer que un MORTAL pueda suponer una amenaza para los DIOSES como ellos.

»Antes de matarlos, estuve en sus casas numerosas veces, bebiendo su té, charlando con ellos y dando de comer a sus gatos cuando se iban de viaje. Era todo tan prosaico, tan hogareño, que resultaba escandaloso.

»Hasta logré engañaros a ti y al esqueleto. No sabía con exactitud dónde se abriría la puerta, hasta que trajisteis al muchacho

317

para que encontrara el lugar por mí. Gracias por el favor, dicho sea de paso.

A Valquiria le dio un vahído y estuvo a punto de caerse. Batu le asestó una cuchillada, pero el gabán la protegió. Él se pegó a ella, sonriendo.

Valquiria se apartó de él.

–¿Por qué? ¿Por qué hace esto?

–Por la magia –respondió él–. Mi padre era mago, y mi hermano también. Pero yo no, yo carecía de la chispa, ¿me explico? Ahora, por fin, ha llegado mi gran momento.

Ella meneó la cabeza.

–O naces con ella, o no. La magia no se puede regalar.

–Hay atajos para todo.

Al ver cómo le brillaban los ojos, Valquiria ató cabos de repente.

–Va a ofrecerles su cuerpo para que lo posean.

–Oh, qué lista eres.

–Dejará que le POSEA un Sin Rostro.

–Eso es. Y entonces quedaré repleto de magia, de una magia con la que los magos corrientes no podrían ni soñar. Los magos no son dioses, Valquiria. Son tan poquita cosa como las personas que formaban parte de tu vida anterior. Por lo que a mí respecta, voy a convertirme en un verdadero dios.

–Pero no será usted, pues le van a borrar completamente su personalidad. Hasta su cuerpo se transformará. Nunca sabrá lo que se siente al utilizar la magia.

–Lo sabré –dijo Batu suavemente–. Habrá algo de mí que perdurará, y algo que entrará a formar parte de los Sin Rostro. Lo sé. Soy fuerte, ¿sabes? Nací sin el don de la magia, por lo que no tuve más remedio que hacerme fuerte. Tengo una voluntad de hierro. No van a borrar mi personalidad como les ocurre a los demás.

Valquiria frunció el ceño.

—También les ha ofrecido los cuerpos del resto de la Diablería.

—No quería que los Dioses Oscuros perdieran el tiempo buscando a candidatos apropiados. Pensé que sería mejor ponérselo fácil.

De nuevo arremetió contra ella. Sin hacer caso del dolor que le producía el corte de la mano, Valquiria le propinó un codazo en la cara, le agarró la muñeca con las dos manos y se la retorció.

Batu la embistió con el hombro. Los dos chocaron contra la pared, y él la derribó con un golpe de cadera. Era viejo, pero fuerte y veloz. Sin soltarle la mano del cuchillo, Valquiria le dio una patada en la pierna y notó cómo cedía la rodilla; luego se retorció y le plantó la bota en la otra pierna. Batu se desplomó sobre Valquiria, y ella lo aprovechó para pegarle un rodillazo en la cara.

El cuchillo cayó al suelo ruidosamente. Valquiria salió rodando de debajo de Batu y de un patada puso el arma fuera de su alcance. Él escupió sangre y dientes, y Valquiria se dispuso a darle otra patada.

Pero el viejo era más ágil de lo que había previsto. Esquivó la patada, que pasó rozándole el hombro; se puso en pie, la agarró por la chaqueta y la levantó en vilo. Luego la arrastró hacia atrás y la estampó contra la mesa. Valquiria cogió el Cetro con la mano izquierda y Batu le sujetó la muñeca para que no pudiera apuntarle con él. Un rayo negro convirtió en polvo una parte del techo.

Valquiria dirigió el Cetro hacia él, pero Batu le soltó la muñeca y logró agarrarlo para desviarlo nuevamente. Un trozo de pared se desmoronó.

Batu le dobló el brazo haciendo girar la gema negra, que se puso a brillar y escupió un rayo que dio de lleno en el borde de la mesa. Esta se vino abajo haciéndolos caer, pero sus posiciones no cambiaron. Batu continuaba encima, y ahora el Cetro apuntaba directamente a Valquiria.

Él tenía el rostro petrificado en un rictus de odio y terquedad.

–Ríndete –murmuró apretando los dientes rotos–. Ahórrate el dolor de ver cómo muere el mundo.

Valquiria le golpeó en las costillas con la mano libre, y Batu soltó un gruñido. Le golpeó de nuevo, pero él no aflojó su presa. Trató de empujar el aire en vano, y entonces notó el anillo de oro en el dedo.

El anillo estaba hechizado. No había otra explicación.

Apoyó en él la punta del pulgar. Le iba muy estrecho, pero se deslizó por el dedo hasta que logró hacerlo saltar. De inmediato sintió el aire en la palma de la mano.

Chasqueó los dedos e hizo brotar una llama, que abrasó el costado de Batu. Él pegó un grito y se separó de ella bruscamente, tratando de extinguir las llamas de su camisa con las manos. Se puso en pie con dificultad y salió corriendo por el boquete de la pared.

Valquiria se apoyó en el codo y se levantó. Tenía un dolor de cabeza atroz y la cara ensangrentada, pero por lo demás parecía estar ilesa. Se acercó a Tanith y la colocó de costado, en la posición de salvamento que le habían enseñado en la escuela. Solo después de hacerlo, cayó en la cuenta de que ya no tenía el Cetro.

Volvió la cabeza y escudriñó el suelo frenéticamente, pero no lo encontró. Se lo había llevado Batu. Valquiria soltó una maldición y salió corriendo por el boquete para perseguirle, pero solo alcanzó a distinguir cómo desaparecía entre los árboles.

Echó a correr tras él.

37

LAS COSAS SE ACLARAN

BATU engañó a la mocosa para que le siguiera por entre los árboles y luego cambió de dirección, corriendo todo el tiempo bien agachado. Le había roto la nariz y varios dientes, y tenía quemaduras graves en el costado derecho, pero no podía permitirse caer en menudencias como la venganza. Al menos, de momento. Se escondió y la vio pasar; después cavó un agujero y dejó caer el Cetro en su interior. Lo cubrió de tierra y de hojas y volvió sobre sus pasos.

Al llegar al patio y presenciar la matanza, se echó a reír.

Una docena de Hendedores yacían muertos. Estaban desparramados por el suelo como una alfombra tosca de cuerpos destrozados y sangre. El Sin Rostro, con la ropa quemada y hecha jirones, y la cara carente de rasgos, completamente lisa y aterradora, caminaba despacio entre ellos.

Tres Hendedores salieron despedidos por los aires, y sus cuerpos se doblaron sobre sí mismos como si explotaran hacia dentro. Sus despojos cayeron al suelo, relegados al olvido. Varios Hendedores más, con los uniformes grises salpicados de la sangre de sus compañeros, *se lanzaron al ataque con determinación inflexible, pero las hojas de las guadañas no hacían sino rebotar en la piel de su enemigo.*

Batu se volvió justo cuando Sicaria Rose corría hacia él y le cogía del brazo.

–¿Qué has hecho? –exclamó furiosa–. ¡Nos dijiste que esas marcas nos salvarían! ¡Dijiste que nos servirían de protección!

–No son protecciones –dijo Batu con voz serena, a pesar de la euforia que le dominaba–. Son invitaciones.

Rose lo miró de hito en hito, y luego se dio la vuelta y se marchó corriendo. Batu vio cómo se perdía de vista entre los árboles.

Una forma imposible se deslizó como un torrente tras ella haciendo que los árboles crujieran y se balancearan. Batu la oyó gritar. Después reinó el silencio.

Todavía quedaba un dios, y Batu fue a buscarlo.

38

POR TODAS PARTES

VALQUIRIA se detuvo y dio un grito de frustración. Le había perdido de vista. No tenía sentido adentrarse más en el bosque: aun cuando Batu estuviera más adelante, cosa que dudaba, sería casi imposible encontrarlo, porque conocía el terreno mucho mejor que ella.

No, estaba segura de que Batu no se había internado más en la espesura. ¿Para qué iba a hacerlo? Batu quería ver la culminación de su magnífico plan, y eso requería estar presente en el lugar donde se desarrollaba la acción.

De pronto oyó un ruido a sus espaldas. Se volvió a tiempo para ver cómo Remus Crux salía de detrás de un árbol.

–Me ha dado un susto de muerte –le espetó Valquiria.

Crux tenía el brazo derecho pegado al cuerpo, como si estuviera fracturado, y cojeaba mucho. Sudaba copiosamente y parecía muy dolorido. Su cara estaba llena de sangre seca.

–¿Se encuentra bien, Remus? ¿Ha visto pasar a una persona? ¿A un viejo?

–Estás detenida –gruñó Crux, metiéndose la mano derecha en el bolsillo. Valquiria se abalanzó sobre él y le agarró la muñeca justo cuando iba a sacar una pistola de pequeñas dimensiones.

–¡Resistencia a la autoridad! –berreó Crux, mientras se tambaleaba hacia el árbol arrastrando consigo a Valquiria.

Ella le dio un codazo en el brazo herido que le arrancó un chillido; entonces le quitó la pistola, le apartó de un empujón y arrojó el arma entre la maleza. El detective dio un manotazo, y un muro de aire la embistió y la hizo salir disparada. Al caer se golpeó los hombros y dio una voltereta poco elegante que le hizo clavar la barbilla en el pecho.

Crux se dirigía hacia ella arrastrando la pierna, mientras hacía aparecer una llama en la palma de la mano.

–¡Agresión a un funcionario del Santuario! –berreó.

Valquiria arremetió contra él y le bajó la mano derecha de un golpe, al tiempo que le asestaba un directo a la mandíbula que le hizo trastabillar.

–¡Me podría haber roto el cuello, cretino! –gritó, lanzándole una patada a la pierna coja. Crux soltó un grito y cayó desplomado. Valquiria dio un paso atrás agarrándose el puño. Esperaba no habérselo roto. Tanith siempre le decía que utilizara los codos, no los nudillos. Tendría que haberla escuchado.

Bajó los ojos y miró a Crux, que se retorcía, chillaba y gimoteaba. No podría ir muy lejos en semejante estado. Se dio la vuelta y desanduvo el camino.

Delante de ella vio a una persona sentada con la espalda apoyada en un árbol. Era Fletcher Renn. Tenía la cabeza gacha y la camisa empapada de sangre. Su pelo estaba completamente enmarañado.

La oyó venir y levantó los ojos muy despacio, como si cada movimiento trajera consigo un nuevo tipo de dolor.

—Los he ayudado —dijo.

—Ya lo sé. Pero ahora necesitamos que nos ayudes a nosotros. ¿Has visto a Paddy?

Negó con la cabeza.

—No he visto a nadie. Ni siquiera he luchado con ellos. Me han amenazado y me han hecho un corte. Nada más. Siempre había pensado que sería un héroe llegado el momento, ¿sabes? —soltó una risa crispada.

Valquiria se agachó a su lado.

—No quiero parecer cruel —dijo—, pero lo que menos necesitamos en este momento son lamentaciones.

—¿Te gustaría irte de aquí? Estoy tratando de reunir fuerzas para teletransportarme a donde sea, a cualquier sitio. A casa, tal vez. No sé por qué, pero en este momento me muero de ganas de volver a Londres.

—No puedes marcharte. Paddy, el viejo, ¿sabes a quién me refiero? Pues él es Batu. Es el cerebro de este asunto, y además tiene el Cetro. Seguramente lo habrá escondido, lo habrá tirado en una acequia o algo por el estilo. Fletcher, si no damos con él, tendremos que idear una treta para que los Sin Rostro vuelvan a pasar por la puerta. Será preciso que la abras.

Fletcher se la quedó mirando con el ceño fruncido.

—¿Estás chalada? Al abrirla antes me he quedado hecho polvo. Además, si me quedaran fuerzas para emplear mi poder, a estas alturas ya lo habría hecho. ¿Crees que sigo en este lugar porque soy valiente? En cuanto recupere las fuerzas, me largo.

—No puedes dejarnos en la estacada. Es nuestra única oportunidad de salvar el mundo. No tendremos otra.

—Vuestra guerra no es cosa mía.

—Es cosa de TODOS.

325

–Cuando se enteren los otros magos, vendrán corriendo a echaros un cable desde todos los rincones del planeta. Serán ellos y no yo quienes detengan a los Sin Rostro. Yo no soy más que un niño –se volvió a ella–. Y tú deberías acompañarme.

–Imposible. Si no quieres ayudarnos, nuestra única oportunidad consiste en dar con el Cetro.

–Te matarán.

–Por lo visto, ya hace tiempo que corro ese riesgo –replicó Valquiria incorporándose.

Se quedó esperando un momento para ver si Fletcher cambiaba de opinión; quería darle una oportunidad. Pero Fletcher continuó sentado.

Al fin, Valquiria echó a correr y salió del bosque justo a tiempo para ver a Skulduggery luchando con el Sin Rostro. El esqueleto le lanzaba ráfagas, pero no servía de nada: el aire ondulaba y se doblaba alrededor del Sin Rostro sin causarle el menor daño.

La Nigromante atacó al Sin Rostro por la espalda, haciendo girar su capa de sombras. El Sin Rostro extendió la mano y el cuerpo de la mujer se volvió del revés como un calcetín.

El ser continuó avanzando mientras Skulduggery daba un paso atrás, y dirigió su brazo hacia él.

Fue entonces cuando la detectó. Su cuerpo se volvió hacia ella.

–¡Valquiria! –gritó Skulduggery–. ¡Corre!

39

CRISIS DE FE

IBA a por él.

Jaron Patíbulo lo sentía en lo alto, sentía cómo se aproximaba. La marca que les grabara Batu en el brazo era como un faro. Por mucho que se ocultara, por mucho que corriera, el Sin Rostro terminaría por encontrarle.

Aquello no había salido como estaba previsto.

Mientras corría, Jaron se quitó el cinturón y se lo ató fuerte al bíceps, notando cómo le cortaba la circulación. Cuando llegó al patio de la granja, ya tenía entumecida la mano izquierda.

Se arrodilló, recogió del suelo la guadaña de un Hendedor y la agarró invertida, de forma que la hoja se apoyara en el suelo.

Luego colocó en tierra el antebrazo y apoyó el filo de la parte convexa justo debajo del codo. Respiraba rápidamente y estaba bañado en sudor, pero no podía permitirse el lujo de dudar ni por un instante.

Sintió una ráfaga de aire y se le taparon los oídos. El Sin Rostro lo había encontrado.

Cerró los ojos y lanzó un grito mientras bajaba de golpe el mango de la guadaña. La hoja cercenó limpiamente la carne y el hueso, y el grito se transformó en alarido.

Se desplomó, estrechando contra su cuerpo el muñón sanguinolento. Al abrir los ojos vio junto a él su brazo amputado. El Sin Rostro había pasado de largo.

40

MATAR A LOS DIOSES

CHINA encontró a Crux sentado en el suelo, entre el bosque y el prado. Tenía la cabeza gacha y se abrazaba a sí mismo. Se dio cuenta de que estaba herido mientras caminaba hacia él. No había nadie más a la vista.

–Hola, Remus –dijo China.

Crux levantó la mirada. Tenía las pupilas dilatadas y murmuraba para sí.

–¿Qué te ha pasado? –le preguntó amablemente.

–Estáis todos en el ajo –masculló él.

China entrecerró los ojos azules.

–¿Los has visto, Remus? ¿Has visto a esos seres, a esos seres voladores? ¿Los has mirado?

Él chasqueó la lengua, meneó la cabeza y se abrazó con más fuerza. Había perdido el juicio. Debía de haber levantado la mirada cuando pasó el tercer Sin Rostro en busca de un cuerpo al que poseer.

Así resultaría todo más fácil.

China se agachó y le pasó un brazo por los hombros en actitud consoladora.

–¿Le contaste a alguien mi secreto, Remus? ¿A alguien en particular?

–¿Tu secreto? –susurró él.

–No me voy a enfadar –dijo ella sonriendo–. Te lo prometo. ¿A quién le contaste lo de Skulduggery?

–Skulduggery... –dijo Crux, tratando de recordar.

–¿Se lo contaste a alguien?

Crux volvió la cabeza para pensar, y se le abrió la chaqueta. China vio fugazmente un destello de oro.

–¿Qué tienes ahí? –le preguntó suavemente, alargando la mano con lentitud. Agarró el objeto y vio que se trataba del Cetro.

–Es mío.

–Sí, es tuyo, Remus. Qué bonito es. ¿Me lo dejas ver?

–Es mío. Lo he encontrado yo. He visto un hombre que hacía un agujero, le he visto cavar, y después ha llegado ella.

–¿Quién ha llegado?

–La chica. Me ha hecho daño.

–Es una chica mala. ¿Me lo dejas ver? Te lo devolveré enseguida, te lo prometo.

Crux soltó el Cetro a regañadientes y China lo cogió, sonriendo otra vez.

–Somos amigos, ¿verdad? ¿Le contaste a alguien mi secreto? No me voy a enfadar.

Él negó con la cabeza.

–No, no. No se lo conté a nadie.

–Así me gusta –dijo China, sacándose un cuchillo largo y delgado de la funda de la bota–. Estás confundido, ¿verdad? Voy a hacer que se te pase la confusión, te lo prometo.

–Devuélvemelo ahora mismo.

–Lo siento, pero no.

Crux soltó un gruñido, se volvió bruscamente y le golpeó la cabeza con la piedra que tenía en la mano. China cayó de espaldas, y Crux trató de levantarse apoyándose en la pierna rota.

–¡Estáis todos en el ajo! ¡Todos, todos!

Logró ponerse en pie y se acercó a ella con la piedra en alto, pero algo le derribó.

China se incorporó, aturdida, y Valquiria corrió hacia ella.

–¡Dame el Cetro! –gritó; la estaba persiguiendo un Sin Rostro que corría A TODA VELOCIDAD.

China se lo tiró. Valquiria lo atrapó al vuelo y se dio la vuelta. El Sin Rostro dejó de correr y la observó con su semblante carente de facciones. Levantó la mano hacia ella, lentamente.

China vio que en la cara de Valquiria se reflejaba el terror, como si temiera que su cuerpo reventara por fuera o por dentro, o, por lo menos, empezara a retorcerse. Entonces levantó el Cetro y disparó.

La gema se puso incandescente, el rayo negro crepitó y salió lanzado contra el pecho del Sin Rostro. Este trastabilló y, aunque carecía de boca, dejó escapar un chillido inhumano de dolor y de rabia. El rayo negro se enroscó alrededor de su cuerpo y Valquiria abrió fuego otra vez. La piel se secó y se agrietó. China vio cómo el dios pugnaba por abandonar su envoltura humana, pero ya era tarde: el cuerpo estalló en una nube de polvo.

China se puso en pie, mientras el viento barría el polvo. Valquiria advirtió que aún empuñaba el Cetro en posición de ataque e intentó bajar los brazos, pero los tenía agarrotados.

Skulduggery se acercó corriendo.

–¿Qué ha ocurrido? ¿Estáis bien? ¿Qué ha sido ese grito?

–Era el sonido que hacía un dios al morir –respondió China.

–¡Paddy! –exclamó Valquiria–. ¡Paddy es Batu!

China no sabía quién era el tal Paddy, pero Skulduggery inclinó el cráneo y apretó el puño.

–Así es como logró acercarse lo bastante a los Teletransportadores para poder matarlos –dijo–. Hasta dudo que a Peregrine se le ocurriera pensar en él cuando le preguntamos con quién había hablado.

China se dio cuenta de que Valquiria apenas escuchaba. Estaba señalando el lugar donde se encontraba el Sin Rostro un momento antes.

–Simplemente se me ha quedado mirando –dijo–. Podría haberme vuelto del revés, pero no lo ha hecho. ¿Por qué?

–Te habrá reconocido –contestó China–. Habrá reconocido la sangre de los Antiguos que te corre por las venas, y que denota que eres una persona diferente.

China se limpió la sangre de la frente y se volvió a Crux, pero este ya no estaba. Apretó los dientes de rabia, pero no dijo palabra.

–Ya podemos detenerlos –dijo Valquiria–. Ahora que tenemos el Cetro, podemos pararles los pies. No tengo más que apuntarles y disparar.

–Exacto –asintió Skulduggery.

–Vale, pues. ¿Dónde está el siguiente?

China oyó algo entre los árboles, a sus espaldas, y se dio la vuelta.

41

EL RAYO NEGRO

TRAS ellos sonó un estruendo semejante al de muchos animales huyendo en desbandada, y el Sin Rostro que poseyera el cuerpo de Sicaria Rose atravesó los árboles aparatosamente, apartó a China de un manotazo y golpeó con el puño a Skulduggery. Valquiria dio un traspié y el Cetro se le cayó. El Sin Rostro fue a cogerla justo cuando un brazo le rodeaba la cintura.

–Agárrate fuerte –le dijo Fletcher Renn al oído, y entonces se teletransportaron.

Un parpadeo.

Se hallaban en el otro extremo de la granja, junto a la camioneta en llamas. Fletcher la soltó y ella giró sobre sus talones.

–¡Has vuelto!

–Por supuesto.

–¡Skulduggery! –exclamó Valquiria–. ¡No podemos abandonarlos!

–No pensaba hacerlo –Fletcher se le acercó y Valquiria se agarró a él.

En un santiamén regresaron al campo. China seguía en el suelo; el Sin Rostro los vio llegar, cogió a Skulduggery y lo lanzó contra ellos. Valquiria se agachó y el detective cayó encima de Fletcher.

El Sin Rostro se dirigió hacia ella dando zancadas.

Valquiria vio el Cetro y abrió la mano; palpó el aire y lo utilizó para tirar del arma. Esta se desplazó ligeramente. El Sin Rostro estaba a punto de alcanzarla.

Extendió las manos, agarró el aire y dio un tirón brusco. El Cetro salió volando hacia ella. Valquiria lo alcanzó al vuelo, pero el Sin Rostro se lo arrebató de entre los dedos.

Valquiria trató de quitárselo, pero el dios le sacudió la mano con tanta fuerza que se cayó de bruces. El Sin Rostro sujetó el Cetro con ambas manos, y ella percibió la furia y la violencia que reflejaba su postura, como si recordara lo que era esa arma, para qué servía, y lo que había hecho siglos atrás. La vara dorada empezó a deformarse y a romperse, y Valquiria alcanzó a ver la gema negra, que brillaba con luz cegadora bajo los dedos que la oprimían. Finalmente se rompió en pedazos dejando escapar un rayo, y el Sin Rostro quedó reducido a polvo.

El Cetro cayó al suelo, destrozado e inservible, y los fragmentos de la gema, apagados al perder su poder, cayeron con él.

Valquiria se puso en pie y corrió hacia Skulduggery y Fletcher.

–¿Estáis heridos?

–Qué va –rezongó Skulduggery, pero Valquiria pasó corriendo por su lado y ayudó a Fletcher a levantarse.

–Estoy bien –gruñó él–. Aún queda uno, ¿eh? No lo hacemos mal del todo.

–Pues yo diría que sí –replicó Valquiria–. El Cetro ha quedado destrozado. –Se volvió a Skulduggery–. ¿Qué vamos a hacer?

Skulduggery se enderezó la corbata y se abrochó lo que quedaba de su chaqueta.

–Lo primero es superar el hecho de que mi bienestar te importa mucho menos, evidentemente, que el de Fletcher –dijo.

–Ya lo he superado –replicó ella.

–Ah, muy bien.

–¿Y lo segundo?

–Lo segundo es que Fletcher tiene que volver a abrir esa puerta. ¿Crees que podrás?

Él asintió con la cabeza.

–Sí. Bueno, creo que sí. Vaya, ya veremos.

Skulduggery se agachó para ayudar a China.

–Esto me da una seguridad que no veas.

–¿Qué haremos para impedir que la crucen más dioses, una vez abierta? –preguntó Valquiria mientras volvían al prado a toda prisa.

–No podemos hacer nada de nada –replicó Skulduggery–. Solo podemos desear de todo corazón que no se den cuenta.

–¿En serio? ¿En serio, Skulduggery?

–En serio. La cuestión es que lo tenemos bastante fácil. Los Sin Rostro que han cruzado el umbral lo han hecho atraídos por las marcas que llevaba la Diablería. Ahora que no quedan marcas, no hay nada que los impulse a asomarse.

–Es un plan que puede fracasar de mil maneras distintas.

–Sí, esos son los más divertidos.

–¿Pero qué vamos a hacer para que el último Sin Rostro vuelva al lugar de donde salió?

–Dejaremos que nos persiga.

–¿Que nos persiga?

–Esto... He dicho «nos», pero quería decir «te».

–Estupendo –murmuró Valquiria.

42

EL MOMENTO

BATU *notó cómo se le erizaba el pelo del cogote. El Sin Rostro estaba encima de él. Lo percibía. Su dios le observaba en ese mismo momento.*

Batu se dio la vuelta, extendió los brazos y elevó la mirada hacia su dios; y cuando este se lanzaba sobre él para llenarle, soltó un grito de terror y euforia.

Y entonces, Batu desapareció.

43

LA PUERTA

SKULDUGGERY Pleasant y Valquiria Caín encontraron al Sin Rostro que antes fuera Batu al otro extremo del bosque. Abominable estaba suspendido en el aire delante de él, con la espalda doblada y la boca abierta en un grito silencioso. Todo su cuerpo estaba surcado de venas, como si el Sin Rostro las hubiera empujado a la superficie para hacerlas estallar.

–¡Eh! –gritó Valquiria.

El dios volvió la cabeza y permaneció inmóvil por unos momentos; luego lanzó al suelo a Abominable y echó a correr hacia ellos.

–Vale –dijo Skulduggery–. En cuanto te...

El Sin Rostro agitó el brazo y Skulduggery salió disparado.

Valquiria soltó un grito, giró sobre sus talones y echó a correr hacia los árboles. El plan consistía en que Skulduggery le distrajera si se acercaba demasiado rápido, pero en ese momento no había nadie entre ellos. Las cosas empezaban a pintar mal.

Pasó por entre la espesura a todo correr, saltando las ramas caídas. Al volver la cabeza, vio que los árboles caían arrancados de cuajo y las ramas se desintegraban para abrir paso al Sin Rostro.

Vio que el ser agitaba los brazos, y en ese momento salió disparada. Cayó al suelo rodando y la boca se llenó de tierra.

Por el rabillo del ojo vio una figura clara que se movía a toda velocidad. Era el Hendedor Blanco, que se plantó de un salto delante del Sin Rostro, le asestó un golpe de guadaña en el torso y luego giró para lanzarle una estocada al cuello. Cualquier otro enemigo se habría desplomado ante aquel ataque rápido y preciso, pero la hoja ni siquiera desgarró la piel del ser. El Sin Rostro asestó un puñetazo al pecho del Hendedor, y este salió despedido hasta perderse de vista.

El Sin Rostro se dirigió hacia Valquiria dando zancadas. Ella escupió tierra y se limpió la boca, viendo cómo se acercaba. Se concentró en el ritmo de sus pasos y luego extendió las manos. El aire onduló, pero no golpeó al Sin Rostro, sino la tierra suelta que había delante de él. Al apoyar en ella el pie, la tierra salió disparada y el dios perdió el equilibrio y se desplomó.

Valquiria salió como una flecha de entre los árboles y a su izquierda distinguió a Skulduggery, que corría junto a ella. Al llegar a lo alto del prado, vieron que Fletcher volvía a estar de rodillas con las manos sobre el Grotesco. La puerta amarilla se estaba abriendo.

China manipulaba los símbolos que rodeaban el círculo. Empezó a levantarse una humareda roja y negra.

–¿Dónde está? –gritó.

–Detrás de mí –dijo Valquiria jadeando. Una sombra se proyectó en el suelo, y Skulduggery apartó a Valquiria de un empellón justo cuando el Sin Rostro caía en el sitio donde estaba hacía un instante.

Valquiria vio a Solomon Wreath, montado en una ola de oscuridad que brotaba de su bastón. El Nigromante saltó al suelo junto a ella y la ayudó a levantarse; luego empleó el bastón para arrojar cien agujas de oscuridad contra el pecho del dios.

–¡Haz que retroceda! –gritó China desde la humareda, que giraba en remolinos–. ¡Llévalo lo más cerca posible de la puerta para que lo absorba!

La fuerza gravitatoria del portal amarillo era inmensa. A pesar de la distancia, Valquiria sentía que la estaba arrastrando. Mientras Skulduggery unía fuerzas con Wreath, ella hizo lo imposible para no salir volando.

Empujó el aire para desplazar la tierra que había bajo los pies del Sin Rostro, pero esta vez no se salió con la suya. El dios luchaba con movimientos firmes y seguros, y sus pasos eran totalmente imprevisibles.

–¡Ya no puedo abrir más la puerta! –exclamó Fletcher.

Wreath se puso a gritar súbitamente. La pierna derecha se le dobló y se le retorció, y empezó a chorrear sangre. Skulduggery dio un manotazo en el aire y apartó al Nigromante del campo de batalla antes de que el Sin Rostro lo matara. Wreath cayó al suelo y se agarró la pierna. Ya no quedaba más que Skulduggery.

El Sin Rostro alargó la mano, se la metió entre las costillas y le aferró la columna vertebral. El detective soltó un grito al verse levantado del suelo.

–¡Valquiria! –gritó Wreath a sus espaldas. Ella se dio la vuelta y el Nigromante le tiró su bastón–. ¡Utilízalo!

–¡No sé cómo funciona!

–¡Utiliza el maldito bastón y basta!

Ella lo cogió y percibió el poder oscuro que contenía. De su interior brotaron jirones de sombra que se enroscaron alrededor

341

de su muñeca. Sabía por instinto que si Wreath no se lo hubiera dado voluntariamente, esas sombras le habrían reducido a polvo los huesos.

Hizo girar el bastón entre los dedos; notaba cierta resistencia, como si lo moviera debajo del agua. Luego lo extendió bruscamente, y una sombra fustigó la pantorrilla del Sin Rostro. No llegó a desgarrarle la piel, pero al menos atrajo su atención. El dios se volvió hacia ella.

Valquiria se puso el bastón al costado, empezó a darle vueltas como si recogiera algodón de azúcar, y luego apuntó con él al Sin Rostro. En lugar de algodón salieron volando sombras que le golpearon la cara y trataron de envolverle. El dios soltó a Skulduggery y se sacudió las sombras con un ademán furioso.

Valquiria se lanzó contra él esgrimiendo el bastón, pero el Sin Rostro se lo arrebató de las manos y lo partió en dos. Una explosión de oscuridad lanzó a Valquiria por los aires e hizo tambalearse al dios.

Valquiria se estrelló contra los brazos de Abominable, que dio un gruñido y la dejó en el suelo. Entonces vio al Sin Rostro, justo delante de la puerta, pugnando por escapar de su fuerza gravitatoria.

Estaba a punto de entrar. Casi había pasado ya el umbral.

–¡Empújalo! –gritó Valquiria–. ¡Que alguien lo empuje!

Abominable dio un paso adelante y China se apartó de la humareda; pero del pecho del Sin Rostro salieron tentáculos que los golpearon y les hicieron retroceder. Los tentáculos, hechos de entrañas, se enroscaron alrededor de los árboles y horadaron el suelo en un intento desesperado de salvar al dios, un intento que estaba destrozando el cuerpo que lo albergaba.

Fue entonces cuando Skulduggery se puso en pie, clavó la mirada en el Sin Rostro y avanzó hacia él adoptando su posición de combate. Dio un manotazo, haciendo que ondulara el aire. El Sin Rostro salió disparado y desapareció en el interior del portal agitando los tentáculos, que aún aferraban ramas y terrones arrancados de cuajo. Skulduggery se dio la vuelta.

—¡EL GROTESCO! —gritó—. ¡AHORA MISMO!

Envuelto por la humareda, Fletcher metió las manos debajo del torso del Grotesco y lo lanzó fuera del círculo. Skulduggery hizo otro ademán, y el aire atrapó el torso y lo llevó hasta sus manos. Soltó un gruñido, dio un paso atrás y lo arrojó hacia la puerta.

Una vez cortado el vínculo, la puerta empezó a cerrarse rápidamente.

Entonces salió un tentáculo, se enroscó alrededor del tobillo de Skulduggery y le derribó de un tirón.

El detective arañó el suelo mientras el tentáculo lo arrastraba hacia atrás.

—¡SKULDUGGERY! —gritó Valquiria, corriendo hacia él.

El detective levantó la cabeza y extendió la mano, pero ya era tarde: la puerta lo absorbió.

—¡MANTENLA ABIERTA! —gritó Valquiria a Fletcher.

—¡No puedo!

Valquiria estaba a tres pasos de la entrada cuando esta desapareció.

—¡Ábrela! —chilló.

Pero Fletcher estaba de pie, petrificado. A través del humo arremolinado, Valquiria alcanzó a ver su expresión de asombro. Meneó la cabeza.

—¡No, Fletcher, no! ¡Tienes que abrirla!

–Ya no tengo el Grotesco –dijo él–. No puedo.

China también estaba de pie, y Valquiria corrió hacia ella y la cogió del brazo.

–¡Haz algo!

China ni siquiera se dignó a mirarla. Sus ojos azules, preciosos y claros, estaban clavados en el espacio vacío donde viera por última vez a Skulduggery. Valquiria la apartó de un empujón y se volvió a Abominable.

–¡VENGA! –bramó.

–Se ha ido –dijo Abominable con voz apagada.

–¡Es imposible!

Valquiria dio vueltas y más vueltas, buscando a alguien que supiera qué hacer, alguien que tuviera un plan. No encontró a nadie. Todos estaban tan desconcertados como ella.

De pronto cayó de hinojos. Las lágrimas le resbalaban por las mejillas; sentía como si le hubieran extirpado algo en el vientre, y tenía los pensamientos petrificados,

Reinaba el silencio. El humo había dejado de girar en remolinos, y la brisa de la tarde se lo llevaba lentamente. Todo estaba inmóvil y tranquilo; a su alrededor yacían los cadáveres de amigos, compañeros y enemigos, y el aire apestaba a ozono y a magia.

44

LA MISIÓN

PARÍS, al parecer, era muy bonito.

Sus padres estaban de vuelta. Su padre había abrazado a su reflejo y se había puesto a leer el periódico. Mientras deshacía las maletas, su madre le había contado al reflejo, con todo lujo de detalles, su fin de semana. Largos paseos, comida excelente y veladas románticas. Luego le preguntó cómo había sido su estancia con Beryl y Fergus; el reflejo mintió con su facilidad acostumbrada y dijo que todo había estado muy bien.

Valquiria absorbió estos recuerdos y ni siquiera se molestó en examinarlos. No había cambiado una palabra con sus padres desde que habían vuelto, al menos en persona. Tenía miedo de que, nada más verla, comprendieran de inmediato que había ocurrido una tragedia. En ese momento no se veía con fuerzas para pasar por una situación semejante. No se sentía capaz de contarles una mentira.

Llegó al cementerio y aguardó. Volvía a llover. Llovía a todas horas. Estaba harta de la lluvia.

No le oyó acercarse, pero presintió que estaba detrás de ella.

–Te agradezco que hayas venido –dijo Solomon Wreath–. ¿Has hablado con Guild?

Valquiria se volvió.

–Me llamó la semana pasada para que fuera al Santuario. Dijo que ya no soy una fugitiva.

–Qué bien, ¿no?

–¿Sabía que está contando a todo el mundo que la victoria fue obra suya y de Bliss? No quiero quitarle mérito a Bliss, y siento que muriera; pero es que Guild va por ahí diciendo que Skulduggery no hizo nada de nada.

–Ya lo he oído. Sin embargo, la gente que vale la pena está enterada de la verdad.

–La verdad tendría que saberla todo el mundo –murmuró ella.

–¿Cómo está tu amiga, la que resultó herida?

–Se está reponiendo. A Tanith no hay quien la pare –Valquiria se quedó mirando las lápidas que la rodeaban, y luego se volvió de nuevo hacia él–. Siento haberle roto el bastón.

Wreath se encogió de hombros.

–Cuando el poder escapó de él, volvió volando a mis manos y empezó a burbujear y a hervir hasta que logré transformarlo en otra cosa –dijo mostrando un bastón idéntico al anterior.

–Qué original.

Wreath sonrió.

–Por cierto, me quedé muy impresionado al ver cómo lo manejabas. Se diría que tienes un dominio instintivo de la Nigromancia.

–La verdad es que fue pura suerte.

–No digas tonterías. La verdad es que me hizo preguntarme si tu verdadero camino no es la magia elemental.

–¿Insinúa que tendría que ser Nigromante?

–¿Por qué no?

–Porque soy una Elemental.

–Eres joven aún. Puedes cambiar de opinión cientos de veces, hasta que encuentres la disciplina que más te conviene. ¿La Nigromancia es tan elegante como la magia elemental? Puede que no. ¿A los Nigromantes se los tiene en la misma estima que a los Elementales? Está claro que no. Ahora bien, si la estudiaras tendrías a tu alcance un gran poder de manera instantánea. Y creo que vas a necesitar tanto poder como puedas conseguir.

–¿Por qué cree eso?

–En fin, quieres conseguir que vuelva Skulduggery, ¿verdad?

Valquiria entrecerró los ojos.

–Skulduggery se ha ido.

–No necesariamente.

–La puerta está cerrada.

–Pues yo no lo creo, la verdad.

Ella meneó la cabeza.

–Si tiene algo que contarme, dígamelo ya. Estoy cansada y quiero volver a casa.

–¿Qué es lo que hizo posible que Fletcher Renn abriera la puerta?

–El Grotesco era un Ancla Istmo, y existe... –Valquiria suspiró–, existe una cuerda invisible, mágica y maravillosa, que va de las Anclas Istmo al objeto al que pertenecieron, e impide que la puerta se cierre para siempre. Fletcher se sirvió de ella para abrirla.

–Exacto. O sea, que solo te hace falta otra Ancla Istmo.

–El Grotesco ha desaparecido. Skulduggery lo arrojó por el portal porque no quería que lo abriera nadie más. No hay más fragmentos de los Sin Rostro tirados por ahí.

–No tiene por qué ser un objeto relacionado con los Sin Rostro –le explicó Wreath–. Basta con que tenga relación con algo de su realidad.

–¿Por ejemplo?

–Por ejemplo, Skulduggery.

–Señor Wreath...

Él esbozó una sonrisa.

–Todavía hay una parte de Skulduggery en esta realidad; en este país, de hecho. Y sabes muy bien de qué se trata.

–Perdone, pero no tengo la menor idea de lo que...

–La calavera de Skulduggery Pleasant, señorita Caín.

Valquiria notó un cosquilleo en el estómago.

–Me dijo que la había perdido. Que ganó la calavera que lleva actualmente en una partida de póquer.

–Es verdad. Pero si pudieras recuperar su calavera perdida y entregársela a tu amigo Teletransportador, él descubriría que el vínculo entre el esqueleto y su calavera auténtica impide que la puerta se cierre.

–Y... ¿Y podría abrirla? ¿Fletcher podría abrir la puerta?

–Y salvar a Skulduggery, claro.

–¿Dónde está? ¿Dónde se encuentra su calavera?

–No tengo la más remota idea. Esa parte depende de ti.

–¿Por qué quiere ayudarme?

–¿No crees que lo hago porque soy buena persona?

–Tiene algo que ganar.

–Eres una jovencita muy astuta. La verdad es que sí, que espero ganar algo.

–¿Qué es?

–A ti. A fin de llevar a cabo esta búsqueda y de hacer todo lo que tendrás que hacer, vas a necesitar mucho más poder del que

posees actualmente. Tengo la esperanza de que elijas la Nigromancia.

Dio un paso atrás, golpeó el suelo con el bastón y las sombras
se enroscaron a su alrededor. Valquiria vio una sonrisa en su rostro que se oscurecía por momentos.

–Nos volveremos a ver –dijo; entonces se dispersaron las sombras y el Nigromante se esfumó.